本書的研究受到四川大學中央高校基本科研業務費項目
"晚明清初佛教與文學思想研究" （skqx201506）支持。

四川大學
中國俗文化
研究所叢書

李 瑄｜著

多元涵容的文化心態
與文學思想

中國社會科學出版社

圖書在版編目（CIP）數據

多元涵容的文化心態與文學思想/李瑄著. —北京：中國社會科學
出版社，2016.2

（四川大學中國俗文化研究所叢書）

ISBN 978－7－5161－7165－3

Ⅰ.①多⋯　Ⅱ.①李⋯　Ⅲ.①中國文學—文學思想史—古代
Ⅳ.①I209.2

中國版本圖書館 CIP 數據核字（2015）第 283383 號

出　版　人	趙劍英	
責任編輯	郭曉鴻	
特約編輯	席建海	
責任校對	季　静	
責任印製	戴　寬	

出　　版	中國社会科学出版社	
社　　址	北京鼓樓西大街甲 158 號	
郵　　編	100720	
網　　址	http://www.csspw.cn	
發 行 部	010－84083685	
門 市 部	010－84029450	
經　　銷	新華書店及其他書店	

印　　刷	北京君昇印刷有限公司	
裝　　訂	廊坊市廣陽區廣增裝訂廠	
版　　次	2016 年 2 月第 1 版	
印　　次	2016 年 2 月第 1 次印刷	

開　　本	710×1000　1/16	
印　　張	13.75	
插　　頁	2	
字　　數	223 千字	
定　　價	56.00 元	

總　序

　　這套叢書是四川大學中國俗文化研究所部分同仁的學術論文自選集。

　　四川大學中國俗文化研究所成立於 1999 年 6 月，2000 年 9 月被批準成為教育部人文社會科學重點研究基地，是"985 工程"文化遺產與文化互動創新基地的主要依託機構，也是"211 工程"重點學科建設項目的重要組成部分。研究所下設俗語言、俗文學、俗信仰、文化遺產與文化認同四個研究方向，涵蓋文學、語言學、历史學、宗教學、民俗學、人類學等多個學科，現有專、兼職研究人員 20 餘人。

　　多年來，所內研究人員已出版專著百餘種；研究所成立以來，也已先後出版"俗文化研究"、"宋代佛教文學研究"等叢書，但學者們在專著之外發表的論文則散見各處，不利於翻檢與參考。為此，我們決定出版此套叢書，以個人為單位，主要收集學者們著作之外已公開發表的單篇論文。入選者既有學界的領軍人物，亦不乏青年才俊；研究內容以中國俗文化為主，也旁及其他一些領域；方法上既注重文獻梳理，亦注重田野考察；行文或謹重嚴密，或議論生新；在一定程度上展示出了我所的治學特色與學術實力。

　　希望這套叢書能得到廣大讀者和學界同仁的關注與批評！

四川大學中國俗文化研究所

目　錄

前　言

　　初次近距離接觸中國文學思想史研究，羅宗強教授說過一句令我印象很深的話："文學思想史研究的重要特點是文史哲不分家。"那時我剛開始攻讀博士學位，對學術研究方法還有些懵懂，只知道此話指向了一條十分廣闊而又絕非容易的道路。這十餘年來漸漸讀了一些文獻，積累了一點研究心得，才切實體驗到要透視一個時代的文學風貌，探索其背後的文學思想底蘊，除了最直接的文學批評文字，還必須對此一時代的文人有多側面的了解。文人對文學的看法，除了直接說出的以外，還有不少"未明言"的部分。而之所以不明言，原因又是比較複雜的。

　　有時可能是不便明言，最突出的例子，就是在長期的政教壓力下儒家正統文學觀的限制，絕大部分文人身在士階層，政治正確的言論是保障其生存安全的必要條件。翻看中國古代文學批評集，有關"言志"、"載道"、"主性情"的文字重重疊疊，但深究起來卻會發現這些貌似雷同的言論其實大相徑庭。比較常見的情況就有好幾種，一是國家文治教化為了控制意識形態領域，不允許文學往個人化的、突破群體倫理規範的方向發展。二是在文學被等同於文字技藝、趨向工藝品化之時，人們為了反對綺靡之風要求表現充實有力的內容。三是道學家重道輕文的實用主義文學觀。四是以之為文藝發言套語，虛晃一槍之後陳倉另渡。這種種情況都披著儒家正統文學觀的外衣，這是為了尋求主流認可的方便；但如果被它們相似的形貌迷惑，忽略了對發言者意圖、文學創作、文學活動等方面的考察，則不能認識相關時代文學思潮的實質性問題。

　　有時發言者本人甚至可能並未明確意識到自己的真實文學需求，也未有意提煉和總結自己的文學主張。最典型的例子就是李白。李白留下的詩論往往以復古為標榜，或曰"大雅久不作，吾衰竟誰陳"，或曰"將復古道，非吾而誰"；但他的詩歌卻沒有什麼步武古人的痕迹，熟悉他的讀者也不會相信復古是其文學思想的核心。"復古"其實是順著陳子昂《脩竹篇序》"漢魏風骨，晉宋莫傳"一路說下來，反對文字上過度雕飾的宮廷作風：這是盛唐詩人的流行話語。李白對中國文學最大的貢獻，是他帶著充滿新鮮感的眼光去熱情地追求生活，並通過高度提純的藝術功力把他最強烈的感受凝練為詩。而關於這些熱辣心情、新鮮勁頭以及淨化提純的文字處理方式產生的文學效應，儘管李白自己絕少提及，在文學思想研究者的眼中卻不能放過。

這些未明言的文學思想，有時隱藏在文學創作的態度和策略中①，如上文所述；有時隱藏在文學活動中，如晚明文人結社活動背後的文學思想就非常值得關注。雖然《論語》已經有"詩可以群"的說法，從建安文學起文人集會的影響就受到重視，但晚明至清初遍布塞北江南、普及大城小鎮的文人結社對傳統文學觀念的衝擊仍然不容小覷。簡單來說，文學從上層精英雅事降格為舉業生活的調劑或社友聚會的遊戲，文學寫作門檻降低、參與者數量劇增；文學的社交功能大大增強，群體活動的知情者成為寫作者優先爭取的預期讀者；作品的閱讀語境設置得更加具體，為貼合語境而大量用典，文本表義的層次增多；與結社相關的文學社交網絡傳播功能遠超前代，一個題目有幾十人乃至數百人的應和十分常見；文學的競技意識加強，如何脫離日漸模式化的寫作傳統，從眾多平庸之作中脫穎而出，成為一些豪傑自命者的深刻焦慮。……關於晚明文人結社的研究已比較豐富，但還很少有人研究這一社會風氣背後潛藏的文學思潮變動。而這些現象涉及寫作的語境、傳媒的功效、群體的互動等問題，將其納入文學思想研究視野，可以使我們的認識變得更加豐富立體。

這些已明言和未明言的部分，哪一些在文學思想史上造成的影響更重要，不可一概而論；其相互關聯及內在邏輯也不易清理。概而言之，要抓

---

① 參見羅宗強《張毅〈宋代文學思想史〉序》，載《羅宗強古代文學思想論集》，汕頭大學出版社 1999 年版。

住一個時代文學思想的主要問題並透析其來龍去脈，就需要對這一時代文人的生存環境、精神追求及生活方式有宏觀的把握。這要求研究者努力重返當時的歷史場境，除了今天我們認定的文學之外，還有不少問題涉及歷史、哲學領域。然而貫通文史哲領域的通才在當下學術環境中實難出世，文學研究者也難以對歷史或哲學領域進行全面、深入地考察。羅宗強教授單提士人心態研究，以之作為連接文學思想及諸多外緣因素之間的中介，可以說是一條既涵蓋乾坤又截斷眾流的路徑，對當下的文學思想研究仍具指導意義。

　　本書即是基於上述認識的一些嘗試，故而涉及的內容比較駁雜，試圖通過莊學、玄學、儒學、禪學等不同領域來透視中國文學思想史上諸多命題發生的語境、針對的問題，並評價其理論及歷史價值。上編擷取了唐前文學的幾個斷面，涉及《莊子》、《世說新語》等文本，考察莊玄之學在不同時代引起的迴響，並從敘事學的角度梳理敘事文體寫作中審美因素不斷增強的過程。中編集中於佛教對文人的影響。不專門討論佛教義理，而是關注佛教觀念在文人生存方式、思維方法、處世態度及文學策略等不同層面的滲透。尤其以晚明袁宏道為代表，觀察當時士林的習禪風氣對文學思想的影響。結合袁宏道的禪學論著、心路歷程及文化環境來討論其詩學策略，並對"性靈說"進行再探討。下編聚焦于明清易代對士人心態的劇烈衝擊，深入挖掘明遺民的生存困境在其文學觀念與文學寫作中留下的印迹，並以此為切入點把握明清文學思想的轉折與衍變。

上　編

───────

莊玄之學的異代迴響

"縣解"與人生困境的解脫

——以《莊子》注疏為考察對象

　　"縣解"是《莊子》針對生死問題而提出的重要命題。"內七篇"之《養生主》云："適來，夫子時也；適去，夫子順也。安時而處順，哀樂不能入也，古者謂是帝之縣解。"《大宗師》云："且夫得者，時也；失者，順也；安時而處順，哀樂不能入也。此古之所謂縣解也。"① 兩處"來去""得失"都是指"生死"而言，"縣解"針對著世人悅生惡死的普遍現象。能否去除對生的依戀，對死的恐懼，是人能否擺脫塵世的困縛，最終實現與道為一的關鍵。

　　"縣解"受到了歷代注莊家們的重視。據嚴靈峰《無求備齋莊子集成》初編、續編收錄的歷代注本來看，大部分都對其加以訓釋。由於這些注家的思想背景不同，在這個問題上各家說法不一。本書就此擇其要者，作一評述。

一

　　以"適性"來闡釋"縣解"。這種觀點始自郭象。在目前傳世的《莊子》眾多注本中，保存完整的最早注本是郭象《莊子注》，它對後世的影響也最大。

　　郭象注"縣解"云：

> 以有係者為縣，則無係者縣解也，縣解而性命之情得矣。此養生之要也。②

---

① 郭慶藩：《莊子集釋》，中華書局 1982 年版，第 128、260 頁。
② 同上書，第 129 頁。

只簡單地說"無係者縣解"，並說縣解而可得"性命之情"。

郭象對人生的理解和莊子是有差異的，他的注莊，是通過莊子來闡發自己的人生哲學。所以後人說："郭象注莊子，乃莊子注郭象耳。"①

來看他關於生死的論述："（來）時自生也"；"（去）理當死也。""夫死生之變，猶春秋冬夏四時行耳。故死生之狀雖異，其于各安所遇，一也。""自生"言生命無所依託而來；"各安所遇"要人們順應各自的環境，這又來自他關於"性分"的看法。他說"天性所受，各有本分，不可逃，亦不可加"，意思是一個人的死生，是由其"分"所決定的，人沒有辦法改變這個本分，只能順應它。此即"達生之情者不務生之所無以為，達命之情者不務命之所無奈何也，全其自然而已"，只有這樣，才有可能"無係"而得"性命之情"："生時樂生，則死時樂死矣，死生雖異，其於各得所願一也，則何係哉！"②

但郭象的"性命之情"並不僅就生死而言，"無係"也並不僅僅指不束縛於生死所帶來的哀樂。他的"性分"包括了主觀的性情與客觀的環境，他的"適性"即把客觀環境看作必然的，合理的，在其允許的範圍內最大程度地釋放性情。因為現實的必然性、合理性，所以無須哀樂；因為性情已經得到的舒展，所以可以滿足。他的"性命之情"是無不可的，實際上已經取消了價值判斷："夫利於彼者或害於此，而天下之彼我無窮，則是非之竟無常。故唯莫之辯而任其自是，然後蕩然俱得。""萬物萬形，各止其分，不引彼以同我，乃成大耳。"③ 他的"無係—縣解"是通過價值判斷的取消，安於性分，各適其是，也就沒有煩惱。他的"無係"已經超出了生死問題，擴而至一切束縛，但仍以生死為其中最要緊者。

後世的注莊者，所依據的都是郭象注本的《莊子》，在義理上也多少受其影響。除成玄英以外，與郭注義理相通的注本，明顯集中于明代萬曆時期。這可以從李贄、焦弘、沈一貫等人注莊中對"縣解"及生死問題的

---

① 馮夢禎《南華真經注序》，歸有光、文震孟《南華經評注》，嚴靈峰《無求備齋莊子集成續編》（下簡稱"續編"），第19冊，藝文印書館1965年版。
② 本段引文見《莊子集釋》，第129、67、128、125、105頁。
③ 《莊子集釋》，第95、408頁。

闡說表現出來。

李贄似乎比其他解莊者都更深刻地感受到人生的種種困縛煩惱，他說："余唯以不受管束之故，受盡磨難，一生坎坷，將大地為墨，難盡寫也。"① 怎樣才能徹底解脫？他說："知其不得已而托之以養中，則忘生而亦忘死矣。"② 這裡的"中"不能理解為《中庸》與宋儒的道德完善，因為他眼中的束縛是包括儒家倫常在內的："仁義禮樂皆外也"，"大道搔盪恣睢，轉徙無窮，而以仁義是非割裂封域之，是自黥鼻也"③。聯繫他的"童心說"來看，這個"中"應當是指人類初生之時未受蒙蔽、未被污染的童心、真心、本心。

從這裡可以見到李贄與郭象的相似之處，二者都同樣要舒展本然之我。然而在李贄，既然順應本心即可縣解，因此"道理不存，聞見不立"，無須外在的天理人倫來對人進行約束，只要順應人的真實本心，就可獲得自治。他說：

> 夫鳥鼠至無知也，猶能高飛深穴以避患害，況於人乎！正而後行，無不以吾之所行者為正也。確乎能其事，無不斷斷乎事吾之所能也而已矣者，言人各自治不遺餘力也。夫人人能內自治矣，尚何待聖人之治，豈非欲以治外乎？若又出經以式之，出義以度之，是舍其所能，強其所不能，猶涉海鑿河而使蚊負山，難之難者也，豈非欺己欺人之甚歟！④

人生既不需要聖賢明王之治，也不需要道德經典之規範，這些都是從外強加給人的，並非人本身所有，因此不是人所需要的，亦不是人所樂於承受的，對於人來講，只是"強其所不能"。人應當能夠"自治"，"自治"亦即"自適"。"士貴為己，務自適。如不自適而適人之適，雖伯夷、

---

① 李贄：《焚書》，中華書局 1975 年版，第 187 頁。
② 李贄：《莊子解》上卷，《續編》，第 18 冊。
③ 李贄：《莊子解》下卷。
④ 同上。

叔齊同為淫僻；不知為己，惟務為人，雖堯舜同為塵垢秕糠。"①

就"自適"來看，李贄與郭象是相同的；從《莊子解》中，我們也可以隨處發現其受郭注影響的痕跡。然而二者的"自適"又是有差異的。郭象之"適性"說以調和名教與自然的矛盾為務，因此他把倫常教條也看作性分之內的必然去順應，不去過問和干預人間的是非。李贄卻是針對現實中名教的虛偽而發聲，他的心中始終有一個價值判斷。在解放人的自然本性、情感、欲望上，二者是相同的，但李贄強調"絕假純真，最初一念之本心"②卻表明了他仍然無法丟棄對人之本性的追問，他不像郭象那樣有一個存在即合理的答案，他仍然在尋找一個價值依歸，因此，他遠比郭象更為痛苦。

除了李贄之外，萬曆中後期各家對於《莊子》的闡釋，如焦弘、沈一貫、袁宏道等人，亦多受郭象影響。他們對生死的看法與郭象大有呼應之處，而其擺脫現實束縛，"適性"生存的要求，與郭象那一時代的士人，也是相似的③。

二

用佛家"空幻"觀念來看待世界、理解生死，從而解釋"縣解"。

成玄英是全面援佛解莊的第一人。成玄英的思想成分頗雜，他是道家重玄學派的代表人物，其《莊子疏》中，亦表現出對儒家聖賢與倫常的尊重與維護。在"縣解"問題上，他主要是根據佛教義理來對其進行闡釋的。《養生主》"縣解"疏云：

> 為生死所係者為縣，則無死無生者縣解也。夫死生不能係，憂樂不能入者，而遠古聖人謂是天然之解脫也。④

"無生無死"，在成玄英的注莊中，首先意謂著順應自然之生死，不因

① 《焚書》，第258頁。
② 同上書，第96頁。
③ 羅宗強先生對這個問題有深入論述，見《袁宏道〈廣莊〉與郭象〈莊子注〉之關係》，日本大阪市立大學《中國學志》2002年"謙"之號。
④ 《莊子集釋》，第129頁。

之而憂樂。對於這種境界的達成，成玄英更多地借助了佛學資源。《大宗師》疏云：

> 謂此死者未會滅，謂此生者未會生。既死既生，能入於無死無生，故體於法，無生滅也。法既不生不滅，而情亦何欣何惡耶！任之而無不適也。
>
> 夫道之為物，拯濟無方，雖復不滅不生，亦而生而滅，是以迎無窮之生，送無量之死也。①

此說當受佛教"不生不滅"觀念的影響。佛教的不生不滅，是因緣的不生不滅，是佛教中觀學派用以看待人生境相總的原則。《中論》云："不生不滅已總破一切法。"② 這是因為世間一切法皆因緣生，萬法處於因緣當中，生滅不住而無自性，是為"空"。空則既無生，亦無滅。《大智度論》云："觀無常即是觀空因緣。如觀色念念無常，即知為空……空即是無生無滅，無生無滅及生滅其實是一。"③

此外，《莊子疏》以郭象的《莊子注》為根據，其中對於生死的看法也受到了郭注的影響。如下例：

> 夫稟受形性，各有涯量，不可改愚以為智，安得易醜以為妍！是故形性一成，終不中途亡失，適可守其分內，待盡天年矣。
>
> 夫生也受形之載，稟之自然，愚智脩短，各有涯分。而知止守分，不蕩於外者，養生之妙也。④

以個體的生死為性分之所定，安於性分則無須憂樂。這是郭象的看法，已見上文。成玄英看來接受了這個看法。但他又大量地引用佛理來否

---

① 《莊子集釋》，第254—255頁。
② 龍樹：《中論》卷1，鳩摩羅什譯，《大正新修大藏經》第30冊，佛陀教育基金會1990年版。
③ 龍樹：《大智度論》卷22，鳩摩羅什譯，《大正新修大藏經》第29冊。
④ 以上引文見《莊子集釋》，第59—60、115頁。

定物性的真實。《齊物論》疏："真君即前之真宰也。言取捨之心，青黃等色，本無自性，緣合而成，不自不他，非無非有，故假設疑問，以明無有真君也"，物我是虛幻，境相是虛幻，都是因緣和合而成，並無"真君"以主宰之。因此，性分亦是虛幻。"六合之內，謂蒼生所稟之性分。夫云云取捨，皆起妄情，尋責根源，並同虛有。"① 這又似乎背離了郭象"適性"對"縣解"的闡說。

為了達成二者的統一，成玄英借助了"重玄"的思維方法。

> 一者絕有，二者絕無，三者非有非無，故謂之三絕也。夫玄冥之境，雖妙未極，故至乎三絕，方造重玄也。

重玄即不可執著，既不執著於有（物性），亦不執著於無（空無虛幻），故而"雙遣"，"雙照"，和光同塵，順物自性：

> 夫達道之士，無作無心，故能因是非而無是非，循彼我而無彼我。我因循而已，豈措情哉！
>
> 夫諸法空幻，何獨名言！是知無即非無，有即非有，有無名數，當體皆寂。既不從無以適有，豈復自有以適有耶！故無所措意於往來，因循物性而已矣。②

"重玄"出自《老子》"玄之又玄"，孫登已論及之，而成玄英的重玄理論，實與中觀學論"中道"暗通。《中論‧觀四諦品》中有偈頌："因緣所生法，我說即是空，亦為是假名，亦是中道義。" 以世界為因緣和合所生，故其實乃空，是為真空；但顯現於境相，故以假名說法。《中論‧觀四諦品》所云："眾緣具足和合而物生；是物屬眾因緣，故無自性；無自性故空，空亦復空；但為引導眾生故，以假名說"③ 即此意。"中道"，即

---

① 《莊子集釋》，第 59、85 頁。
② 同上書，第 73、83 頁。
③ 《中論》卷 4。

本著空而不離假,不可執著於一邊。

成玄英所謂"一者絕有",正是基於他對"諸法空幻"的認識;"二者絕無",是在知曉了空幻的真相之後卻並不離棄這個世界;而他說"非有非無",是指對空、有皆不可偏執,"無即非無,有即非有"。實質上,成玄英的"重玄",正是"即本即跡,即體即用,空有雙照"①的"因循"。

因此,成玄英的"因循物性"與郭象雖然在表現形式上一樣,在本質上畢竟不同。他是在照破了世界的虛幻,明白了空無真實之後的物我雙遣、動寂一時,是"無所措意",故而因循。而郭象卻是全盤承認現實的必然,並無超越的觀照,是"自有以適有"。在邏輯的最終結果上,成玄英取得了與郭象的一致,但在理論實質上,卻存在矛盾。

成玄英以後,尤其是明代中後期,援佛入莊的注家數量很多,著者如陸長庚《南華真經副墨》,《四庫全書總目》謂之:"欲合老釋為一家。"②在"縣解"的解釋以及對生死問題的解決中,他主要借用了佛家的"空幻"觀與道家的"道"通為一的思想。他解"帝之縣解"曰:

> 今人但以生死係念,於是生而慶,死而哭,不知此直世情,非道情也。死生一來去耳,適來,夫子時也,適去,夫子順也。……一來一去,安時而處順,則哀樂之情自不能入也,此便是至人生死無變於己者,如此則帝之縣解矣。帝謂天帝,縣如倒縣之縣,困縛之義,帝亦未嘗以死生縣人,人自縛之,翻疑為帝。無變於己,則帝之縣自解矣。

所謂"世情"者,係於生死,世俗哀樂之情。陸長庚認為世情當解的最重要原因即為"帝亦未嘗以死生縣人,人自縛之",死生本無,哀樂乃庸人自擾,這一解釋來自佛家觀世法。他在《德充符》注中說:"彼知吾身之與天地,其在道中同為一物,幻妄不常,皆非實相。"死生本是幻象,自無須為之哀樂,明白此理,則縣可解。

---

① 《莊子集釋》,第34頁。

② 永瑢等撰:《四庫全書總目》,中華書局1965年版,第1256頁。

所謂"道情"者，以道觀之，哀樂不能入也。這是與莊子"死生亦大矣，而不得與之變，雖天地覆墜，亦將不與之遺。審乎無假而不與物遷，命物之化而守其宗也"的真人之生死一致的。陸長庚又云："將求名而自要者尚且如是，又況守宗正性之人，能保其未始有始之始者？其徵也，將不能一生死而命物化乎哉？"則非常明確地說能"保其未始有始之始者"即得道者之真人——則能一死生。

陸長庚常常在本體論中混說佛道，如以"性體真空"、"性空真體"說"未始有始也者"，說"大宗師"："若夫所謂性體真空，性空真體，審乎無假，不受變滅，超然獨存，故不與物而有遷化。既不與之遷，又焉得而與之變？又焉得而遺其變乎？不惟不隨物化，又能主張萬化，執其樞紐，守其根宗，故曰命物之化而守其宗。宗即所謂'大宗師'，未始有始也者之謂也。"① 由此也可看出他會通佛道的努力。

《南華真經副墨》在明代後期影響很大，注莊者大都受其影響，采撼其義者數十家，而如陳深《莊子品節》，於要緊處多節抄《副墨》，或取其義而變換文辭。這一現象應當是同明代後期儒釋道合流的社會思潮分不開的，而《副墨》，恰恰是此思潮的產物，並且突出地成為它的代表。

三

自蘇軾、王安石把莊子納入儒學的範圍，宋人對莊子的注解，大都有尊孔崇儒的一面，但北宋注莊家還是多能從莊子本身出發，少有硬拿儒學闡說莊子的。褚伯秀《南華真經義海纂微》集宋注十二家，對"縣解"的解釋大都平實。以理學為理論背景來注釋莊子，在基本命題上將其儒學化，林希逸是其代表。

林希逸認為《莊子》之"大綱領、大宗旨未嘗與聖人異"②，他基本上是站在理學的立場上來解說莊子的，其釋"縣解"為：

縣者，心有係着也；帝者，天也。知天理之自然，則天帝不能以

---

① 上述引文均見陸長庚《南華真經副墨》卷2，《續編》第8冊。
② 林希逸：《莊子鬳齋口義》，《發題》，中華書局1997年版，第2頁。

死生係着我矣，言雖天亦無奈我何也，故曰帝之縣解。

縣解即死生不能係著我心。而林希逸認為，要做到這一點，首先就要在道德修養上提高境界，做到"不動心"：

> 蓋欲人知其自然而然者，於死生無所動其心，而後可以養生也。夫子，有道者稱之辭也。言天地之間有道之士，其來也，亦適然而來，其去也，亦適然而去，但當隨其時而順之。既知其來去之適然，則來亦不足為樂，去亦不足為哀。不能入者，言不能動其心也。①

"不動心"之說來自孟子。孟子說"我四十而不動心"，這是一種"持其志，無暴其氣"，② 正氣浩然而心志堅定的狀態，是通過道德人格的充塞而形成的"至大至剛"的大丈夫氣概。其要在于"配道與義"、"集義所生"，是明白了道義所在之後的慷慨。宋儒因以"不動心"為道德修養的目標。程頤說："君子莫大于正其氣，欲正其氣，莫若正其志。其志既正，則雖熱不煩，雖寒不栗，無所怒，無所喜，無所取，去就猶是，死生猶是，夫是之謂不動心。"③ 他更強調"正志"，即明確人生選擇，確立道德人格，進一步說，即明白"天理"所在之後實現的意志堅毅與心境安定。朱子也說："無所不知，知其不善之必不可為，故意誠。意既誠，則好樂自不足以動其心，故心正。"④ 他是從《大學》格物、致知、正心、誠意的角度去理解"不動心"的，其落腳處還在"明明德"。林希逸抬出"天理之自然"為人生極則，以"不動心"解釋"縣解"，顯然本著程朱修身理論而來。

莊子的"安時而處順，哀樂不能入"與儒家的"不動心"顯然是不同的。莊子無心無情，是"喪我"、"坐忘"而"形如槁木，心如死灰"，超

---

① 林希逸：《莊子鬳齋口義》，第54—55頁。
② 《孟子集注》，《四書五經》，中國書店1985年版，第19、20頁。
③ 程顥、程頤：《河南程氏遺書》卷25，《四部備要》，中華書局1920—1934年版。
④ 黎靖德編：《朱子語類》，中華書局1986年版，第305頁。

然於世事之外；而儒家的不動心，是在世事之中，分別了善惡，堅定了道德選擇之後的狀態。莊子的"縣解"是以"道"為指向，而宋儒的"不動心"，則以"天理之自然"為因果。

自林希逸《莊子鬳齋口義》之後，以儒解莊的很多，這一類注家都是站在儒家的立場上，試圖調和莊儒的矛盾，他們愛好莊子的辯證能力與超脫精神，但他們的注莊，是終不離道德倫常的。

明清之際的注莊，如劉士璉、屈復、王夫之、方以智、錢澄之、宣穎等，多是儒家立場。在這些注本對"縣解"的闡說中，尤為值得注意的是王夫之的《莊子解》：

> 老聃所以死而不能解其縣者，亦未能無厚而近名也。……天縣刑以縣小人，縣名以縣君子。一受其縣，雖死而猶縈繫之不已；而不知固有間也，不待釋而自不縣也。然縣于刑者，人知畏之；縣於名者，人不知解。避刑之情厚，而即入于名。

他把"縣解"與"為善無近名，為惡無近刑"聯繫起來，並且強調了"名"之不易解，這顯然已經離開了生死的討論，而涉及士人修身的實際問題了。他相當注意求名之心給士人帶來的危害，故而在解莊中強調："名者，天之所刑也。"他認為"名"是導致亂世的重要原因："亂世者，善惡相軋之積。惡之軋善也方酷，而善復挾其有用之材，以軋惡而取其名。名之所在，即刑之所縣矣。""是非者，名而已矣。是者，名之榮也；非者，名之辱也。雖桀紂未有安於名之辱者，而逢比以其心之所是，盛氣以淩之，使欲求一逃於辱名之徑而不可得。心既逆而氣復相持以不下，則豈徒訛於逢比之身哉？逢比死而桀紂之惡益甚，夏殷之亡益速。水火之禍，可勝言邪！叢枝、胥敖、有扈且與堯禹爭名，堯禹不假借三國以名，而用兵不止。然則欲免於爭名之累者，是非之辨其可執為繩墨乎？"① 名之為害也甚如是乎？他的結論，恐怕直接針對着明末士人好名而好爭是非。

---

① 王夫之：《莊子解》，《船山全書》第 13 冊，嶽麓書社 1996 年版，第 124、123、126、129 頁。

　　王夫之對"懸解"的具體化，反映出他對士人處世立身問題思考的深化，這一"個人化"的深究，應當與他處於國家傾亡之際的反思有關，這樣的反思，在明亡之時，也是士人們所共有的。

　　以上只是對莊子"縣解"及其注解的一次簡單梳理，實際上莊子注家眾多，單是嚴靈峰先生《無求備齋莊子集成初編、續編》所輯就有百八十餘家，而在同一家中，各種思想也往往錯綜雜糅，難以一一歸類，本文不過擇其要者，就具體問題的討論與其思想的主導方面進行了分類。從這個簡單的分類來看，一部《莊子》的闡釋史，實可以透露出各時代思潮的主流與變化。

論《世說新語》敘事的新變與傳承

　　魏晉時期，中國古典敘事在子史文體中發生了從"純粹"到"模糊"的轉變：子書中充斥"讕言"、"瑣語"，史部大量出現"雜史雜傳"，由此為敘事突破子史走向文學提供了契機，有一部分敘事漸漸脫離了實用——紀傳褒貶（歷史）、說理工具（子書）——而走向審美娛樂，文學性敘事作品由此產生；而《世說新語》在對以往敘事作品的分辨中認同了文學性敘事，因此決定了其基本敘事特徵：超越功利目的、以審美態度進行、以意象塑造為主體；但由於其材料來源和體制均脫胎于子史，又和它們有著相當緊密的聯繫，如"實錄"精神、"全景"意識、"寫意化"敘述等。

　　《世說新語》的敘事方式完成了從史書的紀事傳人兼寓褒貶、子書的說理輔助，到文學的審美賞心的轉變。同時，它又是剛從子史母體脫胎的嬰兒，無論從文化精神、題材或體制任何一個方面，都和子史有著直接而緊密的聯繫。

一　子史文體從"純粹"到"模糊"與文學性敘事的產生

　　歷史敘事不外兩種動機：（一）紀事傳人，記錄重大歷史事件與重要歷史人物，由此，敘事才成其為"歷史"。（二）褒善貶惡，在記錄歷史事蹟的同時加諸道德評判，這是中國歷史的傳統，倡自《春秋》。"《春秋》之稱，微而顯，志而晦，婉而成章，盡而不汙，懲惡而勸善，非聖人孰能修之！"（《左傳·成公十四年》）一直是史家神往之楷模、努力之方向："禮云禮云，玉帛云乎哉？史云史云，文飾云乎哉？何則？史者固當以好善為主，嫉惡為次。"（《史通·雜說》）"史之大原，本乎《春秋》。《春秋》之義，昭乎筆削。筆削之義，不僅事具始末，文成規矩已也。以夫子'義則竊取'之旨觀之，固將綱紀天人，推明大道。"（《文史通義·答客問上》）

因而，歷史敘事一般呈現如下基本特徵。（一）敘事完整連貫。事件的因果關係、發展變化過程都有清楚交代。與之相適應，常用概述舉宏綱、存大體，涵蓋廣闊的時間流，反映一定歷史時期的全貌，而非纖毫畢錄、瑣細無遺，對於無關政事德行的細節，多未加留意。（二）記人力求全面，介紹姓字、籍貫、世系、仕宦、政績、德行、撰述等，常常有一個"報家門"式的開頭，選取事件大都與德行、事功或重大歷史事件相關。三、注重褒貶。無論是"微言大義"的講究，還是作者直接抒發的議論，都是用社會規範的一般標準（主要是道德標準）去評判人事。

除史傳外，敘事因素還蘊含在子書中：述人事如《論》、《孟》，寓言如《莊》、《韓》。《論語》輯錄短章，擷取能表現人物精神的生活片斷，《世說新語》在形式上與《論語》最為接近。但顯然，更為《論語》的作者和讀者所關注的是蘊含在夫子語言行事背後的人生之道，敘事不過是思想的載體。《韓非子》利用大量寓言作為論政的工具，每則寓言都有一個清楚明確的寓意，並支撐某種觀念。這就決定了其敘事特點：簡潔單純、題旨明確。《莊子》的情況有所不同，比之《韓非子》寓言作為論說的附庸，《莊子》寓言本身已具審美品格，堪稱藝術意象。然而《莊子》鵠的並非寓言（敘事）本身，"筌者所以在魚，得魚而忘筌；蹄者所以在兔，得兔而忘蹄；言者所以在意，得意而忘言"（《莊子·外物》），寓言不過是喻道的工具，其存在的意義僅僅在於通過它可以實現對道的認識。

總的來說，子史敘事雖然不乏文學因素，文學因素也關係到具體作品成就的大小，但絕非決定其文體的基本要素。

魏晉時期，隨著子史數量的迅速膨脹，其內容也日益駁雜，不少著作已無法完全堅守文體原則，文類之間的界限模糊難辨。《漢書·藝文志》著錄於"六藝略·春秋類"先秦至東漢初的史書僅"二十三家，九百八十四篇"，到了《隋書·經籍志》，史部不但從六藝經典中獨立出來，而且著錄有"八百一十七部，一萬三千二百六十四卷"，分為十三類："正史、古史、雜史、霸史、起居注、舊事、職官、刑法、儀注、雜傳、地理、譜系、簿錄"，從"正史"至"舊事"以及"雜傳"均為敘事體。而即以晉代"正史"、"古史"這兩類文體標準甚嚴的作品論，也出現了分化。一部分史家恪守正統，雖有採錄名士軼事，也把它控制在有限範圍內，並以之演繹德行，如干寶《晉紀》；而更多的作者則大量采撰軼事，既不符合史家勸善懲惡、傳德行功績於不朽的采撰原則，又不符合史著"舉宏綱、存大體"、不錄細微的書寫體制，是以頗受史學家非議。如下例：

> （王）戎年十五，隨父渾在郎舍，阮籍見而說焉。每適渾俄頃，輒在戎室久之，乃謂渾："濬沖清尚，非卿倫也。"戎嘗詣籍共飲，而劉昶在坐，不與焉，昶無恨色。既而戎問籍曰："彼為誰也？"曰："劉公榮也。"濬沖曰："勝公榮，故與酒；不如公榮，不可不與酒，唯公榮者，可不與酒。"（孫盛《晉陽秋》）
>
> 劉伶嘗著袒服而乘鹿車。客有詣伶，值其裸袒，責伶。伶笑曰："吾以天為屋，以屋為褌，諸君不當入其中，又何怨乎？"其自任若此。（鄧粲《晉紀》）
>
> 胡毋輔之子謙之，醉與父語，常呼父字。輔之亦不怪也。嘗規輔之，厲聲曰："彥國年老，將令我屍背東壁！"輔之遽呼入與共飲酒。其為放達如此。（何法盛《晉中興書》）①

無論從事例的選擇——無關德行、政事的"軼事"；褒貶的態度——敘述中看不出作者對背"禮"的放達、任誕行為的貶斥，反有點津津樂道似的；書寫的方式——注重細節，記錄片斷場景，都不符合史著體例。同時，文學因素大大增強：態度上，不關注人物言行對政治的實際損害，而欣賞其個性的伸展；敘事上，追求戲劇化的效果；形象塑造上，注重細節，通過神態、語言的刻畫，人物個性十分鮮明。

---

① 以上引文均見黃奭《漢學堂叢書·子史鉤沉》，部分字句據《世說新語》劉孝標注校改。

　　而"雜史"、"舊事"兩類就更是率爾而作、內容駁雜、體制不經。從《隋志》著錄的作品來看，既有記人事為主的《晉諸公贊》、《魏晉世語》、《晉八王故事》，又有"怪誕虛妄，真虛莫測"的《王子年拾遺記》、《漢武故事》，還有展示風俗人情的《西京雜記》。而志人和志怪、記實與傳訛、軍政與軼事又往往混雜在同一部著作內，可見文體界限的模糊。實際上，正是這種史著內部的文體模糊為敘事作品突破歷史走向文學提供了契機。《魏晉世語》、《西京雜記》是兩部歷來被研究者納入"小說"領域，又與《世說新語》相關的作品，從這兩部作品可以看出：（一）以史自居。葛洪《西京雜記跋》云："洪家世有劉子駿《漢書》一百卷……試以此記考校班固所作，殆是全取劉書，有小異同耳。並固所不取，不過二萬許言。今抄出為二卷，名曰《西京雜記》，以裨《漢書》之闕。"① 自我標榜為史料。此說雖被斥為作偽，然而從中卻可以看出，作者對著作文體的自我認定是"史"。《魏晉世語》雖無類似的申明，但郭頒身為史官，其記軼事，又拖上世系、郡望、官爵及議論，顯然想發揮"史"的功能。主要敘事手法仍是史家"紀事"，多概述性介紹，即使記錄下精彩的片言隻語，也缺乏前後呼應與生動的場景。（二）背離了史著原則。采撰的對象大部分是無關宏旨的軼事、傳聞，這說明作者的基本態度已經偏離了史傳的紀事傳人、褒善貶惡，而更傾向於享受講述奇聞軼事的愉悅，而這正是敘事脫離實用的開端。因此，這兩部作品的文學成就雖然不高，但從中可以明顯看出敘事文學化的痕迹，有助於理解敘事作品從史傳向文學的轉化。

　　"雜傳"則更向文學邁進了一步：不再負荷"紀事"，而集中於"立傳"，於是能集中筆墨表現人物個體特徵，因此也大大增加了軼事的採錄數量。此外，以"雜傳"中記人事的部分而論，就有"高士傳"、"隱士傳"、"文士傳"、"名士傳"種種，這種將人物分類立傳的方式無疑更利於把握人物精神。由於專為"某一類"人物立傳，或專書人物"某一種"特徵，故多選取集中鮮明的生活場景作片斷記錄，從而為軼事小說提供了書寫方式。其中袁宏《名士傳》常常被當作志人小說看，其于史著偏離甚

_____

① 侯忠義編：《中國文言小說參考資料》，北京大學出版社1985年版，第123頁。

遠：（一）材料多選取名士軼事。不符合史著以事功、德行為人物立傳的主要標準；（二）沒有史家嚴謹求實的態度。《世說新語·文學》：“袁彥伯作《名士傳》成，見謝公。公笑曰：‘我嘗與諸人道江北事，特作狡獪耳！彥伯遂以著書。’”① 可見其並不嚴格記錄歷史真實。可以說，雜史雜傳是史傳向文學性敘事過渡的中間地帶，其對文體定位並不自覺——是記歷史，還是傳軼事？是為人立傳，還是反映人的奇言瑰行？徘徊在這兩者之間，因而“內容駁雜、體制不經”。

　　子書的情況也相當類似，劉勰《文心雕龍·諸子》篇云：“迄至魏晉，作者間出，讕言兼存，瑣語必錄，類聚而求，亦充箱照軫矣。”指出了魏晉時期子書由“純粹”逐漸走向“舛駁”，即子書中充斥“讕言”、“瑣語”類敘事成分的現象。

　　《隋志》著錄於子部的《列子》、《淮南子》（道家類），《風俗通義》、《博物志》（雜家類）都較多地記錄了傳聞故事。《風俗通義》因事立論，論從事發，其構思方式已不同于傳統子書的先立意、再證之以事，事的地位提高。而劉向之《說苑》、《新序》（子部儒家類），敘事成分已超過說理成分，成為作品的主體部分。《說苑》“采傳記百家所載行事之跡，以為此書，奏之，欲以為法戒”②。類似於《韓非子》之“儲事論政”，《說苑》亦以“說理”為鵠的，但《韓非子》說理是主體，敘事是手段；而《說苑》敘事是主體，議論多起提綱挈領，昇華主題的作用。“議”、“敘”在二書中主體地位的交替一方面顯出敘事因素在子書中的增強，另一方面也顯出子書文體界限的模糊。當敘事成分淹沒說理成分，而“理”變成“寓意”之時，小說——文學性敘事就從中獨立出來，成為新的文體。

　　《笑林》、《語林》、《郭子》已是相當純粹的文學性敘事作品。首先，從敘事態度來看，三者都擺脫了實用目的。《笑林》是我國第一部笑話集，作者顯然是以輕鬆娛樂的態度在講故事；《語林》記錄“漢魏以來迄於今時言語應對之可稱者”③，《郭子》內容與之相近，二書雖大抵都反映的是

① 本文所引《世說新語》均據余嘉錫《世說新語箋疏》，上海古籍出版社1993年版。
② 曾鞏：《說苑序》，載向宗魯《說苑校證》，中華書局1987年版。
③ 《世說新語·輕詆》劉注引《續晉陽秋》。

真人真事，但意圖已不在為人"立傳"使之"垂諸不朽"，因而撰錄的多
是一些無關政事、德行的奇言瑰行，並不再用道德眼光去審視、評判它
們。此外，二書雖有"子"名①，但幾無議論，敘事獨立存在，不作說理
的工具。可以說，二書是以審美的態度來敘述故事的。其次，由於態度的
明確，這三部作品敘事基本擺脫了子史套數，相對《魏晉世語》、《名士
傳》與《說苑》來看，這種獨立十分可貴。《魏》、《名》由於還想承擔史
著功能，因此常常有一個"報家門"式的開頭，介紹人物的字、郡望、世
系、官爵、仕宦升遷等；但這種情況在《語林》中就很少見，《郭子》更
是將其徹底清除掉了。最後，文學性成為作品的基本文體特性，藝術意象
的塑造成為敘事的主要功能。子書的基本文體特性是說理性，敘述只是論
說的附庸；史傳敘事功能的主要承擔者是"概述"，所謂"舉宏綱"、"存
大體"的"紀事"正是此意。"細節"在史傳中起"具體化"的作用，是
史傳文學因素的主要來源。文學性敘事交換了史傳中"概述"與"細節"
的地位：概述只起聯結作用，細節卻承擔了主要敘事功能，由此，人物有
了生動的面貌，事件變為了鮮活的場景。換言之，細節所塑造的"形象"
成了作品的主體——《笑林》等三部作品正是如此。研究者將它們稱為
"小說"，並不是由於其闊誕迂誇，多奇怪倜儻之言（如志怪小說），而是
由於其超功利、重審美娛悅的特性。

二 《世說新語》：文學性敘事的自覺認定

《世說新語》是中國敘事文體演變過程中的一座里程碑，它的出現，
可以說標誌著文學性敘事作品的獨立，而這是與其編撰者的文體自覺分
不開的。

《世說新語》的編撰參考了很多材料，其中有子有史，也有軼事小說。
一般說來，作者總是受已經形成或正在形成的文類的制約，會在其中選擇
一個自己的位置，並由此確定敘述姿態。《世說新語》的編撰者面對眾多
的文類，表現得相當清醒和成熟。

---

① 《語林》又題作《裴子》，見《世說新語·文學》注："號曰《裴子》。"

　　從現存典籍來看，在結構上對《世說新語》影響最大的是《說苑》，黃長睿《東觀餘論·跋世說新語後》云："《世說》之名肇劉向，六十七篇中已有此目，其書今亡。宋臨川孝王因錄漢末至江左名士佳語，亦謂之《世說》。"余嘉錫《四庫提要辨證》亦云："劉向《世說》雖亡，疑其體例亦如《新序》、《說苑》，上述春秋，下紀秦漢。義慶即用其體，託始漢初，以與向書相續，故即用向之例，名曰《世說新書》，以別于向之《世說》。"向宗魯先生謂："《漢志》載子政所序有《說苑》，又有《世說》。予謂《世說》即《說苑》，原注《說苑》二字，淺人加之。"① 又徵引《初學記》，稱劉義慶《世說》又名《說苑》，則《世說新語》與劉向《說苑》之傳承關係明矣。然而《世說新語》在文體上卻並未認同它。《說苑》雖以敘事作為主體成分，目的卻在論政說理，因而材料選取集中于闡發德行與政事，並且以"序論"統攝敘事，敘事中又插入不少議論，其性質還是敘事說理的子書。同樣是以人為記敘對象，《世說》與《說苑》大異其趣，注重的是人物的精神氣質，以此為中心選擇和組織材料，也無議論說理。可見，《世說新語》的編撰者十分清楚其與《說苑》的文類界限。

　　再看作為《世說新語》主要材料來源的史傳。《世說新語》雖然大量採用了魏晉諸史中的材料，但顯然無意著史。無論從體例、態度、敘事基本手法等方面，都與諸史大為不同。而對文類界限模糊的雜史雜傳，《世說新語》也十分清醒。其材料選擇之純粹，可從其與志怪作品的關係進一步認識②。劉義慶另有《宣驗記》、《幽明錄》專記神鬼事，而以《世說新語》專門反映魏晉風流，此其文體自覺之一端。在敘事手法上，《世說新語》也不比雜史雜傳的體制不經。無論是從整個作品的結構，還是每則故事的敘事，都定型而成熟。雜史雜傳徘徊于史傳與文學性敘事之間，其與《世說新語》的差別亦如與《語林》、《郭子》，前已辨之甚詳，茲不贅述。

————————

　　① 向宗魯：《說苑校證·敘例》。
　　② 本文論文學性敘事，未及志怪作品。大致來講，志怪書以著史態度記神怪事，重在"記錄"，而不甚注重形象塑造，故並未自覺于文學性敘事，藝術成就亦不及以《世說新語》為代表的軼事小說。

在內容與敘述方式上與《世說新語》最接近的是《語林》、《郭子》，現存《語林》180多條佚文中，有一半以上為《世說新語》所取，而《郭子》80餘條，《世說新語》採錄的有70餘條，並且有不少是直接錄用或僅改動個別字句，由此可見《世說新語》對其文類的認同。總之，《世說新語》對當時的文類有取捨、有辨別、有認同，對自身的文體定位有自覺意識。

如果說《語林》、《郭子》這兩部產生於清談之中的作品還具備"資談助"的實際作用，那麼《世說新語》的敘事就是相當純粹的審美活動了。

劉義慶貴為劉宋宗室，但據《宋書》本傳，他"少善騎乘，及長，以世路艱難，不復跨馬"，元嘉八年"太白星犯右執法，義慶懼有災禍，乞求外鎮"，可見其一生常處憂懼之中。《世說新語》的編撰，實為寄情遣悶，可以說，劉義慶是通過對魏晉風流的審美與再現來釋放自己的生命熱情。因此在編撰動機上，劉義慶偏離了純實用功利，而更多的從審美需求出發。

另外，《世說新語》記千餘事、六百餘人，但其所展現的，並非魏晉人生活的全部世界，而是經過編撰者心靈透視後的世界，而《世說新語》編撰者透視所採取的，是審美角度，其從眾多舊聞中整合出來的，是一個"風流"超邁的世界。《世說新語》的人物品鑒，從傳統的實用、道德評判轉向了審美。如：

> 世目李元禮："謖謖如勁松下風。"（《世說新語·賞譽》）
> 時人目王右軍："飄如遊雲，矯若驚龍。"（《世說新語·容止》）

即使以"孔門四科"設定的"德行"，也多帶有審美意味：

> 王安豐遭艱，至性過人。裴令往弔之，曰："若使一慟果能傷人，濬沖必不免滅性之譏。"
> 王平子、胡毋彥國諸人，皆以任放為達，或有裸體者。樂廣笑曰："名教中自有樂地，何為乃爾也！"

謝太傅絕重褚公，常稱："褚季野雖不言，而四時之氣亦備。"

確如魯迅所說："若為賞心而作，則實萌芽于魏而盛大于晉，雖不免追隨俗尚，或供揣摩，然要為遠實用而近娛樂矣。"①《世說新語》以審美態度敘事，塑造了許多玄韻悠長的藝術意象，並以其光輝的成就為文學性敘事的發展奠定了基礎。

三 《世說新語》與子史的因緣

《世說新語》所記錄的大抵為真人真事，沒有撰者的有意虛構，這是今日研究者認為其不能稱作獨立文體之"小說"的主要原因；從另一方面來看，這又是史著"實錄"精神的繼承。《世說新語·輕詆》有這樣一則記錄：

庾道季詫謝公曰："裴郎云：'謝安謂裴郎乃可不惡，何得為復飲酒？'裴郎又云：'謝安目支道林，如九方皋之相馬，略其玄黃，取其儁逸。'"謝公云："都無此二語，裴自為此辭耳！"庾意甚不以為好，因陳東亭《經酒壚下賦》。讀畢，都不下賞裁，直云："君乃復作裴氏學！"于此《語林》遂廢。

因被詆為"失實"，《語林》遂遭廢棄。可見敘事需"實錄"，在當時還是普遍的觀念。(志怪之事，不也是以"實錄"的態度在記載麼？)《世說新語》要在這種情況下求生存，就必須遵守這一規則。另外，《世說新語》所記之人多達六百有餘，將後漢至東晉的名士大都網羅在內，又分三十六類，將名士精神風貌的各個側面一一展現，體現出一種"全景"意識。這也是史著力圖全面地反映一定歷史時期全貌的精神之繼承。

石昌渝先生將諸子散文的敘事稱為"寫意性記敘"，突出其"形象只是手段，意象才是目的"，又說"諸子散文的寓言參與哺乳了小說題旨意構方式"②，中肯地指出了子書敘事的"寫意"精神對小說的影響。文學性

---

① 魯迅：《中國小說史略》，《魯迅全集》卷9，人民文學出版社1981年版，第60頁。
② 石昌渝：《中國小說源流論》，生活·讀書·新知三聯書店1994年版。

敘事作品中,《世說新語》最早回應這種精神,以類目統攝事件的結構方式即其表現之一。更為重要的是《世說新語》敘事對"言外之意"的追求,無論是傳達事件的簡約玄澹,還是敘事所塑造的藝術形象,都體現出"言已盡而意有餘"的特點,直承《莊子》寓言。

在《莊子》寓言中,"事"與"意"的結合方式已不再明白單純如一般子書。在此可借用一則《莊子》寓言探討之:

> 黃帝遊乎赤水之北,登乎昆侖之丘而南望,還歸,遺其玄珠。使知索之而不得,使離朱索之而不得,使喫詬索之而不得也。乃使象罔,象罔得之。黃帝曰:"異哉!象罔乃可以得之乎!"(《莊子·天地》)

"玄珠"象徵的是"道",是《莊子》所要傳達的"意",然而通過"知"(思慮)、"離朱"(目力)、"喫詬"(言辯)都無法獲得,惟"象罔"可以。"象罔"是"象"(形象)、"罔"(虛幻)的結合,是有形與無形,實與虛的結合,是"象"與"象外之意"的結合,並且,這"象外之意"指向的是"恍兮惚兮"、"窈兮冥兮"的"道",因而它是虛而不實的(罔)、幽微玄妙的,而不是如《韓非子》寓言等的明白單純、清晰確定。象中之道,是宇宙人生的本體,而不是某種具體的理論,因此,《莊子》寓言的審美品格大大高於其他子書。

《世說新語》的藝術形象塑造,是敘事作品對《莊子》寓言的藝術精神的初次回應。首先,形象所蘊含的意味並不是確定的,通過理性思維即可獲得的,而必須在審美感興中去體悟。如,時人目王右軍"飄如遊雲,矯若驚龍"(《世說新語·容止》)。卞令目叔向"朗朗如百間屋"(《世說新語·賞譽》)。遊雲、驚龍、百間屋作為喻象,與本體之間的關係不是"實對"(如"指如削蔥根,口如含朱丹"),而是"意連",也就是說從這些形象的聯想中人們可以感受到人物的超脫高逸、俊朗清明,但又無法實指什麼是"飄如遊雲,矯若驚龍"、"朗朗如百間屋"。《世說新語》所傳達的被稱為"魏晉風流",可它究竟是什麼,誰也無法界定,要了解它,

就必須沉醉到《世說新語》中去，觀照風姿不同、神采各異的魏晉士人，
感悟他們生命的真精神，才可能領略魏晉風流。其次，形象所蘊含的並不
是某種具體的觀念、理論，而是有哲學內涵的對待生命的根本態度：

　　　　衛洗馬初欲渡江，形神慘顇，語左右云："見此芒芒，不覺百端
　　交集。苟未免有情，亦復誰能遣此！"（《世說新語·言語》）
　　　　畢茂世云："一手持蟹螯，一手持酒柸，拍浮酒池中，便足了一
　　生。"（《世說新語·任誕》）

　　總之，《世說新語》以"傳神"之筆塑造人物，充滿"玄韻"，正是
對子書"寫意"精神的發揚。

《世說新語》的敘事學分析：
"雅"—"俗"審美基本模式

　　《世說新語》的文風素以"簡約玄澹"① 著稱，欣賞者與研究者也容
易傾向於用"體味"的感興觀照方式去與它接觸，沉醉於細節所帶來的魏
晉風流，或陷入言外形上的無端玄想，現代結構主義敘事學的"煩瑣工
具"仿佛很難與它扯上關係。但作為一個大型敘事文本，《世說新語》雖
有千餘條各自獨立的小故事，然而這些故事的基本敘事結構相同，正源於
撰者在編輯時採取了一致的視角，出自同一敘事動機。因此可以把《世說
新語》看作一個統一的敘事文本。在這個前提下，本文擬借用現代敘事學
理論，力圖尋找《世說新語》的敘事動力與基本敘事模式。

一　基本要素："角色模式"與"語義方陣"

　　文本的意義是如何產生的，是現代敘事學關心的一個主要問題。法國
敘事學家格雷馬斯提出"角色模式"與"語義方陣"以解決這個問題。②

　　格雷馬斯以語言學為模式，力求首先找出故事內部基本的二元對立關
係，再據此推演出整個敘事模式。他根據作品中主要事件的不同功能關
係，區分出敘事作品的六種角色。③

---

　　① 胡應麟：《少室山房筆叢》卷 13，《景印文淵閣四庫全書》，臺灣商務印書館 1983 年版。
　　② 羅鋼：《敘事學導論》，雲南人民出版社 1994 年版，第 100—112 頁。
　　③ 在此必須對"角色"和"人物"這兩個概念加以區分。"角色"（actants）直譯為"行動
素"，強調的是行動而不是發出行動的人，是完全作為故事行動的一個因素來考慮，而不是從其自
身特徵來考慮。因此，當人物在故事結構中具備功能作用，便成為"角色"。角色在很多情況下可
能並不是一個人，而是某種抽象的力量或狀態。

1. 主角和對象 (Subject and Object)

在故事中，最重要的功能關係便是追求某種目的的角色與他所追求的目的之間的關係。格雷馬斯將二者稱為主角與對象，如果一角色 x 希望達到目的 y，那麼 x 就是主角，y 就是對象。

在《世說新語》這一文本中，"鑒賞"是最主要的功能，由此可確定其基本角色：

主角　　　　　功能　　　　　對象

鑒賞者　　　　鑒賞　　　　　被鑒賞者

有兩種人作為鑒賞的對象，即被鑒賞者，一種是鑒賞功能得以成功實施的對象——名士，另一種是鑒賞功能不能成功實施的對象——俗人。

2. 支使者與承受者 (Sender and Receiver)

主角既然要追求某種目標，那麼就可能存在某種引發他行動或為他提供目標和對象的力量，這種力量格雷馬斯稱作"支使者"，而獲得對象的則稱為"承受者"。換句話說，"支使者"提供行為動機，而"承受者"接受行為動機。

為《世說新語》的鑒賞活動提供行為動機，引發鑒賞者行為的力量，當是從作品中反映出來的社會普遍存在的人物識鑒風氣。因此"社會鑒賞風氣"便是這個文本的"支使者"，而鑒賞者接受了這種動機，"鑒賞者"即"承受者"。

3. 助手和對頭 (Helper and Opponent)

在敘事作品中，要最終達到一個結果往往要經歷曲折的過程，主角在追求對象的過程中可能受到種種阻撓，也可能得到種種幫助，這樣，在基本的角色模式中就必須增加兩個角色——助手與對頭。

阻礙《世說新語》中鑒賞功能實施，遮蔽名士，使其風神不能得以顯現的，往往不是某個具體的人，而是某種偶然因素，因此"遮蔽被鑒賞者的偶然因素"即擔當"對頭"角色；而推動鑒賞功能實施的是使對象被發掘的"機遇"，它就是"助手"。

這樣就分配了《世說新語》中的六種角色模式，其基本關係如下圖所示：

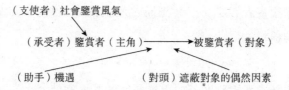

（支使者）社會鑒賞風氣

（承受者）鑒賞者（主角）————→被鑒賞者（對象）

（助手）機遇　　　　　（對頭）遮蔽對象的偶然因素

語義方陣是產生一切意義的基本細胞。它是從結構主義的二元對立中發展起來的，但又更加複雜。

格雷馬斯認為，在任何意義結構中，首先存在著一個基本的語義軸：

$$S_1 \longleftrightarrow S_2$$

這一語義軸的關係是一種對立關係，意胚（Seme）S_1 與 S_2 之間是一種絕對否定的關係。

在這基本的語義軸上還可以引入另一種關係，這就是上述 S_1 與 S_2 的矛盾項：

$$\bar{S}_2 \longleftrightarrow \bar{S}_1$$

如果把上述二者聯繫起來，那麼意義的基本結構可以表示為：

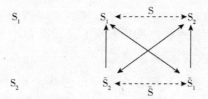

其中：◄----►代表對立關係；◄————►代表矛盾關係；————►代表補充關係

在《世說新語》中，可以找出這樣二元對立的基本語義軸：

$$雅 \longleftrightarrow 俗$$

這是鑒賞對象的兩種基本屬性的對立，當屬性為“雅”時，鑒賞對象是“名士”；屬性為“俗”時，鑒賞對象是“俗人”；[1] 二者之間是一種絕對否定的關係。由此再引入另外兩項，即雅與俗的矛盾項“非雅”與“非俗”。“非雅”是“雅”的矛盾項，指對“雅”（名士）不理解、不欣賞的態度，即被鑒賞者受到某種原因的遮蔽而被認作“俗”；“非俗”是“俗”

———————————

① 這裡所說的“俗”作為“雅”的對立項提出，其內涵與對象在本文中都有特別的規定性（詳見下文），與我們平常語境中的“雅”、“俗”不同。

的矛盾項，指鑒賞者否定"俗"認同"雅"的基本態度。非雅與非俗又構成二元對立關係：

非雅 ←————→ 非俗

分別指向鑒賞者對雅和俗的兩種相反的基本態度。

這樣就可以構成表示意義基本結構的語義方陣：

（名士）（俗人）

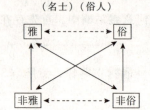

（鑒賞者否定俗人/肯定名士）（鑒賞者不理解名士，將其等同俗人）

二 《世說新語》："雅"、"俗"的對立與審美鑒賞

我們可以用這一角色功能與語義方陣來解讀《世說新語》的故事文本。

王汝南既除所生服，遂停墓所。兄子濟每來拜墓，略不過叔，叔亦不候。濟脫時過，止寒溫而已。

後聊試問近事，答對甚有音辭，出濟意外，濟極惋愕。仍與語，轉造清微。濟先略無子姪之敬，既聞其言，不覺懍然，心形俱肅。遂留共語，彌日累夜。濟雖儁爽，自視缺然，乃喟然歎曰："家有名士，三十年而不知！"濟去，叔送至門。濟從騎有一馬絕難乘，少能騎者。濟聊問叔："好騎乘不？"曰："亦好爾。"濟又使騎難乘馬，叔姿形既妙，回策如縈，名騎無以過之。濟益歎其難測非復一事。

既還，渾問湛："何以暫行累日？"濟曰："始得一叔。"渾問其故，濟具歎述如此。渾曰："何如我？"濟曰："濟以上人。"武帝每見濟，輒以湛調之曰："卿家癡叔死未？"濟常無以答。既而得叔，後武帝又問如前，濟曰："臣叔不癡。"稱其實美。帝曰："誰比？"濟曰："山濤以下，魏舒以上。"①

---

① 余嘉錫：《世說新語箋疏》，上海古籍出版社 1993 年版，第 428—429 頁。

這則故事具備六種基本的角色模式:

主角——鑒賞者——王濟;

對象——被鑒賞者——王湛;

支使者——社會鑒賞的基本傾向;

承受者——鑒賞者——王濟;

對頭——遮蔽被鑒賞者的偶然因素——王湛的隱居;

助手——使被鑒賞者被發掘的機遇——1. 王濟與王湛的清談等活動;
2. 王渾對王濟的詢問;3. 武帝對王濟的詢問。

其基本意義可用語義方陣表示為:

（王湛：鑒賞實施後）（王湛：鑒賞實施前）

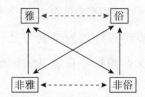

（社會鑒賞基本傾向）（"雅"被遮蔽、被認作"俗"的狀態）

為了分析的方便,本文在錄寫時將故事分為三個語段,三個語段即是敘事的三個程式（下文語段的劃分亦同）。

敘事程式 1

故事以王湛的隱居開始。這個階段中,主角（王濟）、對象（王湛）均已出場,但王湛被認作癡傻凡俗之輩,敘事功能"鑒賞"未能實施。對頭（遮蔽被鑒賞者的偶然因素）起作用,王湛的隱居（遮蔽因素）使其"雅"得不到鑒賞。

敘事程式 2

王濟偶然發現了王湛善清談與善騎,於是肯定了其名士身份。該程式中,助手 1（機遇 1）出場,幫助主角"去蔽",鑒賞活動得以實施。而機遇之所以能夠成功,是由於"雅"的品質得到表現:善清談、善騎,這是鑒賞活動得以實施的前提。

敘事程式 3

鑒賞活動進一步擴大。鑒賞者（王濟）通過助手 2（機遇 2:王渾的詢問），助手 3（機遇 3：武帝的詢問）的幫助，將對王湛的鑒賞推向了社會。個人的"雅"的表現被社會鑒賞基本傾向"非俗"所容納、認同。

可以看出，支使者——社會鑒賞的基本傾向是這個敘事文本的起點和終點。主角接受支使者的指令，鑒賞者王濟接受社會鑒賞的"非俗"傾向，因此一旦遮蔽因素出現，鑒賞對象就因被認作"俗"而遭否定，但由於對象本身"雅"的屬性與鑒賞的"非俗"傾向在同一維度，機遇一旦出現，鑒賞對象就得到了鑒賞者的肯定，並且，主角再次借助機遇最終將鑒賞對象納入了社會鑒賞的懷抱。就此，可以說，社會的鑒賞風氣及其基本傾向是這個文本敘事的原動力，由於它的推動，主角去追求對象，實施鑒賞功能，從實質上看是一次社會鑒賞對個體的擁抱（由於《世說新語》的絕大多數故事文本都可以納入同樣的角色功能與敘事模式，都可以分析出同樣的結論。因此，《世說新語》的敘事動力是社會鑒賞風氣及其基本傾向）。該文本又進行了一次個體對社會鑒賞的回歸，強化了個體價值與社會價值的一致。

另外，在敘事中起到關鍵作用的是對象的基本屬性，"雅"或"俗"。只有對象的基本屬性是"雅"，鑒賞活動才得以實施，而當"雅"的特質被展示的時候，敘事的流程凍結了，"雅"被放大呈現（如王湛之善騎）；同時，"雅"的特質一旦展示，鑒賞功能便得以實施（在其他故事中甚至多半是敘事的終結）。

"雅"在這個故事中表現為善清談與善騎，在別的故事中可能表現為德行、政事、言語、文學……這些詞在語義上是審美性的，而種種具體表現能統一於鑒賞功能，是由於它們都被置於審美的眼光下。由此，德行與任誕、政事與棲逸、夙惠與賢媛……都有了同樣的價值。

此外，"雅"的表現形式多種多樣，並無一定的標準，被鑒賞者可以盡量展現其個性，只要這種個性具備審美價值，就是"雅"，就可以成功實施鑒賞功能，就能被社會鑒賞所認同，而社會鑒賞風氣也總是讓鑒賞者隨處尋找和發掘"雅"。在《世說新語》中，社會是以審美的眼光在看人，而審美的眼光沒有實用要求，因而對個人表現出最大的寬容，對各種個性一併認同。雅的基本規定是什麼？我們來看下面幾個例子：

管寧、華歆共園中鋤菜,見地有片金,管揮鋤與瓦石不異,華捉而擲去之。又嘗同席讀書,有乘軒冕過門者,寧讀如故,歆廢書出看。

寧割席分坐曰:"子非吾友也。"[1]

這個故事角色功能如下:

主角——鑒賞者(他雖然大部分時候不在場,但整個敘事是以他的視點進行的);

對象——被鑒賞者——華歆/管寧;

支使者——社會鑒賞基本傾向;

承受者——鑒賞者;

助手——使鑒賞對象得以顯現的機遇——1. 地有片金;2. 乘軒冕者過門。

語義方陣可表示為:

（管寧）　　　　（華歆）

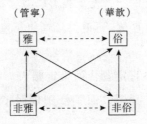

（社會鑒賞基本傾向）（雅未脫離俗的初始狀態）

敘事程式可分為二:

程式1

管寧、華歆本處於同一被認識狀態,由於助手1(地有片金)的出現,二人發生了分化。管寧毫不在意(揮鋤與瓦石無異),而華歆則表現出注意與克制(捉而擲去之);助手2(有乘軒冕者過門)的出場,推進了二人的分化。管寧仍未在意(讀如故),而華歆則感興趣得難以自制(廢書出看)。

程式2

鑒賞者借助管寧出場並否定了華歆,對華歆的鑒賞失敗。鑒賞者通過

---

① 余嘉錫:《世說新語箋疏》,上海古籍出版社1993年版,第13頁。

管寧出場這一途徑本身即是對管寧的肯定，也就是說，管寧與社會鑒賞的基本傾向達成了一致（這是其成為鑒賞者的條件），隱藏的鑒賞者對管寧的鑒賞功能實際已經潛在地實施了。

在這個故事中，兩個鑒賞對象管寧、華歆的命運不同。一個被社會鑒賞所肯定，稱為"名士"，一個被否定，成為"俗人"（僅僅限於這次鑒賞活動，這個文本）。而二者命運差異的關鍵在於管寧的"雅"與華歆的"俗"，這次敘事突出了"雅"與"俗"的根本差異："雅"是超越實用的生命自在，而"俗"是生命受到實用（名利）的蒙蔽。

又如：

> 劉伶病酒，渴甚，從婦求酒。婦捐酒毀器，涕泣諫曰："君飲太過，非攝生之道，必宜斷之！"伶曰："甚善。我不能自禁，唯當祝鬼神，自誓斷之耳！便可具酒肉。"婦曰："敬聞命。"供酒肉於神前，請伶祝誓。伶跪而祝曰："天生劉伶，以酒為名，一飲一斛，五斗解酲。婦人之言，慎不可聽。"便引酒進肉，隗然已醉矣。①

鑒賞者（潛在）顯然肯定劉伶而否定婦人。劉伶與婦人的區別就在於婦人受實用（攝生之道）局限，而劉伶則擺脫了拘束實現了生命的自在。又如：

> 王戎、和嶠同時遭大喪，俱以孝稱。王雞骨支牀，和哭泣備禮。武帝謂劉仲雄曰："卿數省王、和不？聞和哀苦過禮，使人憂之。"
>
> 仲雄曰："和嶠雖備禮，神氣不損；王戎雖不備禮，而哀毀骨立。臣以和嶠生孝，王戎死孝。陛下不應憂嶠，而應憂戎。"②

該故事包含兩個敘事程式。程式 1：雅俗倒置，鑒賞對象處於遮蔽狀態。程式 2：鑒賞功能成功實施，"雅"（王戎）"俗"（和嶠，僅限於這個文本）

---

① 余嘉錫：《世說新語箋疏》，上海古籍出版社 1993 年版，第 728—729 頁。
② 同上書，第 19—20 頁。

各歸其位。決定因素在其本身屬性，雅——擺脫一切拘束，包括傳統的社會規範"禮"，這是王戎；俗——情感仍局限在社會規範所要求的形式中，不是出於自然的流露，生命的本真與自由都未得到體現，這是和嶠。

綜合上面幾個例子，我們可以對《世說新語》的基本語義軸"雅—俗"做出說明："雅"指生命的本真存在與自然顯現，它是超越功利、道德、善惡等實用的，其內容不僅包括清談、言止、賞譽等"美"，也包括汰侈、讒險、儉嗇等"醜"，因為它們都是生命的本真顯現、自然流露，都是不管社會規範的拘束的；而"俗"指生命受實用蒙蔽的一般人生存的常態。同時，《世說新語》的敘事動力——社會鑒賞的基本傾向也就更清楚了：審美傾向，對凡是能成為審美對象的現象（包括在社會規範之外的自然狀態）加以鑒賞。在此，個體價值得到了最大的認同，而個體的自覺又是在社會鑒賞審美傾向的推動下愈加得以發展的，由於社會的寬容與認可，表現獨特個性才成為一種風氣。

甚至《世說新語》的撰者，也許亦未能明白自己對人物的真正態度。因此，第二十五門"排調"到第三十六門"仇隙"，類目設置上帶有道德否定傾向，也就是從類目設置上，肯定社會規範的常態"俗"而否定生命本性的自然流露"雅"。但由於敘事動力來自社會鑒賞的審美傾向，撰者對生命的本真存在狀態有著天然的愛好，因此推動他去鑒賞排調、輕詆、汰侈、忿狷、尤悔……

　　荀鳴鶴、陸士龍二人未相識，俱會張茂先坐。張令共語。以其並有大才，可勿作常語。陸舉手曰："雲間陸士龍。"荀答曰："日下荀鳴鶴。"陸曰："既開青雲覩白雉，何不張爾弓，布爾矢？"荀答曰："本謂雲龍騤騤，定是山鹿野麋。獸弱弩彊，是以發遲。"張乃撫掌大笑。

　　陸平原河橋敗，為盧志所讒，被誅。臨刑歎曰："欲聞華亭鶴唳，可復得乎！"

　　魏武行役，失汲道，軍皆渴，乃令曰："前有大梅林，饒子，甘酸，可以解渴。"士卒聞之，口皆出水，乘此得及前源。

　　石崇廁，常有十餘婢侍列，皆麗服藻飾。置甲煎粉、沈香汁之屬，無不畢備。又與新衣箸令出，客多羞不能如廁。王大將軍往，脫故衣，箸新衣，神色傲然。群婢相謂曰："此客必能作賊。"

王藍田性急。嘗食雞子，以筋刺之，不得，便大怒，舉以擲地。雞子於地圓轉未止，仍下地以屐齒蹍之，又不得，瞋甚，復於地取內口中，齧破即吐之。王右軍聞而大笑曰："使安期有此性，猶當無一豪可論，況藍田邪？"①

撰者對這些故事的敘述充滿了興趣，那些排調、汰侈、輕詆、尤悔的人物仍然是鑒賞的對象，並且由於他們展現了生命的本真存在（或者說是人的自然本性），在鑒賞活動中成功地被審美化。由此，撰者的敘事與其觀念產生了矛盾，在觀念上社會常規制約他，使其否定人的某些自然本性，而在敘事中他超越了社會常規的觀念，對人的理解在審美的眼光中統一于生命的自在——真性情、真自由、真自我。②

王濟、王湛的故事是《世說新語》中最具典型意義的一個文本。這個文本中，角色功能的六種模式以及語義方陣的四個基本項都非常完整。在《世說新語》的其他故事中，常常有某些項隱藏或缺席的情況。出現得最多的如：

庾子嵩目和嶠："森森如千丈松，雖磊砢有節目，施之大廈，有棟樑之用。"

王子敬問謝公："嘉賓何如道季？"答曰："道季誠復鈔撮清悟，嘉賓故自上。"

有人詣王太尉，遇安豐、大將軍、丞相在坐；往別屋見季胤、平子。還，語人曰："今日之行，觸目見琳琅珠玉。"③

---

① 余嘉錫：《世說新語箋疏》，上海古籍出版社 1993 年版，第 789—790、897、851、877—878、886 頁。

② 本文無意於贊同這種泛審美態度，但需要指出此為《世說新語》敘事之動力與視角。

③ 《世說新語箋疏》，第 426、543、612 頁。

這三個故事的角色功能如次:

主角——鑒賞者——故事 (story) 1 (S_1):庾子嵩;故事 2 (S_2):謝公;故事 3 (S_3):某人。

對象——被鑒賞者——S_1:和嶠;S_2:道季、嘉賓;S_3:安豐、大將軍、丞相、季胤、平子。

支使者——社會鑒賞審美傾向

承受者——鑒賞者

助手——機遇——S_1:(隱藏,然而事實上必當存在);S_2:王子敬之問;S_3:某人之造訪太尉。

對頭——遮蔽被鑒賞者的偶然因素 (缺席)。

語義方陣如圖:

(被鑒賞者) (被鑒賞者 "故事前" 的狀態)

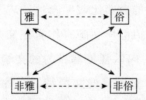

(社會鑒賞審美傾向) (雅未被認識)

這三個故事的 "俗—非雅" 一維存在於故事開始前,是 "雅" 未被認識,被鑒賞者也未從 "俗" 中特立出來的狀態。這一維在故事中是被弱化的,它表明了 "故事前" 的狀態,為 "雅—非俗" 一維提供了參照系,敘事過程就是雅由隱 (故事前) 而顯 (故事後) 的過程。而故事一開始, "俗—非雅" 的狀態就自動消失了,因為鑒賞者立即把鑒賞功能實施於鑒賞對象,也就是說,社會鑒賞審美傾向這一支使者所發出的指令立刻得到了實施。因此,在這些故事中,強調的是語義方陣中 "雅—非俗" 的一維,即鑒賞傾向與被鑒賞者順利達成的一致。

同時,對頭 (遮蔽被鑒賞者的偶然因素) 的缺席亦表明鑒賞功能的實施未受阻礙,這也反映了社會與個體的一致,社會鑒賞風氣對被鑒賞者的積極認同。

另一種常見的情況是鑒賞者的隱藏。如:

李元禮風格秀整，高自標持，欲以天下名教是非為己任。後進之士，有昇其堂者，皆以為登龍門。

司馬太傅問謝車騎："惠子其書五車，何以無一言入玄？"謝曰："故當是其妙處不傳。"①

以及上一節中所引劉伶病酒的故事。鑒賞者在這些故事中均未出場，然而鑒賞功能仍是由其實施的，因為他為敘事提供了基本的視點。整個故事均從鑒賞者眼中看出，並以其口吻進行敘述。鑒賞者的隱藏說明了鑒賞風氣的強大，無須指定一個具體的人作為鑒賞者，一切人都可以鑒賞，都認同社會鑒賞的審美傾向，都積極地以審美鑒賞的眼光去"看"人。

宋人劉應登稱《世說新語》"高簡有法"②，高簡處閱讀者自能會心，"法"的探尋卻是研究需要面對的難題。通過以上對《世說新語》所作的敘事模式分析，某些隱藏的意義比較明晰地顯現了，也便於研究者更明確具體地把握其寫作思路。這部作品的寫作處在文體過渡階段，是敘事從子史中的"讕言"、"瑣語"向以審美為目的的文學性敘事轉變的關鍵。③ 在文學史的發展過程中，已經形成的文體特徵，往往為後代寫作者所效法。當代小說史家指出："作家寫作某一類型小說時，自覺不自覺地都受制於這些預先設定（前人作品積澱下來）的'規則'。"④ 模式分析固然簡化了文本，然而對於"規則"的把握卻不無幫助。如果我們將《世說新語》與其眾多的模仿者作一些比較，"世說類"軼事小說的流變過程也許可以得到更加清晰地展現。

---

① 《世說新語箋疏》，第6、239頁。
② 劉應登：《世說新語序目》，載《世說新語箋疏》附錄。
③ 參見李瑄《論世說新語敘事的新變與傳承》，《社會科學研究》2003年第6期。
④ 陳平原：《小說史：理論與實踐》，北京大學出版社1993年版。

中　編

————————

禮佛文人的應世之道

劉遺民非"遺民"考

我們今天說"遺民"，廣義的指亡國之民，狹義的指改朝換代後不仕新朝的人。後者包含於前者之中，有鮮明的政治色彩與道德色彩，其概念的規定性，綜合歷史上各時代的遺民觀念來看，應當包括三項：士人、眷念故國、不與新朝合作。

"遺民"一詞，在中國古代典籍中是豐富多義的。作為成詞，有案可查的記錄最早見於《左傳》。共四例：

> 衛之遺民（Ⅰ）男女七百有三十人，益之以共、滕之民為五千人。立戴公以廬于曹。

> 吳公子札來聘。……請觀于周樂。……為之歌唐，曰："思深哉！其有陶唐氏之遺民（Ⅱ）乎！不然，何其憂之遠也？非令德之後，誰能若是？"……為之歌小雅，曰："美哉！思而不貳，怨而不言，其周德之衰乎？猶有先王之遺民（Ⅲ）焉。"

> 司馬致邑立宗焉，以誘其（蠻）遺民（Ⅳ）（杜預注：楚復詐為蠻子作邑，立其宗主。），而盡俘以歸。①

它們都有一個中心意義：遺留下來的人。這個意義在不同語境中表現為不同變項，可以歸納為三。一、亡國或亂離之後遺留下來的子民（Ⅰ、Ⅳ）。二、後裔（Ⅱ）。三、前一個時代遺留下來的人（Ⅲ）。這三個義項

① 楊伯峻：《春秋左傳注》閔公二年、襄公二十九年、哀公四年，中華書局 1981 年版，第266—267、1161—1164、1628 頁。

作為"遺民"的基本義，在後世文籍中大量使用。①

兩漢以至南北朝，"遺民"一詞一直延續著這三個義項，並無新義產生。② 但晉宋之交的隱士劉程之，卻在遺民史的研究中造成了不少誤解，有必要加以澄清。

劉程之入宋不仕，且號"遺民"，人們往往受此影響來判斷他的政治取向，把他作為晉宋間遺民（包含政治立場與倫理道德因素）的一個代表。嚴可均《全晉文》謂："劉裕以其不屈，旌其號曰遺民"，③ 逯欽立：《先秦漢魏晉南北朝詩》與之略同。

其說可追溯自宋僧志磐所著《佛祖統記》卷二十七《十八賢傳》：

> 劉程之，字仲思，彭城人，漢楚元王之後。妙善《老》、《莊》，旁通百氏。少孤，事母以孝聞。自負其才，不預時俗，初解褐為府

---

① 最常用的為義項（一），猶見於歷史文獻，如：《史記》卷4，《周本紀》："成王既遷殷遺民，周公以王命告，作《多士》、《無佚》。"（中華書局1975年版，第133頁）《資治通鑒》卷40，《漢紀》32，《世祖光武皇帝上之上》二年："三輔大饑，人相食，城郭皆空，白骨蔽野，遺民往往聚為營保，各堅壁清野。"（中華書局1956年版，第1307頁）《清史稿》卷277："康熙六年，遷四川合州知州。四川大亂后，州中遺民裁百餘，正賦僅十五兩，而供役繁重。"（中華書局1976年版，第10083頁）（二）如王十朋《禹廟》："越国遺民念帝功，稽山庙貌胜卑宫。少陵莫叹丹青落，纸上丹青自不穷。"（《梅溪王先生文集后集》卷4，《四部叢刊初編》，第4a頁。）（三）如白居易《贈康叟》："八十秦翁老不歸，南賓太守乞寒衣。再三憐汝非他意，天寶遺民見漸稀。"（彭定求編：《全唐詩》卷441，中華書局1960年版，第4916頁）刘克庄《苔英帅卿》："某淳熙遺民，瀕海孤士……"（《后村先生大全集》卷134，《四部叢刊初編》，第16a頁）

② 最早以"遺民"來指稱個體對象的是東漢杜篤《首陽山賦》："其二老乃答余曰：'吾殷之遺民也。厥胤孤竹，作蕃北湄，少名叔齊，長曰伯夷。'"（《藝文類聚》卷7，上海古籍出版社1982年版，第138頁）此處"遺民"看來似乎有"易代不仕之士"的意義，然而結合先秦典籍對夷齊事蹟的記載來看卻又不然。先秦典籍中言其"餓死首陽"的僅有《莊子》，但《莊子》卻把他們避世的原因歸結於："今天下暗，殷德衰，其並乎周以塗吾身也，不如避之，以潔吾行"，既不德殷，也不肯汙于周。目前並無材料足以證明伯夷、叔齊是出於對殷的忠誠而避周。綜合《論語》、《孟子》、《莊子》、《戰國策》等典籍的記載來看，他們的精神實質，是對上古道德純粹性的堅持。這裡的"遺民"一詞，實際上和"易代不仕"之事並無材料上的聯繫。如果用後世的眼光去看待它，那麼"夷齊"是後人眼中的夷齊，"遺民"也是後人眼中的遺民，純屬偶然相合。在現存漢代文獻中，如此使用的僅此一例，而就此一例，用"亡國之後遺留下來的子民"去解釋它，較之"不貳之臣"顯然更為合理。《辭源》與《漢語大詞典》將其作為"改朝換代後不仕新朝的人"之首出例，恐不確。

③ 嚴可均：《全上古三代秦漢三國六朝文·全晉文》卷142，中華書局1958年版，第2279頁。

參軍。謝安、劉裕嘉其賢，相推薦，皆力辭。性好佛理，乃之廬山，傾心自託。遠公問："官祿巍巍，欲何不為？"答曰："君臣相疑，吾何為之？"劉裕以其不屈，乃旌其號曰遺民。……時義熙六年也，春秋五十九。①

志磐的《十八賢傳》乃改定宋大觀中僧人懷悟之書而成，懷悟所本，在熙寧間文人陳舜俞的《廬山集》。《佛祖統紀》附曰：

> 《十八賢傳》，始不著作者名，疑自昔出於廬山耳。熙寧間，嘉禾賢良陳令舉舜俞粗加刊正。大觀初，沙門懷悟以事蹟疏略，復為詳補。今歷考《廬山集》、《高僧傳》及晉宋史，依悟本再為補冶，一事不遺，自茲可為定本矣。②

而舜俞原書，見宋本《廬山記》卷三，題為《十八賢傳》。其文曰：

> 劉程之，字仲思，彭城聚里人，漢楚元王之苗裔也，歷晉世至卿相。程之少孤，事母，州閭稱孝。墳典百家，靡不周覽，尤好佛理。陳郡殷仲堪、桓玄等諸賢莫不崇仰。解褐府參軍。程之既慕遠公名德，欲白首同社，乃錄尋陽柴桑，以為入山之資。歲滿棄去。結廬西林。蔽以榛莽。義熙間，公侯復辟之，皆不應。後易名遺民。遠公社賢推為上客。③

並無"劉裕以其不屈"云云，而在"陳舜俞—懷悟—志磐"的這個編撰系統中何時增加此說，缺乏足以澄清的材料。唯《佛祖統紀》撰於理宗寶祐六年（1258），在宋室南渡之後，是否受當時遺民觀念興起的影響而

---

① 志磐：《佛祖統紀》卷26，《大正新修大藏經》第49冊，臺北佛陀教育基金會1990年版，第267頁。
② 同上書，第268頁。
③ 《廬山記》，《叢書集成續編》第219冊，新文豐出版公司1989年版，第564—565頁。

如此傅會，或未可知。

有關劉程之生平的記載，更早見於唐釋元康《肇論疏》，懷悟的傅會，抑或受《肇論疏》的影響，其文云：

> 廬山遠法師作《劉公傳》，云：劉程之，字仲思，彭城人，漢楚元王裔也。承積慶之重粹，體方外之虛心。百家淵談，靡不遊目，精研佛理，以期盡妙。陳郡殷仲文、譙國桓玄諸有心之士莫不崇。拭祿尋陽柴桑，以為入山之資。未旋幾時，桓玄東下格稱，永始逆謀始。劉便命挈考室林藪。義熙公侯咸辟命，皆遜辭以免。九年，大尉劉公。知其野志沖邈，乃以高尚人望相禮，遂其放心。居山十有二年卒。有說云：入山已後，自謂是國家遺棄之民，故改名遺民也。①

如果此傳文確屬慧遠所作，自當可信，然而道宣《廣弘明集》所輯慧遠《與隱士劉遺民等書》，內容也相當於一篇"劉遺民傳"，但對其生平的描繪卻大不相同：

> 彭城劉遺民，以晉太元中，除宜昌、柴桑二縣令。值廬山靈邃，足以往而不反，遇沙門釋慧遠，可以服膺。丁母憂，去職入山，遂有終焉之志。于西林澗北，別立禪坊，養志閑處，安貧不營貨利。是時閑退之士輕舉而集者，若宗炳、張野、周續之、雷次宗之徒，咸在會焉。遺民與群賢遊處，研精玄理，以此永日。遠乃遺其書曰："每尋疇昔遊心世典，以為當年之華宛也；及見《老》、《莊》，悟名教是應變之虛談耳；以今而觀，則知沈冥之趣，豈得不以佛理為先？苟會之有宗，則百家同致，君諸人並為如來賢弟子也。策名神府為日已久，徒積懷遠之興，而乏因籍之資，以此永年，豈所以勵其宿心哉？意謂六齋日，宜簡絕常務，專心空門。然後津寄之情篤，來生之計深矣。若染翰綴文，可托興於此。雖言生於不足，然非言無以暢一詣之感，

---

① 元康：《肇論疏》卷中，《大正新修大藏經》第 45 冊，第 189 頁。

因驥之喻。亦何必遠寄古人?"於是山居道俗日加策勵。遺民精勤偏至，具持禁戒，宗、張等所不及。專念禪坐，始涉半年，定中見佛。行路遇像佛於空現，光照天地，皆作金色。又披袈裟在寶池浴，出定已，請僧讀經，願速捨命。在山一十五年，自知亡日，與眾別，已都無疾苦。至期西面端坐，斂手氣絕。年五十有七。先作《篤終誡》曰:"皇甫謐遺論佩《孝經》，示不忘孝道，蓋似有意小兒之行事。今即土為墓，勿用棺槨。"子雍從之。周續之等築室相次，各有芳績。如別所云。①

兩者相較，有三點足資重視:一、《廣弘明集》比《肇論疏》之文更接近慧遠的手筆。《肇論疏》所謂《劉公傳》僅止於劉程之入山，如果此傳真出自慧遠，必不簡陋如斯;而《廣弘明集》所記，從其棄官隱廬山以至離世，儼然一"劉程之傳"，且言"定中見佛"等事，比起"義熙公侯征辟皆遜辭以免"顯然更符合慧遠的身份。二、《廣弘明集》為纂集類文獻，編輯者本有意保持史料的原貌;《肇論疏》卻是附錄於佛經的注疏文字，隨意性較大。三、即便不論道宣時代略早于元康，單是從兩人撰著的可信度來看，道宣也高出元康遠矣。道宣有自覺的史家意識，在保存史料時力圖存真。② 而元康卻"性情酋勇，聞少解多"，③ 作為注家，在闡發義理上有所長，在保存史料上恐有所短。因此，"自謂是國家遺棄之民"，是否是元康的望文生義，大有可疑。因此，從材料的可信度來說，《廣弘明集》大大高於《肇論疏》。而兩傳當中，只能有一篇是慧遠所作，如果《廣弘明集》為真，那麼其中並無關於劉遺民政治立場的表述或暗示，在此，劉遺民的隱遁，當為其玄遠出世的人生追求的必然結果，政治因素並非其主導因素。

再者，假使元康所引《劉公傳》為真，其所記載劉程之辭官的時間也

① 道宣:《廣弘明集》卷27，《大正新修大藏經》第52冊，第304頁。
② 如在:《廣弘明集》《列代王臣滯惑解》中收錄了北齊劉晝的上書和梁朝荀濟的奏章，兩者都極言僧尼的種種弊端（包括了所謂"中冓之事"的行為），而道宣不加隱瞞，皆錄之。
③ 贊寧:《宋高僧傳》卷4，《唐京師安國寺元康傳》，《大正新修大藏經》第50冊，第727頁。

在義熙以前，從字裏行間透露出劉程之辭官的原因是"世事已無可為"，並非對晉朝有什麼留念而對劉宋有什麼抵觸。再退一步，即使《蓮》傳裏的"劉裕以其不屈，乃旌其號曰遺民"屬實，也不能說明劉遺民就是"遺民"（特指），哪裏有新朝君主以"遺民"旌表舊朝故臣的？這個"遺民"恐怕應當是"舉逸民而天下歸心"的"山林隱逸之民"吧。

東晉士人，對山林有很強的親近感，他們把山林當作安頓心靈的福地，劉程之自謂"禪隱"①，並且在《廬山精舍誓文》中云："藉扶容于中流，蔭瓊柯以詠言。飄靈衣於八極，泛香風以窮年。體忘安而彌穆，心超樂以自怡。臨三塗而緬謝，傲天宮而長辭。紹眾靈以繼軌，指大息以為期。"② 這些都是隱逸情懷很明確的表現。此外，他的參禪，不是時來興起的短暫行為，他是很認真地投入佛理的探究中去；他的禮佛，也是終其一生而極其虔誠的。可以說，"劉遺民"即"劉逸民"耳。

事實上，隋唐以來的很長一段時期，人們都把劉遺民理解為一位精研佛理的山林隱士，如耿湋《送崔明府赴青城》："清冬賓御出，蜀道翠微間。遠霧開群壑，初陽照近關。霜潭浮紫菜，雪棧繞青山。當似遺民去，柴桑政自閑。"又如齊己《江寺春殘寄幕中知己二首》之二："社蓮慚與幕蓮同，嶽寺蕭條儉府雄。冷淡獨開香火裏，殷妍行列綺羅中。秋加玉露何傷白，夜醉金缸不那紅。閑憶遺民此心地，一般無染喻真空。"貫休《送崔使君》"釋謂緣因，久昵清塵。王嘉迎安，遠狎遺民。""遺民"因此成了"禪隱"的代名詞，如張登《招客遊寺》："江城吏散倦春陰，山寺鳴鐘隔雨深。招取遺民赴僧社，竹堂分坐靜看心"，韋應物《答裴處士》："遺民愛精舍，乘犢入青山。來署高陽里，不遇白衣還。"③ 此義在唐詩中廣泛運用，"遺民"一詞的新義項——"隱士"亦由此產生。白居易所云"亦知世是休明世，自想身非富貴身。但恐人間為長物，不如林下作遺民"④，

---

① 《肇論·般若無知論》附《劉遺民書問》，載《大正新修大藏經》第 45 冊，第 155 頁。

② 嚴可均：《全上古三代秦漢三國六朝文·全晉文》卷 142，中華書局 1958 年版，第 2279 頁。

③ 彭定求編：《全唐詩》卷 268、844、828、313、190，中華書局 1960 年版，第 2977、9549、9329、3526、1950 頁。

④ 白居易：《狂吟七言十四韻》之一，《全唐詩》卷 460，第 5238 頁。

就是這種用法。到了宋初，又有楊璞自稱"東里遺民"①，也是一個隱士。他與名相畢士安友善，並曾以"遺逸"被徵至太宗闕下②，真宗也專門遣使"賜以繒帛"③。朝廷以他為"遺逸"、"隱士"的典範加以善待，既可激貪厲俗，又昭求賢之誠；而楊璞一方面得以悠游山林，另一方面又享受種種優渥，二者的關係可謂彼此相得。

　　從先秦到明清，"遺民"詞義的演變，經歷一個比較複雜的過程，它的"出於政治立場與倫理自覺而不仕新朝者"之義項，晚在南宋以後才大致確立。由此可見，我們在理解歷史人物時，如果以後世的觀念不加分辨地施諸先世，極易造成誤解。

────────────

　　① 楊璞字契玄，鄭州新鄭人。善歌詩，士大夫多傳誦。與畢士安尤相善，每乘牛往來郭店，自稱東里遺民。嘗杖策入嵩山窮絕處，構思為歌詩，凡數年得百餘篇。璞既被召，還，作《歸耕賦》以見志。真宗朝諸陵，道出鄭州，遣使以茶帛賜之。卒，年七十八。(《宋史》卷457，《隱逸上》，中華書局1978年版，第13428頁)

　　② 淳化中，(韓)伾任翰林學士，因召對，上問曰："卿早在嵩陽，當時輩流頗有遺逸否?"伾以適及楊璞、田誥為對，上悉令召至闕下。詔書下而誥卒。璞既至，對於便殿，不願仕進，上賜以束帛，與一子出身，遣還故郡。(同上書，第13427—13428頁)

　　③《宋史》卷7，《本紀第七》："丁酉(真宗四年)，賜隱士楊璞繒帛。"(第132頁)

文人小集在明清文學思想研究中的價值

——以袁宏道《敝篋集》為例

一　明清文人小集與袁宏道《敝篋集》

在文學思想史的研究中，文獻資料的載體形式是一個不能忽略的問題。研究者為了更貼近地還原某種文學思想發生發展的過程，就必然要尋找最能反映其言說語境的文獻材料。文人小集，由於其編撰、刊刻和流通的即時性，非常適合於承擔這一功能。

文人文集編撰與出版的形式，關係到作者看待自己作品的方式，以及所期待讀者的接受方式等問題，近年已受到越來越多文學史研究者的重視。中國文人對自己作品著作權的自覺，有一個從無到有的過程。[①] 生前自編文集，是文人意識到自己作品的完整性存在，進而加以整理、修飾以期將來能保存和傳播的重要手段。關於中國文人自編文集的最早記錄，大概是曹魏時期的曹丕、曹植等人；齊梁時期，自編文集的文人已經出現較多；唐人自編文集的數量更是劇增，白居易《白氏長慶集》的編輯和保存，成了備受文學史家關注的標誌性事件。宋代，著名文人如歐陽修、蘇軾、黃庭堅、陸游、楊萬里等人都留下了自編文集的記載，文人自編集已經發展為一種非常普遍的社會現象。[②] 自編文集，大多帶有總結的意味，因而把某一時期的作品集結起來，編為"小集"的情況也就自然而然

---

① 參見淺見洋二《詩來自何處？為誰所有？——關於宋代詩學中的"內"與"外"、"己"與"他"以及"錢"、"貨"、"資本"概念的討論》，載《距離與想像——中國詩學的唐宋轉型》，上海古籍出版社 2005 年版，第 390—412 頁。

② 參見淺見洋二《"焚棄"與"改定"——論宋代別集的編纂或定本的制定》，《中國韻文學刊》2007 年第 3 期；虞萬里《別集流變論》，《中國文化》2011 年第 33 期。

地出現了。南宋時，文人"一官一集"或"一地一集"，多到"例子不勝枚舉"，編訂"小集"已成為當時流行的一種文化風尚。① 有些宋人的小集生前就出版了，② 但流傳至今的並不多，被文學思想史研究加以利用的就更少了。

明清時期出版業迅速發展，文集出版便利，費用也不高，絕大多數文人都可以負擔或找到相關資助。對於那些想要爭取文化關注的人來說，小集的刻印因其篇幅小、費用低、時效高而頗受青睞。不少著名文人，如李贄、屠隆、袁宏道，生前沒有編輯刻印過全集，小集便是他們把作品展示給公眾的最重要途徑，對其文化形象的塑造有至關重要的作用。如李贄的《焚書》版行後，社會影響極大，"人挾一冊，以為奇貨"。③ 李贄驟得盛名成為晚明個性解放思潮的領袖人物，以及後來被當作異端一再打擊乃至下獄，均與此書有關。還有一些人，如清初著名文人朱彝尊、王士禛，晚年刻印全集時對詩文進行了較大的整理和刪改，但早年行世的小集中仍留下了他們文學活動的印跡。如政治態度的變化，朱彝尊早年以"布衣"自稱，秘密參加過反清復明活動，其《南車草》和《竹垞文類》中均有不少懷念亡明的篇章；後來他由博學鴻詞入仕清廷，晚年自定的《曝書亭集》中，這些內容大多被刪改。又如文壇地位、態度的變化，王士禛初入詩壇時與江南遺民詩人群體交遊，態度謙遜恭敬，《入吳集》請林古度為序，《金陵遊記》請杜濬、陸圻、冒襄為序，《詠史小樂府》請孫枝蔚為序，《憶洞庭詩》請歸莊為序……後來其官位日隆，文壇地位也日漸上升，再提到這些遺老時不免倨傲指點；其康熙八年彙刻的《漁洋山人詩集》及康熙四十九年編訂的《帶經堂集》中，那些以後輩身份求教于人的篇章大多被刪汰；④ 王士禛希望在全集裏展示一代宗匠的面目，但那些曾使他逐漸

---

① 祝尚書：《宋人別集敘錄》，中華書局 1999 年版，第 1317 頁。
② 如楊萬里就曾"一官一集"且每集皆有自序，有些自序裏就記錄了刻印出版的情況。今國家圖書館、日本宮內廳書陵部等地還藏有其淳熙至紹熙等單集刻本。參見祝尚書《宋人別集敘錄》，第 992 頁。
③ 朱國禎：《湧幢小品》卷 16，中華書局 1959 年版，第 365 頁。
④ 蔣寅已經注意到這個現象，參見其論文《略談清代別集的文獻價值》，《清史研究》2010年第 3 期。

在文壇立足的小集卻留下了其多年經營的痕迹。可以說，這些產生于作者人生不同階段的小集就是文化史發生的直接參與者。

小集受到的重視遠不如全集。從書籍的著錄情況來看，《四庫全書總目》集部以人繫書，一般不著錄小集，《明史·藝文志》同樣如此。《總目》和《藝文志》都以勾勒一代文獻基本面貌、構建文化史為編撰目的，他們對小集的忽略以至無視，掩蓋了其曾在社會文化生活中產生的重大影響，也掩蓋了文化史在發生之時的原生態結構。此外，由於一些作者“悔其少作”的心理，在全集出版後無意於小集的保存，加之小集一般印本較少，所以不少都亡佚了。如王士禎，在二十三歲到二十八歲這六年間曾刻詩集九種，但其中六種現在已無傳本。① 幸運的是，比起前代，明清兩代的文人小集還是更多地被保存了下來，崔建英《明別集版本志》與李靈年等編《清人別集總目》裏，都可以看到不少。

與全集相比，小集刻印的機緣可能比較偶然，或獲得某項資金的支持，或因為身份、官職的變動，或由於地域的轉移……考察作者的心理動機，則大抵有二：一是出於對作品進行階段性整理和保存的意識；二是急於在文壇發出聲音。小集保留了較多寫作時的歷史語境資訊，要了解文人的自我期許，考察其不同階段的思想變化，這些小集是最直接而可靠的材料。如能對這種距離作者最近的原始文獻進行細緻考察，就可將觀察明清文人的語境距離縮短為某時某地之具體情境，這種帶有現場感的歷史語境，是文人全集，甚至是年譜、詩文編年都無法提供的。② 對於文學思想史的研究來說，歷史語境的復原能使我們跳出單純的理論探討，了解某種理論所針對的具體問題，從而能更準確地把握其重點和取向，評價其歷史意義與理論價值。

考察明清小集對文學思想研究的價值，選取袁宏道作為典型代表，首先是因為他在明代文學思想史上的關鍵性地位，同時也緣於他非常留心自己文集的刻印和流通。

---

① 參見袁世碩《王漁洋早年詩集刻本》，《中國典籍與文化》2002 年第 2 期。

② 蔣寅：《略談清代別集的文獻價值》中認為，“小集是文學史和作家研究最重要的材料之一，也是清代詩文集特有的文獻源”，“小集保留了作品的原始身份”。

袁宏道在晚明是帶動了一代文學風氣轉變的人物。在他之前，後七子宣導的復古文學觀盛行於世，雖有個別文士如湯顯祖、徐渭、歸有光等對之有尖銳的批評，然而並未引起多數人的重視，直到袁宏道大力排擊，才使"王、李之雲霧一掃"。① 不過，在復古風潮籠罩文壇的時期，作為一個偏居于湖北公安的普通士子，袁宏道是否最初就能對其影響免疫？他反對復古的想法何時萌芽，又是被什麼催生？這些問題的解答，必須放到對其詩文的精細解讀中去追尋。

袁宏道剛剛步入文壇就開始刻集贈人，前後共出版了九種小集，分別是出仕之前的《敝篋集》、為吳縣縣令時的《錦帆集》、辭官後遊歷東南的《解脫集》、暫寓儀真的《廣陵集》、再仕京兆的《瓶花齋集》、告假鄉居柳浪的《瀟碧堂集》、復出為禮部主事的《破研齋集》、典試奏中的《華嵩遊草》，以及紀遊詩《桃源詠》。諸小集皆經袁宏道親自核定，大體上分詩、文二類。詩以時間先後為序，文則分體編年，篇目清晰，次序井然。他的全集，都是其身故後他人所編，存世的明刻本有何偉然編《梨雲館類定袁中郎全集》、袁中道編《袁中郎先生全集》、陸之選編《新刻鍾伯敬增定袁中郎全集》三種。儘管全集收錄的完備性優於小集，但三種集子都是分體合編，有些同題詩因詩體不同被分編于各卷，導致寫作場景的模糊和時間順序的混亂。因而，錢伯城在整理袁宏道文集時，雖然以《新刻鍾伯敬增定袁中郎全集》為底本，卻依照小集的編次順序，並以小集為文集結構的基本單元。② 要細緻考察袁宏道不同時期文學思想的變化，小集明顯是比全集更加準確而便利的文獻來源。

《敝篋集》收錄袁宏道入仕前的作品，現存二卷，據錢伯城《袁宏道集箋校》統計，共有詩 127 題 181 首。該集以獨立成集的形式在明代至少刻印過三次：首次是在萬曆二十五年（1597）袁宏道辭官吳縣縣令之際，由其門人方文僎整理、江盈科題序並主持梓刻諸事；③ 第二次是在萬曆三

---

① 錢謙益：《列朝詩集》丁集第十二，中華書局 2007 年版，第 5317 頁。

② 參見錢伯城《袁宏道集箋校》"凡例"，上海古籍出版社 1981 年版。本文所提到以及所引用的《敝篋集》詩，皆見於《袁宏道集箋校》第 1、2 卷，第 2—95 頁，行文中不再一一標出頁碼。

③ 江盈科：《敝篋集序》，載錢伯城《袁宏道集箋校》，第 1685 頁。

十六年到三十八年，受知于袁宏道門下的書商袁叔度鎪刻包括《敝篋集》在內的袁宏道集五種，此次刻印歷時長、規模大，校刊精良且字形美觀，目前存世本較多；第三次刻印時袁宏道雖已過世而文名日盛，其集"為一世韻人所爭嗜"，故書商周應麐搜集了五種小集、三種雜著以及贗作《狂言》、《狂言別集》，合刻了《袁中郎十集》，其中收錄《敝篋集》①。萬曆二十五年刻本今未見，《十集》本是袁集的翻刻，目前存世者以袁叔度本最能反映該小集的原始形態。

《敝篋集》不是最能代表袁宏道文學思想特色的小集，但對於研究其文學思想的發展變化卻有重要的意義。首先是因為它收錄的作品時間跨度很長。袁宏道"丱角能詩"，年十五六時，"於舉業外，為聲歌古文詞，已有集成帙矣"。《敝篋集》為其"諸生、孝廉及初登第時作"，② 收錄的作品從其少年時代至萬曆二十二年他二十七歲令吳之前，前後超過十年。這十餘年，袁宏道從一個遠僻小城的少年，到完成科舉考試取得進士功名，眼界、心胸、見識均發生了很大的變化，此際其文學志向逐漸確立，文學思想的基礎已經奠定。集中所收詩僅 180 餘首，卻包含了他文學思想最重要的變化，即從盲目接受當時文苑風潮、從眾地追隨復古詩風，到萌發自覺意識以詩歌表現獨特的個性與真實的人生感受，從理論形態上對復古文學觀影響下人們習於模擬的風氣提出尖銳批評。

二　復古潮流的影響：對唐詩的模仿與學習

學詩之初，袁宏道和大多數文人士子一樣，受當時主流風潮的影響，以唐詩為主要學習對象。如江盈科在《敝篋集序》裏所言，其"丱角時已能詩，下筆數百言，無不肖唐"。《敝篋集》181 首詩中，擬舊題詩 23 首，大多沿襲舊詩題旨，如樂府《採桑度》寫青春之自憐，《折楊柳》寫送別之纏綿；四言《短歌·燕中逢樂之律作》仿曹操《短歌行》抒寫對人生短促、歡宴易散的感慨；組詩《擬作內詞》仿唐代宮詞擬寫宮廷中的悲歡細

---

① 姚士麟：《袁中郎十集敘》，錢伯城《袁宏道集箋校》，第1709 頁。
② 袁中道：《吏部驗封司郎中中郎先生行狀》，《珂雪齋集》卷 18，上海古籍出版社 1989 年版，第 754—764 頁。

事。擬舊題詩的數量已約占整個詩集 13%；考慮到由於袁宏道後來不滿舊時的擬唐之作，[①] 則其仿唐詩之作大半可能並未收錄在集中。如此，可以推斷在青少年期間，通過模擬來學習和熟悉古代詩歌的寫作傳統，是袁宏道寫詩最主要的目的之一。

"肖唐"雖受復古思潮的影響，但現存《敝篋集》詩歌，與一般復古派的擬唐仍有差異。復古派擬唐，注重仿造唐詩的意象、境界和格調，習慣於語言、結構和體裁上亦步亦趨地跟隨，這些在《敝篋集》現存詩歌中卻並不突出；對語言技巧的關注，更似為袁宏道此期詩歌習作的興奮點。這主要表現在兩個方面：一是有意識的修辭訓練，熟悉詩歌語彙和各種修辭格，使經過精心鍾煉的"詩歌語言"明顯區別於平淡的日常語言。二是表現出不願步人後塵的慧心，偏愛精巧的構思，追求新鮮有趣的表達效果。以《青樓曲》為例，此題唐人王昌齡、于濆均有作品傳世，[②] 屬新題樂府，寫少婦閨怨。袁宏道詩未變唐人舊旨，卻沒有沿用王、于的絕句體而寫成了七律。全詩如下：

> 懶看梧葉下空堂，秋月秋風淚幾行。獨夜香皋緘遠字，經年鸞匣緩離粧。蘭披別恨瀟湘浦，柳帶愁煙漢水傍。折盡庭花人不見，枉教蟲子墮流黃。

袁宏道回避了王、于詩的青樓悵望意象，也沒有像成熟的詩人那樣，藉助一個核心意象來編織故事或營造氛圍，而是重疊梧桐空堂、秋風秋月、遠字離妝、瀟湘恨蘭、漢水煙柳等有關離恨的常見意象，密集使用秋、月、淚、香、遠、鸞、粧、恨、愁等詩歌裏表現女性的高頻詞彙；由於這些意象和詞彙在傳統中曾經反復使用，故便於達意而短于動人，讀者

---

① 江盈科：《敝篋集序》謂其"乃自嘆曰：奈何不自為詩而唐之為？故居恆所題詠，輒廢置不錄"。

② 王昌齡《青樓曲》："白馬金鞍隨武皇，旌旗十萬宿長楊。樓頭少婦鳴箏坐，遙見飛塵入建章。"又："馳道楊花滿禦溝，紅妝漫綰上青樓。金章紫綬千余騎，夫婿朝回初拜侯。"于濆《青樓曲》："青樓臨大道，一上一回老。所思終不來，極目傷春草。"參見《全唐詩》卷 143、599，中華書局 1960 年版，第 1445、6925 頁。

一望即知這是題寫閨怨，卻難以對其產生鮮活的同情——這恰好透露出此詩的習作性質。不過，雖然尚處於不能隨心所欲地驅使語言的階段，袁宏道似乎並不甘心局限于舊習陳套。在尾聯，他突然放空了前面不斷疊加的怨女形象，讓思婦與嘉兆錯位，從而給前面剪影似的人物形象帶來了一點靈動的生氣。

《敝篋集》181 首詩，律詩 111 首。有些詩對仗工整、聲律合轍而流暢自然，顯示出他對詩歌語言的掌握已非常熟練。如《登高有懷》：

> 秋菊開誰對，寒郊望更新。乾坤東逝水，車馬北來塵。屈指悲時事，停杯憶遠人。汀花與岸草，何處不傷神？

首聯的"開誰對"和"望更新"暗含了滄桑之感。頷聯又用當句對"乾坤"、"車馬"，上句自然物理，下句人事人情；空間上闊大深沉，時間上由"東逝水"和"北來塵"的對照，凸顯個人面對永恆時空的寂寥和身在匆匆塵世的無奈。頸聯轉視詩人，放大頷聯已有的動盪不安之感。尾聯再把目光推開，花草所暗示的物候變遷背後，蕩漾著人世蒼茫的無奈感。這首詩明顯是學唐的產物：其意象基本是沿襲性的；其時空的構造有意融會宇宙、歷史與當下，追蹤盛唐氣象；其對現實政治、人生的關注，則仿佛老杜的情懷；只有貫穿全詩的淡淡消沉、絕望的情緒，屬於晚明而非盛唐。全詩流暢、自然而絕不平淡，可以說袁宏道對唐詩技巧的運用，已經相當自如了。

就《敝篋集》現存的大多數作品來看，袁宏道偏愛用曉暢的語言寫日常化、個人化的獨特感受，而很少像盛唐詩人或者明代復古派詩人那樣致力於營造宏闊深遠的詩境。他對於詩歌傳統的學習，側重於語言技巧的練習，而不是意象、情境的模仿。通過文字的精巧組合，以新鮮別致的趣味來吸引讀者，似為他此時熱衷的遊戲。如《秋閨》中以"蛩吟生暗壁，螢火度空機"寫空閨寂寥，卻帶上微弱的聲響與動態。《江上》中以"沙平晴獻雪，樹老夜屯風"刻意突出江上有別于陸上平居的觀感。《萬二酉老師有垂老之疾，感而賦此。萬，里中老儒，余家父子兄弟祖孫皆從之遊，其人可知》中"百年偃蹇窮途事，一榻艱難老病人"一句，"偃蹇"、"艱難"為迭韻對且四字同一韻部，以聲音的稠密反復強化命運滯澀之感；再前置"百年"、"一榻"，用數字整體覆蓋整個人生。《龔惟長侍御舅初度》中"百年日月徒婚嫁，萬里雲霄有網羅"句脫胎於杜甫的"萬里悲秋常作客，百年多病獨登臺"，但情調迥然不同；"百年日月"、"萬里雲霄"的豪情壯志陡然落空，強烈的落差頗有些自嘲似的漫畫效果。《敝篋集》中這些隨處可見的既有明顯的仿古痕迹，又不落蹊徑、別具匠心的句子，正為後人窺見袁宏道早年學詩的思路提供了窗口，也反映出他雖被時代文學思潮卷襲，卻能守住一點靈慧明覺，不肯滿足於平庸穩妥的精神取向。

《敝篋集》裏的兩首七言歌行《古荊篇》和《長安秋月夜》，更是典型的模擬之作，主要模擬初唐"王楊盧駱體"歌行。① 詩題和詩體的選擇很可能是受駱賓王《帝京篇》和張若虛《春江花月夜》的啟發，語言修辭也有許多相似之處。其一，詩中有不少律句。如《古荊篇》中："雲連蜀道三千里，柳拂江堤十萬家"、"曉風楊柳菖蒲浦，秋月梧桐金井欄"。《長安秋夜月》中："吹簫蹋鼓留天女，斫玉燒金煮鳳凰"、"玉盌難收覆地流，東風不著斷根草"、"紅閨紫塞三秋恨，碣石瀟湘萬里情"。這些句子的平仄格式基本符合近體詩的規則，七字之內，平仄錯綜，兩句之間，低昂相對：韻律和諧，正是初唐七言歌行的常見作風。其二，這兩首歌行的韻腳變換較有規律，雖未及張若虛《春江花月夜》那樣整飭而極盡聲色之美，也大抵保持了四至六句一轉韻，平仄韻互換的基本原則。其三，大量用疊字。像"桃花灩灩歌成血，蘭炷漫漫火送寒"、"銅龍軋軋烏啼早，金屋沉沉秋漏長"，更是把疊字集中對置，使聲音綿密繁複，產生出搖曳纏綿的聲情效果。其四，好用頂針、蟬聯和排比修辭。頂針以前一句的結尾為後一句的開頭，在換韻的地方同詞迭用，使段落之間的承接語氣連貫，如"採桑陌上青絲籠，紅粉樓中白紵辭。白紵綠水為君起，青春環佩如流水"、"先入樓臺喧戚里，次經池館趁遊人。遊人宛轉無窮已，千門萬戶秋

① "王楊盧駱體"的基本特徵，參見周裕鍇《王楊盧駱當時體——試論初唐七言歌行的群體風格及其嬗遞軌跡》，《天府新論》1988 年第 4 期。

如水"。蟬聯①是後一聯接續重復前一聯中的詞彙,而使之有上遞下接的趣味,造成迴旋往復,綿綿不絕的環套結構,如"丹樓繡幌巢飛燕,青閣文窗起睡鴉。鴉歸燕語等閒度,不記江城春早暮"、"年年先向離人滿,歲歲還依愁處生。年年歲歲秋自好,獨憐嬌黛無人掃"。排比則如"願得長侍君王寵,願得長隨玉輦看。又願君心如月皎,那知妾貌比花老"、"願得秋光守翠幄,願隨流景送君衣。與君並蒂原並吐,與君雙鳳不雙飛"等句,一次次複遝徘徊的申告,使情緒累積得越來越強烈。其五,駢偶句占到全詩的一半以上,有些對仗甚為精工。如"東風香吐合歡花,落日烏啼相思樹"、"織成錦席迷蝴蝶,種得青梧棲鳳凰"、"香銷金鴨妾自燒,淚破紅綃君不見"等,語辭在詞類、性狀、顏色、態勢甚至偏旁上的對稱,形成結構精巧的平衡系統,帶來脫離日常實用的工藝美感。其六,辭藻華麗、意象精美、色彩鮮豔。"丹樓"、"青閣"、"合歡花"、"相思樹"、"蝴蝶"、"鳳凰"、"金蛾"、"寶炬"、"玉盌"、"赤鳳"……一派繁華,炫人眼目。其七,以賦為詩,鋪張揚厲。無論是對荊楚繁華的敷衍,還是對長安秋夜的鋪陳,都縱橫捭闔,充滿浮華誇飾的細節。駢偶化、音樂性、辭藻富麗諸特徵均脫胎于初唐七言歌行,而頂針、蟬聯、排比鋪陳等修辭的套用更是"王楊盧駱體"的專屬。從以上分析可以看出,選擇這樣華藻繁縟的模仿對象,對於詩歌語言能力鍛煉顯然是十分高效的。

　　由於對傳統詩歌寫作規範的主動學習和對語言技巧的重視,按照傳統評判標準,《敝篋集》中出現了不少佳作,因此在各種重要的明詩選本中,《敝篋集》都頗受青睞。錢謙益《列朝詩集》選袁宏道詩 87 首,《敝篋集》占了 15 首,僅次於《瓶花齋集》和《瀟碧堂集》,遠遠超過《錦帆集》和《解脫集》。朱彝尊選袁宏道詩 24 首,《敝篋集》竟占了 10 首,居袁宏道各種小集之冠,而其他小集最多的也只選了 5 首。② 這些被袁宏道棄置敝篋的少年舊作,儼然被朱彝尊看作是其詩歌成就最高的部分。沈德

---

① 據周裕鍇定義,蟬聯是一種詩歌的後一句或兩句接續重複前一聯中某些詞而使之有上遞下接趣味的修辭法。它和頂針有別,所銜接的詞語中間可以有其他詞語隔開,位置比較靈活。此種修辭為"王楊盧駱體"所獨有。見《王楊盧駱當時體——試論初唐七言歌行的群體風格及其嬗遞軌跡》。

② 朱彝尊:《明詩綜》卷 57,中華書局 2007 年版,第 2890 頁。

潛《明詩別裁》只選袁宏道詩 1 首，即《敝篋集》中的《感事》。①陳田《明詩紀事》選袁宏道詩 19 首，4 首出自《敝篋集》，僅比《瀟碧堂集》少 1 首。②《古荊篇》更是被陳子龍《皇明詩選》和《列朝詩集》、《明詩紀事》反復選中，可見袁宏道對詩歌語言特徵的把握和修辭技巧的運用，已經受到主流詩家的普遍認可。袁宏道後來在《錦帆》、《解脫》乃至《瓶花》、《瀟碧》等集多有俚質草率的詩句，往往被視為缺乏詩歌語言能力，不少論者從而得出其詩歌成就不高的結論。但《敝篋集》裏的這些作品可以證明，早在詩歌寫作的初期，袁宏道已經掌握了提煉和修飾語言的技巧，要寫出形貌上符合傳統要求的詩歌對他來說並不是難事。他後來詩裏的瑕疵和紕漏，是有意的放任，是一種寫作態度的展示。

總的來說，一方面，在習詩之初，袁宏道接受了當時籠罩文壇的復古思潮的影響。③意象的現成、語辭的熟套、時空的範型、模式化的結構，都是復古派所宣導的唐型詩歌理路。甚至有不少詩句是直接點化唐詩而來，如《長安秋月夜》中"盤花蜀錦傷心色，子夜吳歌斷腸聲"句脫跡於白居易《長恨歌》"行宮見月傷心色，夜雨聞鈴腸斷聲"；"碣石瀟湘萬里情"乃是改寫"碣石瀟湘無限路"。至於選擇"王楊盧駱體"作為學習對象，很可能還受到復古派先驅何景明的影響。④但另一方面，袁宏道從一開始就敏銳地感覺到，字擬句比摭拾前人很難區別於庸眾，因此，他不滿足於復古派風潮下人們競相沿用的陳套、習於作偽的情感以及裝腔作勢的格調。在袁宏道習詩之初，這表現為他對復古派學唐路徑的不時偏離；在《敝篋集》的後期詩歌中，則表現為對復古詩學的背離與拋棄。

三　復古詩學的背離：任性自由地表達

《敝篋集》存詩以編年為次序。萬曆十八年（1590）之後的詩歌，越

① 沈德潛、周准：《明詩別裁集》卷 10，上海古籍出版社 2008 年版，第 109 頁。
② 陳田：《明詩紀事》庚籤卷 5，上海古籍出版社 1993 年版，第 2301 頁。
③ 《敝篋集》詩歌對唐詩的摹仿，何天傑，《李贄與三袁關係考》（《中國文化研究》2002 年春之卷，第 94 頁）及梁靜，《袁宏道詩歌語言結構研究》（復旦大學博士學位論文，2009 年，第 200—201 頁）亦有所論及，可參看。
④ 何景明重視"流轉之調"和"風人之義"的結合，並作《明月篇》，公開宣稱模仿初唐四子。見《明月篇序》，《何大復集》卷 14，中州古籍出版社 1989 年版，第 210 頁。

來越多出現了背離唐詩模式的傾向。

　　自《即事》①起，《敝篋集》裏開始出現一些以議論為主的詩，如《感興》②、《偶成》、《避俗》、《狂歌》等。嚴羽曾批評宋人"以議論為詩"，"議論"被看作宋調不如唐音的最重要因素。在明代復古派眼裏，議論入詩則流入"宋調"，即成下劣之詩，王世貞甚至說樂府"一涉議論，便是鬼道"。③袁宏道無所顧忌地以議論為詩，不僅表現了其對復古詩學規範不以為然的態度，更重要的是，這些議論還體現了其偏離正統意識形態的價值觀，有追求個性、思想獨立的取向。如其《感興》詩中對俗儒假道學的批判："魯國有微言，儒者竊其膚。家家饗五城，誰辨魚目珠。"他放言俗儒並不能領會儒學的真義，只是徒然具備虛假的形貌，對世態的諷刺已經相當尖銳；而《狂歌》則全然藐視了一般儒者："六籍信芻狗，三皇爭紙上。猶龍以後人，漸漸陳伎倆。噓氣若雲煙，紅紫殊萬狀。醯雞未發覆，甕裏天浩蕩。"對"六籍"、"三皇"如此不恭，其精神已超出古典主義的價值觀的範圍，而精神的發展必然引起審美趣味的變化：對虛假表象如此敏感疾惡，影響到他對詩歌徒有其表的堂皇形式的背離。

　　復古詩學最核心的思想，是詩歌的體貌應像漢魏和初盛唐詩那樣高古典雅。萬曆十八年以後，《敝篋集》中背離這一審美要求的作品明顯增多。如《夏日泛舟》詩即在典雅景致中摻入俗趣，並列"空潭不受暑，野竹半捎雲"和"公子收行蓋，佳人曬舞裙"，既嚮往世外高人的清曠超脫，又留情世俗男女的熱鬧繽紛。又如《贈李醫者》，在讚美其人格高潔"誰似豐城李公子，談笑直揖五侯家"之後，忽然轉入敘寫家庭生活："朝賣藥，晚致身。大婦喜，小婦嗔。席未溫，呼先生。"社會道德視角與家居妻妾視角的落差造成滑稽的效果，突然改變的字數節奏更增強了這一效果，沖淡了道德主題的嚴肅性和崇高感。再如《寒食飲二聖寺》首句即言"珠池寶地都成劫，漢隴秦封且舉杯"，竟未對這座古剎表現出應有的敬意，打

---

　　①　錢伯城繫之于萬曆十八年，見《袁宏道詩集箋校》卷1，第21頁。
　　②　舊題詩，李白有《感興》六首，借遊仙題材抒情；袁宏道的《感興》四首中有兩首純是議論，與李詩差別很大。
　　③　王世貞：《藝苑卮言》卷1，《歷代詩話續編》，中華書局1983年版，第959頁。

破了盛唐詩古寺題材莊嚴和深遠的格套。還有《郊外送客即席》一詩，"送別"是唐詩最重要的主題之一，早已形成了一定的套路；而此詩在常規模式下虛寫被送者前途"寶馬驕嘶塵百丈，朱帆高卷日千程"之後，不轉去敘說送別者的離情，卻去旁觀筵席的紛攘喧雜："飛杯客子紛無數，度曲兒童浪有情。"這樣對世俗人情的興趣和洞察，撕破溫情格套的慢世冷語，已突破了"唐音"的藩籬。總的來說，萬曆十八年以後，袁宏道詩中的世俗意味大大增強，這對於講究格調、極端強化高古審美理想的復古詩學來說，不啻為一種背離。

晚明復古派對唐詩的模仿，偏愛意象和語辭的沿襲，以致李攀龍被時人稱作"李風塵"，諷刺其意象語辭的不斷重複。《敝篋集》後期的詩歌，出現了一些唐詩典型意象之外的類型，如《宿僧房》中"覺路昏羅縠，禪燈黑絳紗"句，昏暗迷惑，不似盛唐的情調。不僅如此，有不少詩歌甚至並不注重意象的塑造，意象只是被用作情懷表達的幫襯，如《夏日即事》中"歲月談空老，風塵拂袖高"，《秋日同鄒伯學過崔晦之村莊》中"鄰酒無因至，霜花有限開"等句，雖然也出現了形象，卻並非表達的重點，其興奮點在於對個體生活的獨特感悟而不是對某種理想審美圖景的營造。從詩歌語言來看，《敝篋集》存在不少辭不馴雅且意未工穩之處，有些句式更是句義流利語法完整，完全不追求"言有盡而意無窮"的效果，甚至出現了一些散文化、口語化的句子，如《避俗》："一朝見俗子，三日面生塵。所以薰修客，長年如畏人。"詩句淺近如口語，還用了表明邏輯關係的連詞，走到了名詞密集、語法極盡省略的"唐音"反面。又如《送峨嵋僧清源，時源請有檀香佛，刻鏤甚精》："師行遍天下，無乃是神足。"兩句文意聯貫不可獨立，用虛詞"無乃"構成反問，常見於散文、口語而少見於詩，對於講究格調的復古詩學來說，是出格的做法。

復古派作詩多忽視詩人新鮮獨特的個體感受，而《敝篋集》後期的詩歌似乎有意識地要表現突出的個性，如《懷龍湖》詩標榜李贄，至言"朱弦獨操誰能識，白頸成群爾奈何"，將庸眾一概抹倒，不留半分和光同塵的餘地。還有不少詩句表現了袁宏道自己不同于一般儒生的人生思考與選擇，如《偶成》中"誰是乾坤獨往來，浪隨歡喜浪悲哀。世情到口居然

俗，狂語何人了不猜"，顯露出其渴望精神獨立，決不願隨波逐流、掩藏
自家面目的狂傲個性；《即事》中"浮雲看物理，浪跡混風塵"則是其在
衡量金錢、官位、氣節與個體生命的著落之處時發出的縱情之語；而《感
興》中"所以逍遙叟，棲志沉墨鄉"比較了追求榮利的"貪夫"和嚮往不
朽的"書生"，認為他們生前的努力雖然方向不同，死後卻將同歸虛無，
因此試圖超越有限的當下存在，進入"下無地而上無天，聽焉無聞，視焉
無矚"的"沉墨之鄉"。這些對世態人情的深刻觀察、對個體生命的深刻
反思、對自我的珍視與期許，使袁宏道不能滿足於詩歌的模擬，也孕育著
他反對復古的意識與決心。

　　總的來說，萬曆十八年是《敝篋集》的一個分界。據錢伯城的繫年，從萬
曆十二年到十八年以前，六年僅存詩 27 首，占總數的 15%；自萬曆十八年開
始，詩歌數量驟然增多，至萬曆二十二年，四年間有 154 首，占總數的 85%。
這顯然是編集時袁宏道揀擇的結果，他對於後期的作品應該更加重視。現存
袁宏道前期的作品基本是仿古之作，而萬曆十八年以後的詩歌則更加多樣
化。除了保留學唐的部分之外，還如上所述，潛藏著試圖恣意暢言的飛揚之
勢。在體式貌似規範的詩歌中，放誕之語、出格之情隨處可見；比興、意
象、篇章、格調等在舊有詩學體系中備受重視的觀念漸漸退居次要地位，自
由暢快地抒發迥別流俗的意氣，成為袁宏道越來越強烈的寫作動力。

　　為什麼袁宏道在萬曆十八年前後詩歌創作有這樣大的差異，從《敝篋
集》中可以找到答案。其中可能部分緣于他心智逐漸成熟，對人生的思考
逐漸深刻，以及閱讀道家著作習禪的影響，但更重要的是他和李贄的會
面。萬曆十八年，《敝篋集》有《得李宏甫先生書》詩，其中表現了袁宏
道對李贄的仰慕、激賞與深切關心。緊接著《感興》、《偶成》等詩大放厥
詞批評俗儒，截然不同於前期《病中短歌》、《病起偶題》等詩中哀傷迷茫
的心態。其思路之犀利、出言之盛氣，與李贄《焚書》的言論十分相似。
袁中道說袁宏道見了李贄之後，如"浩浩焉如鴻毛之遇順風，巨魚之縱大
壑"，始得"披露一段精光"，① 參之《敝篋集》，信非虛言。李贄對袁宏

---

① 袁中道：《吏部驗封司郎中中郎先生行狀》，《珂雪齋集》卷 18，第 756 頁。

道最重要的影響，是鼓勵了他追求自我價值的決心和對抗潮流的勇氣，堅定了他獨立思考的信心。正是由於這一內的精神轉向，才促使袁宏道拋棄了當時被文壇視為正道的復古詩學，開啟另闢蹊徑、暢所欲言的創作追求，並萌發了扭轉復古之風的志向。[1]

萬曆十九年，二十四歲的袁宏道作了《述懷》展示自我認識，[2] 他以"手提無孔鎚，擊破珊瑚網"自許。"無孔鎚"是禪宗語彙，比喻非邏輯的言論方式，"珊瑚網"指撈取才人之網。袁宏道如此宣稱，表現出突破一般社會規範的明確意願。據袁中道的記錄，袁宏道在這段"語言奇詭，興致高逸"的時期，已有"刻意藝文，計如俗所云不朽者"的想法，[3] 有志于在文壇建立一番事業。

然而這一宏願如何得以實現？萬曆二十二年袁宏道寫下《答李子髯》二首，把此前率性的自我張揚、自發的獨特趣味凝結為明確的詩學主張。這兩首詩因其對復古詩風的批評而被學界反復引用，故在此不作重複解讀，只強調兩點：其一，袁宏道對復古詩風的批評是通過多個詩學範疇進行的，理論上全面總結與樹立主張的意識十分明顯；其二，這兩首詩不是零星的意見、偶然的批評，而以對近百年詩史的全面反思為基礎，暗藏著他躋身文壇創造歷史的雄心。至此，袁宏道在寫作中所表現出的種種個性因素，集中顯現為反復古的詩學主張。可以說，到寫作《答李子髯》是《敝篋集》接近尾聲的時候，他一生最重要的詩學事業已經確立宗旨：那就是逆潮流而動，成為一個舊權威的挑戰者、舊規範的破壞者、舊習慣的改變者，從而在詩歌史上留下自己獨特的印跡——這將是他後來在《錦帆》、《解脫》、《瓶花》諸集裏以更加激進的姿態去努力實現的。

綜上所述，本文通過對《敝篋集》的分析，考察了袁宏道文學思想發展歷程中最重要的一次變化：即從懵懂接受時代文學潮流的影響，到萌發

---

[1] 李贄對袁宏道的影響，可參見左東嶺《從憤世到自適——李贄與公安派人生觀、文學觀的比較研究》，《首都師範大學學報》1998 年第 2 期；張建業《李贄與公安三袁》，《中國科技大學學報》（社會科學版）2000 年第 3 期；何天傑《李贄與三袁關係考論》。

[2] 關於《述懷》的詳細說明，參見李瑄《無孔鎚——袁宏道的應世策略》，《中國詩歌研究》2011 年第 8 輯。

[3] 袁中道：《解脫集序》，《珂雪齋集》卷 9，第 451 頁。

獨立意識、產生個性需求，以至確立文學主張的過程。以往對袁宏道的研究，多關注其出仕之後的文學活動與激進言論，《敝篋集》沒有受到多少重視。本文對此集的細讀，實際上探索了晚明詩壇由"復古"向"性靈"風氣的轉變的發源，同時也足以說明具有原生特性的小集是研究明代文人文學思想經歷的重要文獻資源。袁宏道一生十分留意小集的整理、刻印和流通，九種小集都是剛完成就結集付印，未經過大的刪定與修改，保留著創作期的鮮活原貌。時人已云，這些小集"縣日月而走南北，則人人知當時有中郎矣"，① 是小集的刊刻、流布逐漸塑造了袁宏道的文學形象，為他爭取到了各層文化圈越來越多的認可与回應，並最終成就了他在文壇的影響力。

　　作為一個典型個案，袁宏道的《敝篋集》具體而微地展示了小集對於研究明清文人文學思想發展過程不可替代的優勢。當然不只袁宏道，王世貞、屠隆、錢希言、方以智、王夫之、王士禛、沈德潛、厲鶚、孫星衍、阮元……還有許多明清小集等待著研究者去閱讀探索，以對文學思想史中的一些理論問題做出更加細緻、更貼合歷史語境的說明。

---

① 　畢茂康：《袁中郎先生全集序》，《袁宏道集箋校》附錄，第 1713 頁。

無孔鎚

——袁宏道的應世策略

　　袁宏道向來是晚明士風與文學研究的一個熱點。近年來，人們越來越注意到禪學在其精神世界的重要地位。在其任性縱情的私人生活、狂放恣意的大膽言論、幾出幾入的宦海浮沉背後，似乎不難看到袁宏道身上有禪學的影子。然而，禪學究竟是通過哪些途徑對袁宏道的思想產生影響的？以往的研究多注重理論分析，從思想系統的互通、邏輯的推演來探討這個問題。[1] 但在袁宏道的文集當中，專論禪理的文字並不很多，倒是隨處可見片言隻句的禪家習語，已經融化為他的一種語言習慣。由於並非有意的理論闡述，很少引起研究者注意。那麼，它們是否也作用於袁宏道的精神世界？如果有，其具體途徑又是怎樣？本文試圖就此做一個新的嘗試：通過讀懂一首詩，梳理一個詞，來探尋和理解禪學影響晚明士人心靈的更多方式。

一　《述懷》解讀

　　讓我們先從袁宏道出仕前夕所作的《述懷》詩開始：

　　　　少小讀詩書，得意常孤往。手提無孔鎚，擊破珊瑚網。香象絕眾流，俊鶻起秋莽。淫僻畏仁義，行止羞魍魎。滅火事長塗，何處稅歸鞅。[2]

---

　　①　如周群《論袁宏道的佛學思想》，《中華佛學研究》第 6 期；黃卓越《佛教與晚明文學思潮》，東方出版社 1997 年版；易聞曉《公安派的文化闡釋》，齊魯書社 2003 年版。

　　②　錢伯城：《袁宏道集箋校》卷 1，上海古籍出版社 1981 年版，第 37 頁。

　　詩以抒寫懷抱為目的，做了一次自我意識的充分展現。首聯自"少小"說起，有一種"從頭追溯"的意味，可以看出袁宏道是在進行一場鄭重其事的自我探索。他說，自己雖然和普通士人一樣是自"讀詩書"開蒙——這代表著接受儒家文化的規範和教養——卻並非盲目地跟隨、恍惚地接受，而是往往能夠領會到先哲的意旨，產生與眾不同的見解。"孤往"可能有兩個來源。一是《孟子》引曾參語："自反而縮，雖千萬人，吾往矣。"① 另一是陶淵明《歸去來兮辭》："懷良辰而孤往。"② 無論出自哪一個語源，都可以說，這一開篇，已經奠定了袁宏道決意超脫流俗的基調。

　　下一聯開始闌入禪語。首先是"無孔鎚"：作為一個鐵鎚，卻沒有孔、沒有柄，沒有著手使力的地方，這個詞語本身就包含著矛盾，從常識來看是荒謬的，這是禪宗要打破世人對所謂真理和定見的執著常常採用的一種語言策略。此類禪宗語彙還有不少，如"無孔笛"、"無底船"、"無影樹"、"無孔鑰匙"等。由於"無孔鎚"這個詞在袁宏道的價值系統中處於相當重要的位置，而其含義又複雜微妙，故本文將其置於第二部分作專門的解讀。

　　用這樣的"無孔鎚"，袁宏道想要擊碎"珊瑚網"。"珊瑚網"的字面義是撈取珊瑚的鐵網。《新唐書》之《西域列傳下·拂菻》云："海中有珊瑚洲，海人乘大舶，墮鐵網水底。珊瑚初生磐石上，白如菌，一歲而黃，三歲赤，枝格交錯，高三四尺。鐵發其根，繫網舶上，絞而出之，失時不取即腐。"③ 北宋禪師圜悟克勤編講的《碧巖錄》與睦庵善卿編撰的《祖庭事苑》也都有類似的說法。在袁宏道的詩歌中，這個詞還另外出現了兩次，均以"珊瑚"比喻人才，以"珊瑚網"比喻對人才的網羅。④ 此處的用法稍有變化，"珊瑚"同樣是比喻人才，而"珊瑚網"卻是比喻對

---

① 《孟子集註》卷3，中國書店1985年版，第20頁。
② 逯欽立校注：《陶淵明集》，中華書局1979年版，第161頁。
③ 《新唐書》卷221，中華書局1975年版，第6261頁。
④ 一是《寄子髯》："白髮禿似塚，青雲路轉艱。舉網珊瑚易，投珠明月難。"（《袁宏道集箋校》卷1，第35頁）以珊瑚網不張比喻李子髯之才不獲施用。另一處是《喜小修至》其四："彌天布鐵網，不肯拔珊瑚。"（《袁宏道集箋校》卷12，第518頁）同樣比喻袁中道的才能不為世用。

人才的捕捉和束縛——因此袁宏道要擊破它。

接下來，以"香象絕流"比喻對真理透徹的解悟，語出《涅槃經》，比喻要解脫煩惱，獲得涅槃佛性，如同渡過恒河一般困難。聲聞緣覺乃至菩薩諸乘都無法達到這一境界，只有佛陀能夠如同香象渡河一般，截斷水流、步步到底，毫無疑慮地過去。此語體現出袁宏道的自我評價，與下面的"俊鶻起秋莽"同樣自命不凡。"俊鶻"即矯健的鶻子，其從清曠的秋日莽原急速騰起的樣子，明顯有排擊長空、傲視蒼莽的意味。

"淫僻畏仁義，行止羞魍魎"從字面上來解釋就是說自己行止不端，放縱和乖僻甚至超過了鬼魅。語本《莊子》，上句出自《駢拇》："淫僻於仁義之行"，下句出自《齊物論》："罔兩問景曰：'曩子行，今子止；曩子坐，今子起；何其無特操與？'"[①] 在此，袁宏道顯示了對社會主流價值取向的反叛。但他倒也未必真要徹底反對以"仁義"為核心的儒家價值觀。他要反抗的，是當時社會一般的行為規範和價值判斷。他感覺到這些僵硬的條條框框和自己真實的生命體驗難以契合，因而試圖打破規範，用恣意任性的方式來體認自我，同時也帶著向被世俗埋沒了的心靈的挑釁意味。

最後兩句抒寫不知歸路的蒼茫。"滅火"出自《雜寶藏經》："一切眾生，皆有三火，貪欲、瞋怒、愚癡之火。我以智水，滅此三火。"[②] "稅歸鞅"意為停下返歸的車駕。南朝謝朓《京路夜發》詩云："行矣倦路長，無由稅歸鞅。"[③] "稅歸鞅"常用來表達解脫塵勞的願望。但袁宏道卻說："就算我熄滅了貪瞋癡的火焰，哪裏又是我返歸的終點呢？"對於人生的歸途，他仍然是充滿疑慮的。[④]

這首詩大概作於萬曆十九年，袁宏道二十四歲。[⑤] 這時，他已經對人生進行了足夠的醞釀：舉業方面，兩年前通過了鄉試，正等待著翌年入京

---

① 郭慶藩：《莊子集釋》卷4上，卷1下，中華書局1982年版，第311、110頁。

② 《雜寶藏經》卷2，《佛以智水滅三火緣》，《大正藏》第4冊，第455頁。

③ 《京路夜發》，《文選》卷27，中華書局1977年版，第385頁。

④ 關於此詩的解釋，可參看何宗美《袁宏道詩文繫年考訂》，上海古籍出版社2007年版；趙伯陶編選《袁宏道集》，鳳凰出版社2009年版。

⑤ 此為錢伯城《袁宏道詩文箋校》繫年，見該書第37頁。

會試。個人修養方面，已飽讀儒釋道三家之書，並有禪宗專著《金屑編》。他對仕宦、世情、生死等問題都有過深入的思考，獨立的個性與價值觀已初步形成。《述懷》可以說正是其早期思想的一次小結，代表了他走出較為封閉的鄉居生活之前所作的自我整理。通過這個整理，他準備好了對於將要進入的社會所要採取的姿態："手提無孔鎚，擊破珊瑚網"可以說正是代表了他要打破現有秩序，一鳴驚人的豪情壯志。

二　禪語"無孔鎚"

為了對袁宏道的社會角色和處世策略做出更透徹的說明，有必要先對"無孔鎚"進行更深入的解釋。

"無孔鎚"也作"無孔鐵鎚"，北宋以來的宗門流行語之一，在《景德傳燈錄》、《禪林僧寶傳》、《碧巖錄》以及各種禪宗語錄中反復出現數百次。其用法相當複雜，有時用來指人，有時用來指人的行為或語言方式，有時其所指甚至難以找到確切對應之物。

指人時，它常常被用來形容冥頑不化、懵懂混沌者。如《景德傳燈錄》記錄五代禪師法眼文益的自問自答："諸上座且道，遮兩箇人於佛法中還有進趣也未？""實是不得，並無少許進趣。古人喚作無孔鐵鎚，生盲生聾無異。"① 在這裏，由於執著一念而導致耳目盲聾似的麻木狀態、無法領悟佛理的和尚，被稱為"無孔鐵鎚"。②

同樣的用法還見於北宋禪師圜悟克勤編講的公案頌古集《碧巖錄》第七十六則：

> 丹霞問僧："甚處來？"僧云："山下來。"霞云："喫飯了也未？"僧云："喫飯了。"

圜悟點評此則公案說，這個老老實實回答丹霞提問的不開竅的和尚：

---

① 《景德傳燈錄》卷28，《大正藏》第51冊，第448頁。
② 對這個意義的揭示首見於周裕鍇《禪宗語言》下編第二章，浙江人民出版社1999年版，第275頁。

"果然撞著箇露柱。卻被旁人穿卻鼻孔，元來是箇無孔鐵鎚。"① 他讓人牽著鼻子走，愣頭愣腦猶如見了柱子也直直撞上去，因而被喚作"無孔鐵鎚"。

此外，"無孔鎚"常常被用來象徵禪理的不可闡釋性。如《碧巖錄》第十四則：

> 僧問雲門："如何是一代時教？"雲門云："對一說。"

"一代時教"是佛教術語，指佛陀住世時為世人開講的教義，問"如何是一代時教"，相當於問"如何是佛法大義？"雲門的回答很簡單："對著具體的處境有各自的說法。"雪竇重顯在為這則公案所作的頌古裏就此評價道："對一說，太孤絕，無孔鐵鎚重下楔。"② 意謂雲門的回答孤峰險峻，就好像是硬要給無孔鎚打上一個楔子。這裏，沒有口、插不進柄，也無法拿起來的"無孔鐵鎚"，象徵著禪宗教義的不可言傳。而南宋宏智正覺禪師形容說法的艱難，也說："生鐵鑄成無孔鎚，忒團圞兮難下楔。"③

另有一個用法與此相關。當作為一代宗師的圜悟克勤被問到怎樣開化世人時，他說："無孔鐵鎚當面擲。"④ 怎麼個擲法？可以參考《碧巖錄》第二十九則的實例：

> 僧問大隋："劫火洞然大千俱壞，未審這箇壞不壞？"隋云："壞。"

唐代禪師大隋法真被問道："當大劫之末的火焰熊熊燃燒時，三千大千世界都崩壞了，'這個'（案：在禪宗語錄中常常被用來指代佛性）會不會壞呢？"他只用了一個字回答說："壞。"圜悟對這個回答的評語就是：

---

① 《佛果圜悟禪師碧巖錄》，《大正藏》第 48 冊，第 203 頁。
② 同上書，第 154 頁。
③ 《宏智禪師廣錄》卷 4，《大正藏》第 48 冊，第 47 頁。
④ 《圜悟佛果禪師語錄》卷 4，《大正藏》第 47 冊，第 730 頁，檀越請陞座。僧問："祖師門下水泄不通，明眼人前固難啟口。未審和尚如何為人？"師云："無孔鐵鎚當面擲。"

"無孔鐵鎚當面擲。"①

《碧巖錄》緊接著的第三十則，"渾似兩個無孔鐵鎚"也被用來評價兩則公案，一則是：

> 僧問趙州："承聞和尚親見南泉，是否?"州云："鎮州出大蘿
> 蔔頭。"

另一則是：

> 僧問九峯："承聞和尚親見延壽來，是否?"峯云："山前麥熟
> 也未。"②

這是禪宗語錄中典型的"答非所問"型對話，答語和問話之間毫無邏輯聯繫。答語的實際意義是什麼無法確知，或者它根本沒有什麼實際意義，反而是用非理性的語言去顛覆邏輯，把心靈從語言和語言塑造的意義世界中解脫出來，從而獲得進入真實世界的可能。

這些"無孔鐵鎚"，應當是對於不可析理、不可是非判斷的禪宗教義的特別參悟方式的一種形容。它可能包含如下內容：一、佛法天生混成，想要通過任何一種具體固定的途徑去掌握它都是徒勞的。"無孔鐵鎚"的囫圇正好象徵了這一性質。二、大隋那樣不分說是非，只硬邦邦回答一個"壞"字；或者趙州、九峰那樣問東答西、頭緒全無的傳道方式，就好像是用"無孔鐵鎚"砸了對方一樣，使其受到劇烈的衝擊，陡然體驗到不能辨理、無所適從的荒謬感，從而打破對現象和邏輯的執著，獲得開悟。

可見，"無孔鎚"是一個用法和意義較為飄忽的詞彙。它可實可虛、可正可負，既暗示了"性命之理"的存在，又為其不可確指埋下伏筆；既否定感官、語言、邏輯等一切現成的途徑，又留下了開悟的可能；概念本身包含的矛盾，提醒著人們不可執著於是非判斷。而袁宏道對這個意象似

---

① 《圜悟佛果禪師碧巖錄》卷3，第169頁。
② 同上。

乎相當偏愛,《述懷》之外,在做吳縣縣令時,他亦曾以此自喻:"吳縣有一無孔鐵鎚,欲向貫城市上尋一面塗毒鼓作對,不知阿誰遭毒手者。"① 這個自喻中,可以說也包含著自嘲、自負,既想要驚醒世俗,又不願顯露痕迹、留下把柄的諸多複雜感情。

三 作為"無孔鎚"的袁宏道

作為"無孔鎚"的袁宏道,有兩方面的特性。

首先是"鐵鎚"具有衝擊性,要打破世俗常規的一面。袁宏道的自我意識中很突出的一個特點,就是想要追求任性適意的生活。這種需求發展到比較強烈的程度,必然和社會群體的要求相抵觸,異於主流社會設立的行為規範,處在和世俗對抗的位置。

關於如何安排自己的人生,袁宏道很早就有過思考。客觀上,他也走了傳統的科舉仕途之路,和晚明一般士人沒有什麼兩樣,他異于常人的是精神上的不安分。晚明官場的狀況,在他看來是"衰腐據要津"。② 而作為一名普通家庭出身的士子,即使中了進士,也很難期望自己有大展雄圖的一天。他對於仕途的想象,除了現實的顯親榮名獲利之外,恐怕只有案牘的勞苦、官場的拘束、宦海的險惡,和守著一個職位戰戰兢兢謀求升遷的寒酸官吏形象。而名利又能帶來什麼呢?"貪夫競榮利,不顧頭上霜。書生談不朽,眉宇爭昂昂。生前秦項鹿,死後臧穀羊。"③ 在袁宏道看來,執著於榮利和浮名的人,實際上都已迷失了真實的自我,生命遭受戕害而渾然不覺。他們生前彷彿秦末群雄逐鹿一般沸沸揚揚、不可一世,而死後其實沒什麼兩樣。如同莊子所說的癡迷讀書的臧和沉溺賭博的穀,都走失了自己應該守護的羊一樣,迷失了真性。仕途,並不是袁宏道的熱情和理想可以寄託的地方。

既然在現實中找不到可以安頓心靈的途徑,沒有什麼崇高的理想可以追求,沒有什麼有意義的事業可以投入,那麼就盡量享受現世的生活,追

---

① 《伯修》,《袁宏道集箋校》卷6,第278頁。
② 《嘉魚李太清書齋》,《袁宏道集箋校》卷2,第71頁。
③ 《感興》之二,《袁宏道集箋校》卷1,第27頁。

求自我快意的人生，這是袁宏道和其他許多晚明士人共同的選擇。因而他宣稱要追求耳目聲色"五快活"①，"作世間大自在人"②。實際生活中，袁宏道也盡可能地逍遙山水，縱情酒色。

這些想法和行為，已然違背了儒家傳統倫理對士人的道德要求，所以袁宏道以"淫僻畏仁義，行止羞魍魎"自評。從這個自我評價可以看出，袁宏道雖然承認自己偏離了正統，卻帶著挑釁與自負的口氣。可以說，他並不認為自己是道德淪陷、沉迷名利聲色場中的芸芸眾生，而以主流社會的叛逆和反思者自居。面對現實社會的種種束縛不堪忍耐的他，探求個體生命如何獲得釋放，而將感性的放縱作為一種途徑。在乖戾言行的背後，隱藏著袁宏道對自我生命下落的重新追問。③

從心靈深處，袁宏道是傲視世俗的："世人眼如豆，見如盲，一切是非議論，如甕中語日月，塚中語天，糞擔上語中書堂裏事。便勝得他，也只如勝得箇促織；就輸些便宜與他，也只當撇塊骨頭與蟻子而已。"④ 一般的世人對自我並無清醒的認識。自我反思的缺乏使其思想與行為皆無法獨立，只能從俗或從眾。在袁宏道眼裏，這些人可鄙而又可悲。他們庸庸碌碌，或執著於眼前的是非長短，斤斤於蠅頭微利；或沉迷於浮名榮利，勞神損身而在所不惜。對於自我生命的真實需求，自身真實的感受與體驗，卻茫昧無知。

因而，袁宏道時出驚人之語，似乎是故意要跟世俗人情唱反調。對於世人在仕途上的執著，他說："作官只為妻子口食，然奔波已甚；求名只為一生官位，然焦蒿已甚。縱位至臺鼎，名加孔、墨，所樂無幾，喫苦已多，只是愚人不醒耳。"⑤

---

① 《龔惟長先生》，《袁宏道集箋校》卷5，第205頁。
② 同上書，第222頁。
③ 袁宏道曾評論"天下奇人聚京師者"云："大約趨利者如沙；趨名者如礫，趨性命者如夜光明月，千百人中，僅得一二人，一二人中，僅得一二分而已矣。"（《家報》，《袁宏道集箋校》卷5，第203—204頁）可見其對"性命"之珍視。弟弟袁中道說他少年時即參究"性命之學"乃至"忘寢忘食，如醉如痴"。（袁中道《吏部驗封司郎中中郎先生行狀》，《珂雪齋集》卷18，第755頁）
④ 《管東溟》，《袁宏道集箋校》卷11，第509頁。
⑤ 《龔惟長先生》，《袁宏道集箋校》卷6，第276頁。

　　對於世人在家業上的執著，他說："我輩只為有了妻子，便惹許多閒事，撇之不得，傍之可厭，如衣敗絮行荊棘中，步步牽掛。"①

　　甚至對於世人的思鄉之情，他說："人豈蝦蟆也哉，而思鄉乎？夫鄉者愛憎是非之孔，愁慘之獄，父兄師友責望之藪也。有何趣味而貪戀之？"②

　　這時的袁宏道，正如一隻"當面擲"的"無孔鎚"。這些言語實實虛虛，亦莊亦諧，"孤絕險峻"之警策與極端兼而有之。其冷言冷語令觀者不能不為之動心，但如果老老實實地全聽全信，又未免上了袁宏道的當。"無孔鎚"是沒有把柄可以實在握住的，袁宏道的此類言論，目的是打破對世法的執著，而獲得從世網解脫的可能。它們誠然不能說不是袁宏道的真實想法，可並非其生活實踐的記錄，而是精神上極力擺脫束縛的印跡。

　　在青年時期，袁宏道對人生的思考以解脫問題為核心。佛教以"苦"字來概括人生，袁宏道則把人生苦的根源理解為"束縛"："彌天都是網，何處有閑身？"③"帝宏匝地網，人窘彌天獄。"④"世法如炭，形骸若牿。"⑤束縛既有來自外在環境的，也有來自內在觀念的。來自外在環境的束縛可以有一時一地的改變，卻最終無法擺脫，解脫只能從內心入手。在袁宏道看來，給人生造成最大困縛的，不是原始的貪嗔癡，而是世俗的聞見道理：

　　　　然眼前與人作障，不是事，却是理。良惡叢生，貞淫蝟列，有甚麼礙？自學者有懲刃止愿之說，而百姓始為礙矣。一塊竹皮，兩片夾棒，有甚麼礙？自學者有措刑止辟種種姑息之說，而刑罰始為礙矣。黃者是金，白者是銀，有甚麼礙？自學者有廉貪之辨，義利之別，激揚之行，而財貨始為礙矣。諸如此類，不可殫述，沉淪百劫，浮蕩苦

①　《孤山》，《袁宏道集箋校》卷10，第427頁。
②　《華中翰》，《袁宏道集箋校》卷11，第498頁。
③　《偶成》，《袁宏道集箋校》卷3，第123頁。
④　《初度戲題》，《袁宏道集箋校》卷3，第142頁。
⑤　《徐漁浦》，《袁宏道集箋校》卷6，第304頁。

海，皆始於此。①

本能和慾望，在袁宏道看來，出自自然，不是大礙，對人性構成束縛的是人為的分辨和判斷。這些分辨和判斷打破了人的自然生存狀態，給人類套上了觀念的枷鎖。故《狂歌》云：

> 六籍信芻狗，三皇爭紙上。猶龍以後人，漸漸陳伎倆。噓氣若雲煙，紅紫殊萬狀。醯雞未發覆，甕裏天浩蕩。宿昔假孔勢，自云鐵步障。一聞至人言，垂頭色沮喪。②

他說儒家的經典不過是乾草紮成的狗子，祭祀之後就沒什麼用了，而所謂"三皇"，不過是紙上唬人的說法。"猶龍"指老子，③ 這裏用來代表上古淳樸社會。上古之後，人們開始擺弄機巧，編造像氣泡雲煙一樣五光十色卻沒有實質分量的假像，好像醋罈子裏面的小蚊蟲，把醋罈子當成整個天地。他們向來假借儒家經教而勢焰高漲，以為有打不破的鐵屏風護身。一旦被真人揭穿了假象，就氣焰頓消。話說到這個程度，簡直要將一般社會運轉的真相戳破，把社會主流意識形態的底牌揭穿了。

但是，袁宏道絕非不諳世故，一味天真任性的文人。"無孔鎚"的自喻，又表明了他傾心於不落實相、不著痕迹的行為方式。尤其在應世策略上，袁宏道看似漫不經心，實則深諳虛實之道。因此，儘管厭棄世俗的虛偽醜陋，不耐世網的束縛，嚮往個體的自由與適意，他卻極少硬碰硬地去和社會衝突，而是懂得處世存身之道，能夠無論對錯順世應時。

例如，他不耐吳縣縣令公务的繁雜、辛苦和拘束，連上七牘辭官，卻沒有半句抱怨和牢騷，情辭哀切，盡是訴說自己的孝養之願和疾病之苦。而他總結"人生涉世之難"時，云："任書生骯髒脫略之習，而少脂韋斌

① 《陳志寰》，《袁宏道集箋校》卷6，第265頁。
② 《狂歌》，《袁宏道集箋校》卷2，第61頁。
③ 語出《史記·老子韓非列傳》："孔子去，謂弟子曰：'……至於龍吾不能知，其乘風雲而上天。吾今日見老子，其猶龍邪！'"

媚之致"為"不可"。① 可見其對於官場規則之洞然與順從。

再如，袁宏道並不寄厚望於仕途，卻致力科舉。因厭苦而辭官，卻又再度入仕。這其中有世俗的常規，有家庭的壓力，也有他自己在名利上的需求。他雖然有超越世俗的思想境界，卻並不打算為此而犧牲俗世的安樂。因而，即使明白"俗態有如此，誰云道不貧？"卻也選擇了"浮雲看物理，浪迹混風塵"②，與世無忤是他基本的處世原則。

因而，袁宏道對於世俗的批評，是很有策略的。其言論的出格尖銳即使引起他人的搖頭反對，卻最多被當作少不更事的叛逆，並不至於為主流社會所不容。他幾乎從不針對具體的人和事，也很少有引人側目的行為，這和他青年時期視為精神導師的李贄有很大區別。他很少實實在在地把自己擺到世俗的對立面，而只是作為混跡世俗的一員，以莊諧參半的方式來破讀其荒謬。他強調性靈之于人生的可貴，卻反對以任何一種形式為其做出規定，甚至心安理得地製造了不少看似矛盾的言行。這種絕無實在把柄，任情隨意到荒唐的態度，可以說是具體展現了"無孔鎚"不著實相的一面。作為內蘊矛盾的概念，禪宗的"無孔鎚"來自參悟者必須打破世法羈縻，卻永遠無法獲得佛法實相的困境；作為矛盾的人，袁宏道的糾結來自既想要超越世俗束縛，卻又無法捨棄世俗生存方式的現實。袁宏道後來雖然逐漸融入了主流社會，但這種精神上的矛盾與痛苦卻始終沒有完全化解。

結　語

上文通過解讀"無孔鎚"一詞，討論了禪學對袁宏道的影響。實際上，此類詞彙，如"塗毒鼓"、"繫驢橛"、"無底舟"，在他留下的文字中還有很多。本文無意於證明袁宏道是根據佛教觀念圖式來構築自己的世界，但應該可以說，沒有理論上的刻意探索，沒有非此即彼的邏輯對立，也沒有亦步亦趨的比照模仿，就在不經意間通過語言加以滲透。這些詞彙為袁宏道之類的文人開啟了與傳統儒家觀念完全不同的，更多的認識自我和實踐自我的可能性。

---

① 《題初簿罷官冊》，《袁宏道集箋校》卷 4，第 190 頁。
② 《即事》，《袁宏道集箋校》卷 1，第 20 頁。

禪學思維與袁宏道的詩學策略

提起晚明性靈文學，人們會首先想到袁宏道。他在文學史上，長期被看作這一文學思潮的領袖人物。其在性靈文學興起過程中起到的作用，一般認為有兩個方面：其一是確立文學理論，其二是建立創作流派。但實際去考察袁宏道留下的文字，卻可以發現有關"性靈"的並不多。令人疑惑的是，袁宏道使用這個概念，是否確如後人那樣具有鄭重的理論意識？他是否真的刻意以此來開創新的詩歌流派？本文認為，就"性靈文學"而言，袁宏道最重要的作用並非上述二者，而是對此前文學潮流的反面"破除"。因而，本文不打算再次界定和闡釋"性靈"，而是嘗試從討論袁宏道本人的詩論動機和思想方法入手，來還原其文學思想的本來面貌。

一　晚明詩壇與袁宏道的雄心

晚明性靈文學興起的原因是多方面的。其根本的心理基礎，是王學流行後士人自我意識的強化，大大增加了他們在詩歌中自我表達的需求。如果從文學內部的發展過程來看，則是復古詩風在詩壇統治地位的動搖。

袁宏道所面對的詩壇，正處於復古派尚占主流，但其因循膚廓已令人厭倦的時候。袁宗道記錄，萬曆中，復古派的領袖汪道昆新刻詩集上市以後，"幾成滯貨"。① 錢謙益《列朝詩集小傳》指出，此前徐渭、湯顯祖等人已經有了排擊復古模擬之風的言論。② 然而，舊的風氣雖已現出頹勢，

---

① 《答陶石簣》，《白蘇齋類集》卷 16，上海古籍出版社 1989 年版，第 234 頁。
② 《列朝詩集小傳》丁集中，上海古籍出版社 1983 年版，第 561 頁："文長譏評王、李，其持論迥絕時流。"第 564 頁："義仍當霧雺充塞之時，穿穴其間，力為解駮。"

新的出路還尚未明朗。詩風的轉換醞釀已久，卻在很長一段時間裏沒有得以實現。如果說徐渭的聲望局限了他的影響力，湯顯祖在當時就已經"名蔽天壤"①，他對復古詩派的批評不可謂不嚴厲，卻並未帶動整個文學風氣的轉變。那個站在文學史轉捩點上，振臂一呼而應者雲集，對統治明代詩壇百餘年的復古之風從根本上實現了滌蕩的人，非袁宏道莫屬。

那麼，袁宏道如何能夠成為這個"時代風氣的扭轉者"呢？他沒有顯赫的名位與家世可以憑藉，不能像館閣大老們那樣主宰文苑、左右時論。他之所以獲得成功，就僅僅是拜時運所賜嗎？事實並非如此。袁宏道對於自己的文學史位置，是一早就有清醒認識和自覺經營的。

從袁宏道留下的文字來看，他主要的人生旨趣，並不是詩文，而是"性命之學"。不過，對於振異響於詩壇，托藝文以謀不朽，他卻早有野心。

袁宏道早年的人生道路，主要是鄉居讀書以謀取科舉仕宦。但仕宦的追求主要是出於慣性和現實利益的考慮，而並非其人生理想所在。②然而，袁宏道並沒有甘心放棄世俗功業，他的自我期許遠比常人高。這首先源于其少年早慧，從日常經驗上感受到的智力優越，亦來自其思想上超越俗眾的自信。和李贄的交往使袁宏道的膽力與識力均得到極大擴張，洞見世俗的種種荒謬與庸朽。於是不屑再與"凡鳥"、"凡馬"為伍，而自命為"鳳凰"、"麒麟"，決定要"手提無孔鎚，擊破珊瑚網"③，振聾發聵，

① 鄒迪光：《臨川湯先生傳》《湯顯祖全集》附錄，北京古籍出版社 1999 年版，第 2581 頁。
② 其中的原因有三。其一，這緣於他對當時政壇的觀察。據袁宏道出仕前的文字來看，他對於時政是非常失望的。官場的狀況，在他看來是"衰腐據要津"（《嘉魚李太清書齋》，《袁宏道集箋校》卷 2，上海古籍出版社 1981 年版，第 71 頁），決不能期望建功立業。其二，是時代風氣的影響。嘉靖以降，越來越多的士人從精神上逐漸疏離仕途。有些人另謀出路，有些人雖然徘徊未去，卻已然不把人生旨趣寄託於斯。（參見羅宗強《明代後期士人心態研究》，南開大學出版社 2006 年版；左東嶺《王學與中晚明士人心態研究》，人民文學出版社 2000 年版；賈宗普《論公安派前期文人心理與人生態度》，《西北大學學報》2008 年第 3 期）袁宏道的母舅龔惟學、長兄袁宗道，以及青年時期視為精神導師的李贄均屬後一種人。其三，與袁宏道的家世相關。兄長袁宗道的高中雖然增添了袁宏道在科舉上成功的希望，他對官場甘苦的體會以及仕情的冷淡，卻早早培養了袁宏道的倦怠。而作為一名湖北公安普通家庭出身的士子，袁宏道也很難設想自己有官運通達的一天。
③ 《述懷》，《袁宏道集箋校》卷 1，第 37 頁。

一鳴驚人。

詩壇是袁宏道選中的主要陣地。這是一個非常策略性的選擇：其一，對於尋求聲名不朽的士人來說，文藝之路是一條受外在條件限制較少，容易憑藉個人力量實現的途徑。據袁中道的記錄，袁宏道還在少年修舉業之時，就早有"刻意藝文，計如俗所云不朽者"的想法。①

其二，袁宏道雖然洞見世俗之弊，但並不打算開罪世俗而犧牲自己的現世生活。而文藝既是士人生活的重要組成部分，又常常處在裝飾性位置。即使異見不為世人接受，也不致像顏均、何心隱等人那樣，為主流社會所不容而罹罪乃至殞身。在這一點上，袁宏道顯然比李贄更多地考慮了存身處世的問題。

那麼，他將要通過什麼途徑來稱雄詩壇呢？本文以為，既不是建立新的詩學理論，也不是作為詩人以傳世，而是成為一名扭轉詩壇風氣的歷史性人物。

二　"擊破珊瑚網"——"破"而不立的詩學旨趣

袁宏道之所以為自己做出如此定位，首先源於他對詩壇局勢的清醒認識。其早年所作的《答李子髯》二首，代表了他對明代詩壇的反思以及自我的定位。其一云：

> 若問文章事，應須折此心。中原誰崛起，陸地看平沉。矯矯西京氣，洋洋大雅音。百年堪屈指，幾許在詞林。

"應須折心"、"陸地平沉"和"不堪屈指"表達了袁宏道對"百年詞林"的全面否定。當然，這種睥睨一世的氣概之中，也未始不潛藏著他的自我期許。其二云：

> 草昧推何李，聞知與見知。機軸雖不異，爾雅良足師。後來富文

---

① 《解脫集序》，載《珂雪齋集》卷9，上海古籍出版社1989年版，第451頁。

藻，詘理競修辭。揮斥薄大匠，裹足戒旁歧。模擬成儉狹，莽蕩取世譏。直欲凌蘇柳，斯言無乃欺。當代無文字，閭巷有真詩。却沽一壺酒，攜君聽竹枝。①

這一首因對明代詩壇的議論而屢屢為人徵引。袁宏道批評的對象可以總括為一點，那就是因"模擬"而造成的"儉狹"與"莽蕩"。此後數年，他在詩壇的主要事業，就是不遺餘力地對此進行抨擊。

（一）"掃時詩之陋習"的詩歌批評

在袁宏道之前攻擊復古派的文人，如湯顯祖，首先把自己當成一個更為高明的"詩人"。湯被看作"專與弇州（王世貞）為難者"②，他最主要的批評方式，是"簡括獻吉、於麟、元美文賦，標其中用事出處及增減漢史唐詩字面，流傳白下"③。這種技術層面的討論需要較高的專業素養，能夠引發詩壇行家的議論，却不容易擴大影響面，得到一般學詩者的理解和回應。更要緊的是，湯顯祖並未從根本上質疑復古派所確定的文學評價標準。他自己的詩歌"師古，較有程矩"④，仍然未能擺脫講求格調典雅的舊評價體系。可以說，在袁宏道之前，雖然類比因循的弊端已經為人厭棄，復古派的觀念却仍然局限著人們對於文學的想象和理解。

和這類意圖通過舊模式的部分否定而尋求新出路的思路不同，袁宏道幾乎完全以破壞者的姿態出現在詩壇。他的基本詩學策略，就是抓住各種機會向世人宣講復古之弊，其自敘云："余與進之游吳以來，每會必以詩文相勵，務矯今代蹈襲之風。"⑤ 沈德符記其每論詩："攻王李頗甚口，而詈于鱗尤苦。"⑥ 袁宗道也以"中郎之喃喃"⑦ 來形容其熱衷於宣講的情狀。這種脫離了文藝評論的具體問題，意在動人耳目、尋求認同的極力宣講，顯然已不

---

① 《袁宏道集箋校》卷2，第81頁。
② 陳田：《明詩紀事》庚籤序，上海古籍出版社1993年版，第2233頁。
③ 《列朝詩集小傳》丁集中，第563頁。
④ 《明詩紀事》庚籤，第2268頁。
⑤ 《雪濤閣集序》，《袁宏道集箋校》卷18，第710頁。
⑥ 《萬曆野獲編》卷25，中華書局1959年版，第632頁。
⑦ 《答陶石簣》，《白蘇齋類集》卷16，第234頁。

僅出於個人喜好，而是被當作事業來經營。袁宏道曾說："近時……強為大聲壯語，千篇一律。須一二賢者極力挽回，始能翻此巢窟。"① 更可見其平日排擊復古的言論並非一時興起，乃是有意的扭轉詩壇風氣。

　　現存的袁宏道文集也可以與此相互印證。他於萬曆二十七年以前的九篇論詩文字②，八篇是破論：它們全都緊緊圍繞著破除格套、反對摹擬、排擊復古這一中心。袁宏道談論詩文的重心、文藝事業的志趣，並不在正面的樹立，而是在反面的破壞。

　　對於這些文學活動，袁宏道是有明確的事功意識的。他寫信給李子髯說："弟才雖綿薄，至于掃時詩之陋習，為末季之先驅，辨歐、韓之極冤，搗鈍賊之巢穴，自我而前，未見有先發者，亦弟得意事也。"③ 其"得意"，隱隱包含著事業小成、詞林之志可就的滿足感。至於袁中道以兄弟相知之深，鼓倡其"力矯弊習，大格頹風"之功，擬之於"文起八代之衰"④ 的韓愈，也從側面透露了袁宏道的文苑雄心。

　　綜觀袁宏道的早年言論，沒有多少對於具體文藝作品的品評，也沒有什麼深刻的理論探討。其全部的用力幾乎都在抨擊爛熟雷同，反對摹擬、破除格套。通過激烈的言辭，讓人們警醒復古觀念造就了怎樣虛偽的、陳腐的、可笑的、毫無生氣的文學，令人從根本上懷疑它的絕對權威，把活生生的心靈從束縛中解脫出來，就是袁宏道的目的，他的文學批評著力於此。"性靈"雖經提及，但主要是當時習語的沿用，並沒有用以樹立理論之幟的意圖。⑤ 其文學創作同樣如此，雖然袁宏道長期被當作"性靈詩派"的領袖，實際上卻根本無意於開宗立派，建立新的寫作範式。

（二）"無理路可循"的詩歌創作

　　袁宏道在詩壇的成功，除了其立場的鮮明、態度的強硬、言說方式的新

---

① 《答張東阿》，《袁宏道集箋校》卷21，第754頁。
② 分別是《答李子髯》（《袁宏道集箋校》卷2，第81頁）、《諸大家時文序》（卷4，第184頁）、《敘小修詩》（卷4，第187頁）、《丘長孺》（卷6，第283頁）、《喜逢梅季豹》（卷9，第387頁）、《敘陳正甫會心集》（卷10，第463頁）、《小陶論書》（卷10，第472頁）、《張幼於》（卷11，第501頁）、《江進之》（卷11，第515頁）。
③ 《答李元善》，《袁宏道集箋校》卷22，第763頁。
④ 《解脫集序》，《珂雪齋集》卷9，第452頁。
⑤ 詳見後文。

鮮潑辣以外，也與其詩歌創作擊中了時人的需求密切相關。在晚明，袁宏道被廣為接受的身份是新銳詩人，其詩歌所受的熱捧推動了他言論的流行。他很早就著意編刻自己的詩文，萬曆二十五年從吳縣離任，有《敝篋》、《錦帆》二集，遍贈友人；一年之後，刻《解脫集》；萬曆三十一年由袁無涯重刻《錦帆》、《解脫》；此後數年，《廣陵》、《瓶花齋》、《瀟碧堂》等集陸續問世。這些小集的刊刻，迅速推動了其詩文的流傳。到袁宏道去世時，已經有數種複刻本傳世，其流行之甚，至有書商以贋書謀利，連贋書也炙手可熱。① 其詩歌儼然成為當時士林的流行文學，“至有閉門索句，欲效以妙天下者”，② 而“公安體”之稱遂出。故《四庫全書總目》謂之“變板重為輕巧，變粉飾為本色，致天下耳目於一新，又復靡然而從之”。③

這樣的結果，對袁宏道本人的意圖，既有實現也有背離。

實現的一面，是他以詩歌寫作新天下耳目，而轉變時風的想法。袁中道說：“先生詩文，如《錦帆》、《解脫》，意在破人縛執。”④ 和觀念上的鼓吹一致，袁宏道寫詩是有意地跟復古格調論唱反調：“至於詩文，間一把筆，慨摹擬之流毒，悲時論之險狹，思一易其弦轍。”⑤ 他不是單純的“自我抒寫派”，寫詩也是他改造時人文學觀念的一種手段。

最極端的表現就是他那些近乎遊戲的作品，如《錦帆集》之《漸漸詩戲題壁上》、《戲題齋壁》、《題劉生》、《初度戲題》，⑥《解脫集》之《醉鄉調笑引》、《述內》、《答內》、⑦《餘杭雨》、《於潛道中偶成》⑧ 等，幾乎如同民間打油詩，順滑淺易，時有打趣之語。它們在當時流行的範圍最廣，受到的詬病也最多。復古派所提倡的詩歌寫作，重視聲調、修辭、境界，要維護詩歌語言的純粹和形式的典雅，袁宏道卻偏偏要用這種極端的方式來打破“詩”與“非詩”的界限。

---

① 《中郎先生全集序》，《珂雪齋集》卷 11，第 521 頁。
② 畢茂康：《袁中郎先生全集序》，載《袁宏道集箋校》附錄，第 1713 頁。
③ 《四庫全書總目》集部卷 179，中華書局 1981 年版，第 1618 頁。
④ 《中郎先生全集序》，《珂雪齋集》卷 11，第 521 頁。
⑤ 《馮侍郎座主》，載《袁宏道集箋校》卷 22，第 769 頁。
⑥ 《袁宏道集箋校》卷 3，第 115、116、130、142 頁。
⑦ 《袁宏道集箋校》卷 8，第 331、346、347 頁。
⑧ 《袁宏道集箋校》卷 10，第 375、376 頁。

在那些比較常規的作品中，袁宏道也不憚于隨時突破各詩體的寫作規範。如在律詩中故意不對仗、不合平仄，《丘長孺》二首之二，頷聯："只恐君不來，君來我當設。"《新安江》八首之三，頷聯："或從舟底見，或作假山看。"① 此外，律詩不往工整寫，卻故意把古詩寫成八句且屬對，如《石橋巖》第三聯："石老易生雲，山髡不藏虎。"② 《惠山僧房短歌》第二聯："茶到三鍾也醉人，花無百枝亦藏鳥。"③ 又好用律詩法作仄韻詩，如《過雲樓見連池上人有狗醜韭酒紐詩戲作》、《冬盡偶成》④ 等。復古派要"伸正紬變"，維護詩體的純正，⑤ 袁宏道卻毫無顧忌地"破體"。上述詩句可能是信筆寫來，也可能是有意出格，總之都顯現出袁宏道對詩體規範的不甚尊重。

袁宏道對詩歌語言的態度更加隨意，他常常在比較典雅的詩歌中忽然摻入近似白話的句子，如《答江進之別詩》之"所以小修言，江郎吳令傑"。《閒居雜題》其四之"十分漆園學得五，逍遙猶可物難齊"⑥。有些白話得近乎俚俗，如："不看碑頭字，那知是禹穴"，"死關真個死，賺爾兒孫何"⑦。甚至於在律詩的對仗聯也這樣寫："算馬與人三十口，賣奴及宅五千錢"，"初問三哥何處去，次言八口幾時回"⑧。袁宏道似乎有意要顛覆詩歌語言的典雅性：雅和俗，在他看來不應該成為詩歌寫作的界限。

袁宏道也不理會復古派謀篇佈局煉句煉字那一套。他詩歌中的有些句子雖然大體符合詩歌的句式要求，卻似乎是想到哪兒寫到哪兒，沒有什麼詩味兒，如《錦帆集》之《別江郎》⑨。甚至於在中國詩歌中向來以刻畫精微、意境悠遠見長的寫景詩，在袁宏道筆下，也常常十分草率。如《宿

---

① 《袁宏道集箋校》卷9，第393頁。
② 同上書，第389頁。
③ 《袁宏道集箋校》卷8，第344頁。
④ 同上書，第401頁；卷12，第545頁。
⑤ 參見史小軍《論復古者的文體意識及其影響》，《學術研究》2001年第4期。
⑥ 《袁宏道集箋校》卷3，第154頁；卷8，第330頁。
⑦ 《袁宏道集箋校》卷8，第362頁；卷9，第380頁。
⑧ 《丁酉十二月初六日初度》、《得家報》，《袁宏道集箋校》卷12，第548、560頁。
⑨ 《袁宏道集箋校》卷3，第154頁。

惠山僧房》："潮來吹雨葉，雲起迭山鬢。"① 意象談不上生動，而以女性之髮髻擬寫僧房所處之環境，也覺不倫。《過靈峯》中對這一著名勝景的描寫簡直漫不經心："有山兼有澗，宜榭復宜亭。"② 《蘭亭》更是草草應付："清流大概是，峻嶺果然多。"③ 袁宏道的寫景，一般不注重景物的細緻刻畫，也不注重深遠意境的營造，可以說大致偏離了唐代山水詩創立的經典路徑。

從詩歌文體的角度看，上述作品如同不按牌理的出牌、沒有方向的亂箭、打不開鎖的鑰匙，顛三倒四，算不得好詩。雖然它們並不能代表袁宏道詩歌的全部，卻造成了其詩歌"漏洞百出"的事實。袁宏道對此其實心如明鏡，他說喜袁中道詩之"疵處"，又為《解脫集》中"去唐愈遠"之"穢雜"句而"自得意"，④ 都是堅持對經典規範的反對立場。他解釋這些"近平、近俚、近俳"之作云："矯枉之作，以為不如是，不足矯浮泛之弊，而闊時人之目也。"⑤

當然，僅憑平、俚、俳，並不足以起到扭轉時風的作用。袁宏道詩之吸引人，是因為這些新鮮寫法包裹的個人世界的魅力。不合規範的寫法抓住了人們的目光，而其袒露內心世界之真切更令人興奮。觀者好比看慣了大同小異面無表情的標準人像，忽然有人把私生活拿出來現場直播，怎麼能不會心而驚喜？此外，其超越的人生追求，令他在寫作時既有智者的超逸透脫，又有慧者的機智風趣。如以"菜香齊吐甲，樹暖欲蒸花。天色滑如卵，江容潤似紗"⑥ 寫春日暖陽下略帶慵懶的喜悅；以"舫方革履小，士比鯽魚多。聚集山如市，交光水似羅"⑦ 寫紹興一點熱鬧，一點搖曳的小城風情；以"尊前濁酒憨憨醉，飽後青山慢慢登"⑧ 寫得報罷官後的欣

---

① 《宿惠山僧房》，《袁宏道集箋校》卷8，第337頁。
② 《過靈峯》，《袁宏道集箋校》卷8，第357頁。
③ 《袁宏道集箋校》卷8，第366頁。
④ 《張幼于》，《袁宏道集箋校》卷11，第501頁。
⑤ 見《雪濤閣集序》（《袁宏道集箋校》卷18，第711頁），這段話雖為江盈科詩而發，亦可以看作袁宏道的自我闡釋。
⑥ 《嘉興道中》，《袁宏道集箋校》卷8，第347頁。
⑦ 《初至紹興》，《袁宏道集箋校》卷8，第361頁。
⑧ 《得報罷官》，《袁宏道集箋校》卷8，第340頁。

然頹放，都用明快淺近的語言捕捉到一般人難以體會的別樣情趣，新鮮可喜。但這樣個人色彩極強的世界是不具有複製性的，袁宏道也無意于樹立典範供人複製，"天下靡然而從之"又是對他本人意圖的背離。

袁宏道雖然有意於托文壇以謀不朽，卻並沒有把自己當成文人，"一生精力盡用之詩文草聖中"① 是他所不屑為的。所以，解人迷誤之外，他沒打算在詩壇開宗立派："一切文字，皆戲筆耳，豈真與文士角雌較雄邪?"② 他以隨意的態度作詩，不去建立統一的風格，不試圖建立詩歌的典範樣式，所以意興到處變化無端，沒有定式。在他早期的觀念中，解脫束縛，獲得寫作的自由是最重要的。即使是新的樣式，一旦被固定，也就失去了活力，袁宏道說："文章新奇，無定格式，只要發人所不能發，句法字法調法，一一從自己胸中流出，此真新奇也。近日有一種新奇套子，似新實腐，恐一落此套，則尤可厭惡之甚。"③ 也許針對的就是他自己的追隨者。

三　"無孔鐵鎚當面擲"：禪學思維與詩學策略

袁宏道之所以採取"破而不立"的詩學策略，其思想根源，是學佛參禪中形成的否定性思維方式。他受袁宗道的影響，很早就留心禪學。結識李贄後，追求"性命之學"，參禪更為勇猛精進。④

馮友蘭在《中國哲學簡史》中，把老莊和大乘佛學的基本方法，稱為"負的方法"。⑤ 禪宗是莊與佛結合的產物。在禪宗傳說中，達摩西來，面對武帝"聖諦第一義諦"之問，凜然回答"廓然無聖"。六祖慧能以"本來無一物"，消解"明鏡"與"菩提"，而真正開創了禪門。"負的方法"，也就是否定的方法，是禪宗最根本的思想方法。

---

① 《張幼于》，《袁宏道集箋校》卷 11，第 503 頁。
② 《徐崇白》，《袁宏道集箋校》卷 11，第 495 頁。
③ 《答李元善》，《袁宏道集箋校》卷 22，第 786 頁。
④ 參見周群《論袁宏道的佛學思想》，《中華佛學研究》第 6 期。
⑤ 馮友蘭《中國哲學簡史》第二十一章《中國佛學的建立》，《三松堂全集》第六卷，河南人民出版社 2001 年版，第 207 頁。

　　袁宏道早年參禪，接受的是洪州臨濟一系。① 截斷眾流的乾脆否定，正是這一派開悟人的拿手好戲。相傳馬祖道一晚年用"非心非佛"來顛覆"即心即佛"的說法。② 百丈淮海進一步認為，"即心即佛"的正面回答，是"不了義教語"、"死語"、"凡夫前語"。"非心非佛"的反面回答，才是"了義教語"、"三乘教外語"、"生語"。③

　　臨濟宗祖師義玄的悟道也是一次"非心非佛"的生動演示。他隨黃檗希運參禪，曾三次從正面追問佛法大意，每次黃檗都是二話不說，只一陣沒頭沒腦的棒打。但臨濟終於被打開了竅，領會到黃檗禪法中"無心無法"、"無事無物"、"無人無佛"的精神，更將其發展為"逢佛殺佛，逢祖殺祖，逢羅漢殺羅漢，逢父母殺父母，逢親眷殺親眷"④ 的推倒一切的精神。

　　這種思想方法，根據圭峰宗密的總結，可稱之為"遮詮"。"遮"與"表"相對，"遮謂遣其所非，表謂顯其所是。"⑤ 表詮是正面的闡說，遮詮則是負面的否定。以"無念為宗、無相為體、無住為本"⑥ 的南宗禪，偏好遮詮並不奇怪。佛法不管經過任何形式的確認，都會因固定而局限僵化，故言之愈詳，離之愈遠。遮詮卻可以去人疑妄，破人執迷，從成見常識的依賴中解脫，從而打開通向自由之門。⑦

　　袁宏道對這種遮非泯絕的思維方法高度認同。在早年的參禪活動中，他編輯過一部禪宗拈古頌古集《金屑編》，其中處處可以看到對"遮詮"得心應手的運用。書名"金屑"，即取臨濟宗楊岐派法演禪師"金屑雖貴，落眼成翳"⑧ 之意，先作了一次本體意義的自我否定。開篇首舉《楞嚴經》

　　① 黃卓越《佛教與晚明文學思潮》云："其禪學思想屬洪州/臨濟一系。"（東方出版社 1997 年版，第 152 頁）易聞曉《公安派的文化闡釋》亦云："對袁宏道士夫禪學影響最大的當是洪州禪。"（齊魯書社 2003 年版，第 163 頁）本文贊同其說。

　　② 《景德傳燈錄》卷六《江西道一禪師》："僧問：'和尚為什麼說即心即佛?'師云：'為止小兒啼。'僧云：'啼止時如何?'師云：'非心非佛。'"（《大正藏》第 51 冊，第 246 頁）

　　③ 《古尊宿語錄》卷1，《續藏經》第 68 冊，河北省佛教協會虛雲印經功德藏 2006 年版，第 6 頁。

　　④ 《鎮州臨濟慧照禪師語錄》，《大正藏》第 47 冊，第 499 頁。

　　⑤ 《禪源諸詮集都序》，《大正藏》第 48 冊，第 406 頁。

　　⑥ 《壇經》，《大正藏》第 48 冊，第 352 頁。

　　⑦ 關於禪宗"遮詮"，參見周裕鍇《禪宗語言》下篇第二章，浙江人民出版社 1999 年版。

　　⑧ 《法演禪師語錄》卷中，《大正藏》第 47 冊，第 658 頁。

"吾不見時,何不見吾不見之處?"而評點云:"鐵壁銀山,金剛栗棘。放
去非離,拈來非即。"① 正是典型的以否定斬斷葛藤,當下遠離繁雜妄念的
做法。《金屑編》共拈出經文公案七十二則,加以頌唱評點。如評馬祖、
南泉心佛對答:"追之不及,放之不離,雲迷谷口,月隱寒溪。"② 評趙州
狗子有無佛性話:"無、無,西天鬍子沒髭須。"③ 整部著作要麼但遮其非
不言其是,要麼離題萬里不著邊際,要麼古怪新奇似藏玄機,總之沒有一
句合乎邏輯的正面闡釋。

　　袁宏道早年的整個哲學人生觀,其實也被這種思維方式所主導。他
說:"達磨、馬祖、臨濟、德山"等人,"一瞻一視,皆具鋒刃,以狠毒之
心,而行慈悲之事"。④ "鋒刃"、"狠毒",比喻祖師為了脫人於苦海,而
行割斷常情、削減俗見之事。他們用的手段,是"遮"而不是"表",是
"破"而不是"立"。袁宏道認為,"破"是擺脫人生困縛,獲得自由的唯
一途徑:"欲解大地羅,先肆彌天毒"⑤,人生總是處於種種迷誤和束縛的
包圍之中,要解脫眾生的苦難,必須先打破桎梏其心靈的枷鎖。所以,在
檢點懷抱的《述懷》詩中,他明確表示自己的志願是:"手提無孔鎚,擊
破珊瑚網"⑥,即用非邏輯的方式,打破世法對人才的束縛。

　　在處世立身上,袁宏道不願冒天下之大不韙,所以並沒有走得太遠。他真正
實踐這一志願是在詩壇。在《喜逢梅季豹》中,他歷數當代詩壇人物,而曰:

　　　　舉世盡奴兒,誰是開口處。我擊塗毒鼓,多君無恐怖。⑦

---

① 《續修四庫全書》子部第1131冊,第58頁。
② 公案云:南泉曰:江西馬祖道"即心即佛",王老師不恁麼道。"不是心不是佛不是物。"
(《續修四庫全書》子部第1131冊,第60頁)
③ 公案云:趙州因僧問狗子還有佛性也無,曰:"無。""為甚卻無?"曰:"為伊有業識
在。"《續修四庫全書》子部第1131冊,第65頁。
④ 《徐漢明》,《袁宏道集箋校》卷5,第217頁。
⑤ 《送王靜虛訪李卓師》,《袁宏道集箋校》卷8,第371頁。
⑥ 《述懷》,《袁宏道集箋校》卷1,第37頁。
⑦ 《喜逢梅季豹》,《袁宏道集箋校》卷9,第387頁。

"塗毒鼓"也是禪宗語彙，其功用是"擊一聲遠近聞者皆喪"，① 能令"所有貪欲瞋恚愚癡悉皆滅盡"。② 袁宏道以此自喻，表明其激言矯行，正是要打破詩壇"萬耳同一聵，活佛不能度"③ 的局面。他說："宇宙間自有此一種奇觀，但恨今人為先入惡詩所障難，不能虛心盡讀耳。"④ 當代人之所以不知道什麼是真正的好詩，是因為他們的心靈先被惡詩遮蔽了。要振拔詩壇，就要去除這種遮蔽："古今文人，為詩所困，故逸士輩出，為脫其粘而釋其縛。"⑤ 他甚至說，與其延續惡詩的套數，"反不如一張白紙，詩燈一派，掃土而盡矣"⑥。在他看來，當代詩壇最重要的，不是建立理論或製作經典，而是破除迷霧。禪宗對袁宏道詩學理念最重要的影響，正是其順著遮非去蔽的思路，選定了與詩壇舊傳統為敵的基本策略。

其次，"但遮其非，不言其是"的理念，決定了袁宏道不樹不立的詩學原則。他不去探索新的詩學理論，也不去開創新的寫作模式："既謂之禪，則遷流無已，變動不常，安有定轍，而學禪者，又安有定法可守哉？"⑦ 一旦有所樹立，不過是用一種偏頗來糾正另一種偏頗："拘儒小士，乃欲以所常見常聞，闢天地之未曾見未曾聞者，以定法縛己，又以定法縛天下後世之人。"⑧ 按照他的思路，任何理論的框定和模式的成型都會帶來新的束縛。因而，把袁宏道看作"性靈論"的宣導者或"性靈詩派"的開創者，是對他本意的誤解。

再次，臨濟禪不涉理路的言論方式影響了袁宏道的詩歌寫作方式。袁宏道自敘學禪經歷云："遍參知識，博觀教乘，都無所得，後因參楊岐公案，有所發明。"⑨ 楊岐公案，可能指臨濟宗楊岐派祖師楊岐方會的公案。楊岐方會最著名的是"三腳驢子"公案：

---

① 鄂州岩頭全奯禪師語，《續藏經》第138冊，《五燈會元》卷7，第233頁。
② 《大般涅槃經》卷9，《大正藏》第12冊，第661頁。
③ 《喜逢梅季豹》，《袁宏道集箋校》卷9，第387頁。
④ 《與李龍湖》，《袁宏道集箋校》卷21，第750頁。
⑤ 《雪濤閣集序》，《袁宏道集箋校》卷18，第711頁。
⑥ 《丘長孺》，《袁宏道集箋校》卷6，第284頁。
⑦ 《曹魯川》，《袁宏道集箋校》卷5，第253頁。
⑧ 《廣莊·逍遙游》，《袁宏道集箋校》卷23，第796頁。
⑨ 《金屑編自敘》，《續修四庫全書》子部第1131冊，第56頁。

問：“如何是佛？”師曰：“三腳驢子弄蹄行。”①

“三腳驢子弄蹄行”如同《維摩詰經》中“火中生蓮花”，是一種
“不可能事物喻”：故意用自相矛盾的語言方式，造作出實際上根本不存在
的名目。這樣就打斷了正常的理路言詮，否定人們日常熟習的事實和經
驗，破除對“意義”的執著。不僅“三腳驢子弄蹄行”的回答沒有意義，
連“如何是佛”這個問題也沒有意義。這則公案破除思維的邏輯進程，杜
絕一切計較思量，打破常理常情的拘束，正是袁宏道心儀之處。故而，他
選取了一個和“三腳驢子”類似的名相——“無孔鎚”來比喻自己的應世
策略。

“無孔鎚”從字面上講，就是沒有孔、沒有柄，沒有著手使力之處的
鐵鎚，和“三腳驢”一樣，它本身也是顛倒荒謬的。

袁宏道熟悉的北宋禪師圜悟克勤，在被問到怎樣開化世人時回答：
“無孔鐵鎚當面擲。”② 怎麼個擲法？可以參看圜悟以“渾似兩個無孔鐵
鎚”來評價的兩則公案，一則是：

僧問趙州：“承聞和尚親見南泉，是否？”州云：“鎮州出大蘿蔔頭。”

另一則是：

僧問九峯：“承聞和尚親見延壽來，是否？”峯云：“山前麥熟
也未。”③

兩則都是禪宗語錄中典型的“答非所問”型對話，答語和問話之間毫
無邏輯聯繫。答語的實際意義是什麼無法確知，或者它根本沒有什麼實際
意義，就是用非理性的語言去顛覆邏輯，意在使心靈從語言和語言塑造的

---

① 《五燈會元》卷 19，《續藏經》第 81 冊，第 722 頁。
② 《圜悟佛果禪師語錄》卷 4，《大正藏》第 47 冊，第 730 頁。
③ 《佛果圜悟禪師碧巖錄》卷 3，《大正藏》第 48 冊，第 169 頁。

意義世界中解脫出來。

袁宏道曾兩度以"無孔鎚"來自喻，[①] 對這個意象他相當偏愛。袁宏道把"無孔鎚"式思維也貫徹到其詩歌語言觀中。本文第二節已述及，作為"詩人"的袁宏道好像在隨時挑戰"詩體"的形式規範，寫起詩來近乎信筆塗抹。他說"至於詩，則不肖聊戲筆耳。信心而出，信口而談"，[②] 並非自謙，而是在宣告自己對詩歌的態度。祖師們用信口開河的回答來破除人們對義理語言的執著，袁宏道則用隨心所欲的寫作來破除人們對"詩歌語言"的執著。拋棄經典，錯亂規則，把詩寫成沒理路的"無孔鎚"模樣，袁宏道已經走到了以"不詩"救詩的邊緣。這也是他消除人們對於"詩歌規範"執迷的最後策略。

此外，臨濟禪還在一些具體細節上影響了袁宏道的詩學選擇。例如，其推翻一切現成權威，呵佛罵祖、自信其心的作風成就了袁宏道敢開風氣於天下先的勇氣。[③] 臨濟義玄有"毀佛毀祖，是非天下，排斥三藏教，罵辱諸小兒，向逆順中覓人"[④] 的氣概。德山宣鑒更在上堂說法時宣稱："這裡無祖無佛，達磨是老臊胡，釋迦老子是乾屎橛，文殊普賢是擔屎漢……"[⑤] 這些驚世駭俗的言論是洪州禪的標誌之一。袁宏道在《金屑編》特意拈出丹霞焚燒木佛的公案，[⑥] 可見其對此種精神之認同。袁宏道說："萬卷蓮經，都是弄猢猻底傢俱。"[⑦] 對佛教經典的意義表示徹底懷疑，同時又對如來與文殊毫無頂禮膜拜之意，反稱其為"一雙不唧嚼的老漢"。[⑧] 以這樣的膽氣來面對詩壇，亦步亦趨摹擬典範的"格套"是再也拘束不住他

---

① 另一處云："吳縣有一無孔鐵鎚，欲向貫城市上尋一面塗毒鼓作對，不知阿誰遭毒手者？"（《伯修》，《袁宏道集箋校》卷6，第278頁）

② 《張幼于》，《袁宏道集箋校》卷11，第501頁。

③ 這一點，已有研究者提及。如周群《論袁宏道的佛學思想》云："袁宏道前期文學革新思想正是在這種'狂禪'思潮的影響下產生的"，"繼承了他們（德山等人）離經慢教的精神"。（《中華佛學研究》第6期）

④ 《鎮州臨濟慧照禪師語錄》，《大正藏》第47冊，第499頁。

⑤ 《五燈會元》卷7，《續藏經》第81冊，第231頁。

⑥ 舉丹霞遇天寒取木佛燒。院主曰："何得燒佛？"師曰："取舍利。"曰："木佛有何舍利？"師曰："無，更燒兩尊。"（《金屑編》，《續修四庫全書》子部第1131冊，第64頁）

⑦ 《金屑編自敘》，《續修四庫全書》子部第1131冊，第56頁。

⑧ 《金屑編》，《續修四庫全書》子部第1131冊，第59頁。

了，於是"末俗之譏"① 在所不憚，而勇於負俗越眾、一意孤行，"為末季之先驅"。

袁宏道批判復古摹擬的意識，與臨濟禪離經慢教的精神一脈相承。《人天眼目》給臨濟宗的判詞云："臨濟宗者，大機大用。脫羅籠，出窠臼。"② 臨濟門庭，多為自信其心，不肯隨人俯仰，不願為人所約束者。如臨濟義玄宣稱："菩薩羅漢盡是枷鎖縛人底物。"③ 德山宣鑒更以"吃人涕唾"比喻人云亦云者。④ 接受了這些觀念的袁宏道，從主體精神上根本不能再"掇拾陳言，株守俗見，死于古人語下"，⑤ 而"模擬成儉狹"⑥ 的當代詩壇，自然要令他非常不滿了。

袁宏道議論的辛辣，也和臨濟禪肆言無忌的語言風格不無關係。臨濟宗語錄，隨處可見到如"老臊胡"、"乾屎橛"、"死屍"、"棺材"等粗鄙的詞彙，而袁宏道稱復古摹擬者為"老嫗傅粉"⑦、"詩家奴僕"⑧，言其"以妾婦之恒態責丈夫"⑨，"糞裏嚼查，順口接屁，倚勢欺良，如今蘇州投靠家人一般"⑩。這些普通文人不屑用或者不敢用的語言，作為"矯枉"的手段，痛快直接，大大增強了對世人的刺激。

不應忽視的是，晚明被稱為禪學"中興"的時代，不僅宗門之內出現了不少有影響的僧侶，士大夫好禪習禪也蔚然成風。這種環境推進了袁宏道思維方式的養成，也促成了他在詩壇的流行。袁宏道的周圍，有一批嗜好內典的同道。除了宗道、中道兄弟之外，如江盈科、屠隆、董其昌、潘

---

① 袁宗道云："舉世皆為格套所拘，而一人極力擺脫，能免末俗之譏乎？"（《大人書》，《白蘇齋類集》卷16，第216頁）從側面道出了袁宏道的處境。

② 《人天眼目》卷2，《大正藏》第48冊，第311頁。

③ 《古尊宿語錄》卷4，《續藏經》第68冊，第29頁。

④ 《五燈全書》卷13：每人擔個死屍，浩浩地去，到處向老禿奴口裡，愛他涕唾吃……德山老漢見之，似毒箭入心，花針亂眼。（《續藏經》第81冊，第380頁）

⑤ 袁中道：《吏部驗封司郎中中郎先生行狀》（《珂雪齋集》卷18，第756頁），此段文字是敘述袁宏道與李贄會面後的變化，但此前袁宏道已經遍參禪宗公案，和李贄的思想印證，可以說是幫助他最終樹立了自信。

⑥ 《答李子髯·其二》，《袁宏道集箋校》卷2，第81頁。

⑦ 《敘梅子馬王程稿》，《袁宏道集箋校》卷18，第699頁。

⑧ 《敘姜陸二公同適稿》，《袁宏道集箋校》卷18，第696頁。

⑨ 《答陶石簣》，《袁宏道集箋校》卷21，第743頁。

⑩ 《張幼于》，《袁宏道集箋校》卷11，第502頁。

士藻、陶望齡，以及京師葡萄社成員等，也都熱衷於談禪論詩。袁宏道的
思路正好順應了這一禪學時代對詩歌的需要，為這些同好所樂於接受並為
之鼓吹。這也是他在詩壇一呼百應、迅速風靡士林的一個重要因素。

四 “不可造，是真性靈”——“性靈”的再審視

如前所論，袁宏道的早期文學思想以“破”而非“立”為旨趣，在其
詩論研究中出現得最多的“性靈”，其實不是他詩論的核心命題。那麼，
袁宏道在晚明的性靈文學思潮中，到底充當著什麼樣的角色呢？

在晚明時代，早于袁宏道而重拾“性靈”一詞論詩者，已經比較常
見。① 如袁宏道服膺的徐渭，和與袁宏道熟識的焦竑、屠隆、湯顯祖、李
維楨等人。因此，也存在著這樣的可能：袁宏道以“性靈”論詩，不過是
當時論詩習語的沿用。

在其現存全部文字中，“性靈”僅僅出現兩次。一是《敘小修詩》，所
謂“獨抒性靈，不拘格套”，是研究者以袁宏道為性靈論者的最重要依據。
但如果不抱成見地去讀這篇敘文，則不難發現，這只是對袁中道詩的一個
簡單概括。其議論的重點，是從下面“蓋詩文至近代而卑極矣”開始的。
而袁中道詩之被作為典型，還是由於其“疵處”打破了“粉飾蹈襲”的
“近代文人習氣”。② 另一處見於《敘咼氏家繩集》，以陶潛之“淡”為論，
“凡物釀之得甘，炙之得苦，唯淡也不可造；不可造，是文之真性靈也。”③
該文關注的核心，在“淡適”而不在“性靈”，故對其意義並無多解。否
定性的“不可造，是真性靈”，僅看字面，也幾乎不知所云。是以在眾多
論“性靈”的文章中少見徵引。此外，江盈科《敝篋集序》轉引袁宏道
語，多次強調詩歌應當流自“性靈”，但也未從正面多加闡發，而是主要
用作與“言必稱唐”和“摹擬”的對比。轉引已與本人隔了一層，而作為

---

① 參見黃卓越《佛教與晚明文學思潮》下編第三章。孫昌武又指出“性靈”是佛教信徒用
語，是以禪宗的心性學說為理論根據的。（參見孫昌武《佛教與中國文學》，第178—189頁，上海
人民出版社1988年版。《從“童心”到“性靈”——兼論晚明文壇“狂禪”之風的蛻變》，《中
國文學研究》1993年第1期）總之，就袁宏道的閱讀背景而言，“性靈”已經是一個熟詞。

② 《敘小修詩》，《袁宏道集箋校》卷4，第187頁。

③ 《敘咼氏家繩集》，《袁宏道集箋校》卷35，第1103頁。

詩序，為詩人的寫作追流溯源，發掘其價值本體，也是題中之義，應人之請，替人鼓吹的序文作者往往這麼做。故此，能否將此文作為袁宏道倡言"性靈"的充分證明，還需慎重。明清兩代，袁宏道之為世人認同者，以其實際詩歌創作，以其扭轉詩壇時風之功，而非以此一概念。言袁宏道而及"性靈論"者，除了江盈科，僅有錢謙益。然而錢謙益也說，晚明流行的說法是："鍾、譚一出，海內始知性靈二字。"①

黃卓越對袁宏道不以"性靈"為理論標榜的原因做出了解釋。他認為，袁宏道不以"性靈"作為理論的標榜，②是由於接受了臨濟禪的心性論，反對"有意識地設立一個本體歸宿"，如專言"性靈"，則有"落入執定而無法直心自用之嫌"。從袁宏道的思想方法來考察，此誠確論。"若見定圓，則圓亦是方，此一箇圓字，便是千劫萬劫之繫驢橛矣"，③任何形式的定見在他看來都可能成為自由的阻礙。"性靈"只是袁宏道隨手借用的名相，而且，甚至連這個概念所代表的本體心性，也被他以遮詮法懸置了。

袁宏道認為，本體是不能以理性認識的："道何物也，而可以己意趨舍之哉？"也是無法闡釋的："迫道愈急，去道愈遠。"④故其萬曆二十七年以前追究"性命之學"，千說萬說，無一語正面闡揚心性者，即便以談論性命為中心的《與仙人論性書》也是如此。該文首先解釋形、心、神，明確指出，它們都不是性，世人的迷誤皆因誤認而起："從上大仙，皆是認此識為本命元辰，所以個個墮落有為趣中，多少豪傑，被其沒溺，可不懼哉！"誤認的結果正是刻意去捕捉本體的"有為"。因而，對於"何者為性"這樣的問題，袁宏道根本不從正面去回答："弟子至此，亦眼橫鼻豎，未免借註腳於燈檠筆架去也。"只要解釋，就會落入語言和邏輯的圈套。要體認本體，人們唯一能做的，也就是以否定的方式來破除種種誤解："若夫真神真性，天地之所不能載也，淨穢之所不能遺也，萬念之所不能

① 《列朝詩集小傳》丁集，第572頁。
② 其言曰：由整個晚明思潮的仔細勘察可知，"性靈"並非袁宏道文藝思想的主要標識，更非由其獨創，也非由其致力闡釋而得以流行於世的概念。（《佛教與晚明文學思潮》下編第三章，第133頁）
③ 《管東溟》，《袁宏道集箋校》卷5，第235頁。
④ 《廣莊·大宗師》，《袁宏道集箋校》卷23，第811頁。

緣也，智識之所不能入也，豈區區形骸所能對待者哉？"①

　　循著以"但遮其是，不言其非"的整體思路，早期袁宏道關於心性，考慮得最多的是解脫問題。佛教以"苦"字來概括人生，袁宏道則把人生苦的根源理解為"束縛"："彌天都是網，何處有閒身？"②"帝宏匝地網，人窘彌天獄。"③"世法如炭，形骸若牿。"④束縛既有來自外在環境的，也有來自內在觀念的。來自外在環境的束縛可以有一時一地的改變，卻最終無法擺脫，解脫只能從內心入手。

　　馬祖的弟子大珠慧海云："唯有頓悟一門，即得解脫。""頓者，頓除妄念；悟者，悟無所得。"⑤在袁宏道這裡，"妄念"不是原始的貪、嗔、癡，而是世俗的聞見、道理：

　　　　然眼前與人作障，不是事，却是理。良惡叢生，貞淫蝟列，有甚麼礙？自學者有懲刁止慝之說，而百姓始為礙矣。一塊竹皮，兩片夾棒，有甚麼礙？自學者有措刑止辟種種姑息之說，而刑罰始為礙矣。黃者是金，白者是銀，有甚麼礙？自學者有廉貪之辨，義利之別，激揚之行，而財貨始為礙矣。諸如此類，不可殫述，沉淪百劫，浮蕩苦海，皆始於此。⑥

　　本能和欲望，在袁宏道看來，出自自然，不是大礙，對人性構成束縛的是人為的分辨和判斷。這些分辨和判斷打破了人的自然生存狀態，給人類套上了觀念和規則的枷鎖。其實，世人所謂的"道理"都是臆造出來："儒生有毛病，道理充窮腹。百慮堆作城，萬想鍛成獄。"⑦

　　因此，袁宏道所謂之"性靈"，不是多麼高妙不可及的精魂，不過是

---

① 以上引文均見《袁宏道集箋校》卷11，第489頁。
② 《偶成》，《袁宏道集箋校》卷3，第123頁。
③ 《初度戲題》，《袁宏道集箋校》卷3，第142頁。
④ 《徐漁浦》，《袁宏道集箋校》卷6，第304頁。
⑤ 《頓悟入道要門論》卷上，《卍新纂續藏經》第63冊，第840頁。
⑥ 《陳志寰》，《袁宏道集箋校》卷6，第265頁。
⑦ 《送王靜虛訪李卓師》，《袁宏道集箋校》卷8，第371頁。

解脫了成見束縛，通曉自我生命真實需求的心靈。最明顯的例子就是稚子，因為沒有任何先入之見，所欲所求皆出自天然，所以"人生之至樂，真無逾於此時"。"非心非佛"的背面就是"即心即佛"，只要擁有自由的心靈，則"無往而非趣也"，①"性靈"於是存在於對當下事物的感受中。在袁宏道筆下，清淨與熱鬧、孤傲與從俗、典雅與粗鄙、超越的精神與本能的欲望，都是其人生體驗的真實流露，皆能並存不悖。這樣的"性靈"，和個人是零距離的，它不像聞見和道理那樣高高在上。正因為如此，它也是絕對個體性的，沒有形貌可描述，也不可複製，故云："不可造，是真性靈。"

儘管"性靈"不是袁宏道的論詩宗旨，但是他在明代文學從模擬典範到自我抒寫的演變過程中，客觀上推動了性靈文學思潮的進程。他所發揮的作用，不是新理論的建設，而是舊風氣的破除。在袁宏道的警示下，詩人們開始嘗試自我表達。但表達何種情懷、利用什麼樣的形式來表達，袁宏道都不曾提供方法。"性靈"的新模式，要等到竟陵派登上詩壇才算建立。

餘 論

本文所論，僅以袁宏道早期文學思想為中心。袁宏道之所以選擇了臨濟禪的否定性方式，有內在的心理因素。其一，可能是出於求名的願望。對奄奄不振的當下作排山倒海似的大否定，作為一種語言策略，最易醒人耳目。其二，這應該與袁宏道青年時期的叛逆情緒有關。他自視極高，渴望自我實現，然而作為晚明的一名中下層士子，社會環境和世俗觀念的限制，使他感到不但無望振拔于世，連精神上也得不到自由。禪宗的"遮詮"式思維，既以解困去縛為旨歸，又為其憤懣提供了一個釋放的出口，故他此時最易為之傾心。隨著仕途的發展，袁宏道的佛學選擇與文藝態度也發生了變化。

不過，決定袁宏道在詩歌史上獨特地位的，使他在詩壇產生巨大影響的，主要是其早期的文學思想。錢謙益《列朝詩集小傳》云："中郎之論

---

① 《敘陳正甫會心集》，《袁宏道集箋校》卷 10，第 463 頁。

出，王、李之雲霧一掃……蕩滌摹擬塗澤之病，其功偉矣。"① 朱彝尊則稱
之為："一時聞者渙然神悟，如良藥之解散，而沉屙之去體也。"② 一直到
二十世紀三十年代，周作人論袁宏道，還是推崇他"反抗正統派的復古運
動"，並說："中郎的詩，據我這詩的門外漢看來，只是有消極的價值，即
在他的反對七子的假古董處。"③ 郭紹虞也說，袁宏道"只成為格調說的反
動"。④ 至於林語堂以"專抒性靈之作"⑤ 稱袁宏道，有特殊的時代背景，
是為了與左派抗衡，支持自己"以自我為中心，以閒適為格調"⑥ 的文學
主張。此說得到郁達夫、劉大傑的回應，又有專門作《袁中郎評傳》的任
訪秋把公安派與英國的浪漫派文學相聯繫。任訪秋在二十世紀八十年代後
成為研究袁宏道的元老，也帶動了"性靈"成為袁宏道研究的熱點話題。⑦

　　在當前學界，"性靈"佔據了袁宏道思想與文學研究的核心位置。研
究者大多以"性靈論"為中心，致力於探討袁宏道"性靈"的含義：或以
歷史研究的方法，追根究底尋找其淵源；或從思想的考察入手，探索其蘊
含的哲學與美學觀念。總之，力求盡可能精深地界定和闡釋概念，是人們
討論袁宏道詩論最基本的做法。這種闡釋誠為有益，然而，換個思路，跳
出現有闡釋體系去直面研究對象，也許可以為我們發現歷史人物"本來面
目"中潛藏的別樣意趣。

---

① 《列朝詩集小傳》丁集中，第 567 頁。
② 朱彝尊：《靜志居詩話》卷 16，人民文學出版社 1990 年版，第 478 頁。
③ 《重印袁中郎全集》序，《大公報》1934 年 11 月 17 日。
④ 《中國詩的神韻、格調及性靈說》，崇文書店 1971 年版，第 68 頁。
⑤ 《有不為齋叢書序》，《人間世》1934 年第 11 期。
⑥ 《人間世》1934 年第 1 期，發刊詞。
⑦ 關於袁宏道的接受問題，參見吳承學、李光摩《20 世紀晚明文學思潮研究概述》，《晚明
文學思潮研究》，湖北教育出版社 2001 年版。

下　編

儒學信念持守者的亂世體驗

明遺民的君臣觀念與立身準則

在易代之際，"君臣之義"是關係士人出處選擇最重要的倫理原則之一。遺民對故國的歸屬感，往往體現為對此一原則的堅守，在其關於社會結構的理想設計中，人倫綱常又是世界秩序的價值依據。因此，明清之際的遺民，多以"忠於故君"作為入清後政治立場選擇的指導原則，同時也有將其擴大為易代之際判斷士人政治操守一般標準的趨向。但在現代社會，君主專制政體已被否定，"君臣之義"當如何評判，成為衡量明遺民的價值時爭議最多的問題。撰者認為，理解不同歷史語境下的生存狀態與人生選擇，是對其進行有效價值判斷的前提。故此，本文試圖就明遺民的君臣觀念與他們立身的實際狀況作一些清理和辨析。

一 對故明君主的兩種相反態度

清初遺民對故明君主的評價和態度，呈現非常強烈的對照關係。一方面，他們對故明君主有很深的感情。這在很多地方都體現出來，例如拜謁故明皇陵。不少遺民都有拜謁鍾山洪武帝孝陵或天壽山崇禎帝攢宮的經歷，如魏禧、杜濬、談遷、王弘撰、李因篤、朱彝尊……顧炎武在一生的顛沛流離中，曾七謁孝陵，六謁天壽山。他曾繪有一張《孝陵圖》，在明遺民中流傳很廣。再如三月十九日崇禎帝忌辰的哀悼活動。或個人、或群體，從明亡以至康熙中葉，每到此日就有許多遺民私下舉行祭祀儀式。方文說自己："年年此日有詩篇，篇什雖多不敢傳。"① 此類詩文，多見於明

---

① 《三月十九日作》，《盒山續集後編》卷 4，上海古籍出版社據北京圖書館藏清康熙刻本影印 1979 年版，第 1078 頁。

遺民的文集之中。① 再如對舊物的珍愛。崇禎帝留下的書、畫、琴，為遺民們愛若珍寶，杜濬形容為："遇其流傳一點一畫，如亡子之見慈父，惟恐失之。"② 明遺民中年輩最長的林古度（1580—1666），曾將一枚萬曆錢貼身繫於左臂五十年。遺民于此事多有詠嘆，屈大均甚至模仿林古度的行為，也貼身繫了一枚永曆錢三十餘年，並說："茂之（林古度字茂之）生於萬曆，其懷一萬曆錢也，不敢忘其所生之君父也。予也長於永曆，其懷一永曆錢也，不敢忘其所長之君父也。"③

與這種情感態度相應的，是明遺民對故明君主的讚美，這尤其集中在崇禎帝身上。他們讚美他誅除閹黨的果決，如文秉稱："烈皇昔由藩邸入繼大統，毒霧迷空，荊棘滿地，以子身出入於刀鋒劍鋩之中，不動聲色，巨奸立掃，真所謂聰明睿智，神武不殺者耶！"④ 亦讚美他治國的勤敏，如萬壽祺稱之："御極於今十七年，勵精圖治邁前賢。"⑤ 更為他的殉國而激奮感動萬分，黃宗羲云："思陵身死社稷，一洗懷湣徽欽之恥，古今亡國而不失其正者，此僅見也。"⑥ 張岱云："吾思廟君臣成仁取義之正也，雖與日月爭光可也！"⑦ 在這些充滿仰慕的緬懷之詞中，崇禎帝的道德、才幹與勤勉，都獲得了正面評價。

同時，明遺民在亡國原因的反思中多有直指君王之過的尖銳言論。張岱曾在其史著《石匱書》嚴厲批評萬曆帝：

---

① 如黃宗羲、顧炎武、方文、屈大均、王翃、邢昉、史玄、潘陸、錢邦寅、范景仁等。屈大均《送淩子歸秣陵序》云："秣陵，故我朝之陪京，多高皇帝之遺民焉。予所善者，若茂之林之、元倬王子、爾止方子、炯伯楊子、方舟洪子、玄翼湯之，凡六人。王子有南陔草堂，歲之三月十九日，王子必集諸逸民為威宗烈皇帝設蘋藻之薦。"（《屈大均全集》第 3 冊，人民文學出版社 1996 年版，第 432 頁）明遺民祭祀崇禎的活動於此可見一斑。

② 杜濬：《松風墨賞記》，《變雅堂文集》，載《四庫禁毀書叢刊》集部第 72 冊，據中國科學院圖書館藏清康熙刻本影印，北京出版社 2000 年版，第 317 頁。

③ 《一錢說》，《屈大均全集》第 3 冊，第 129 頁。

④ 文秉《烈皇小識》自序，《臺灣文獻叢刊》第 263 種，臺灣大通書局 1987 年版，第 2 頁。文秉，明崇禎朝大學士文震孟子。

⑤ 萬壽祺：《甲申》，《清詩紀事·明遺民卷》，載《清詩紀事》第 1 冊，江蘇古籍出版社 1987 年版，第 132 頁。

⑥ 《巡撫天津右僉都御史留仙馮公神道碑銘》，《黃宗羲全集》第 10 冊，浙江古籍出版社 2005 年版，第 233 頁。

⑦ 《石匱書後集》卷 23，《臺灣文獻叢刊》第 282 種，第 211 頁。

深居不出，百事叢脞，養成一尩骸之疾，且又貪嬖無厭，礦稅內使，四出虐民。譬如養癰，特未潰耳。故戊午前後地裂山崩，人妖天變，史不勝書。①

又在《石匱書後集》中批評崇禎帝：

焦于求治，刻于理財，渴於用人，驟於行法，以致十七年之天下三翻四覆，昔改朝更。②

李清也在史著《三垣筆記》中說崇禎偏信近臣，不能以德撫眾而借之權術：

上寄耳目於錦衣衛，稱為心膂大臣，托採外事以聞。……一時士大夫皆重足而立。③

又說他剛愎自用而破壞律法：

上於閣臣擬票及刑部諸召，間不適意，則或抹或叉。閣臣必繇淺之深，刑部亦繇輕之重，然上意淵微，原未可測，乃附會之過耳。聞閣臣遇臺省諸疏微涉逆鱗，則以該部知道嘗試，若一改票，便從嚴。時刑部諸司官蓄縮尤甚，刻者加一等以防駁，巧者留一等以待駁，一駁則重，再駁則再重。甚有假此勒賄，動云上意不測者。噫！律例蕩然矣。④

這些或具體、或概括的批評，在明遺民的文集著述中常常可以看到。⑤

---

① 《石匱書》卷13，《神宗本紀》，鳳嬉堂鈔本，第40a頁。
② 《石匱書後集》卷1，《臺灣文獻叢刊》第282種，第59頁。
③ 《三垣筆記》（上），中華書局1982年版，第4頁。
④ 同上書，第25頁。
⑤ 謝正光教授《從明遺民史家對崇禎帝的評價看清初對君權的態度》就明遺民對崇禎帝的批評有詳細論述，可參看。（《新亞學術集刊》第2期，中國近三百年學術與思想史專輯）蒙謝教授惠贈此文，特此致謝。

他們往往不留情面，大有把亡國罪責歸於其身之意。一面是情感上的依歸和讚美之辭，另一面是亡國罪魁的指責，明遺民群體似乎對明代君主持有兩種看上去截然相反的態度和評價，而且這種矛盾現象甚至出現在一個人身上，如張岱。此一現象表明，明遺民對於君臣關係的體驗與思考呈現著多種層面。

二　儒家傳統中的兩種君臣關係原則

中國士人君臣觀念的形成，來源於兩種互有聯繫，但又很大差別的原則。

一是先秦儒家君臣關係的相對原則。孔子認為，君臣之間的和諧關係應當表現為："君使臣以禮，臣事君以忠。"① 孟子就此發揮為："君之視臣如手足，則臣視君如腹心；君之視臣如犬馬，則臣視君如國人；君之視臣如土芥，則臣視君如寇讎。"② 從這些說法來看，臣民是否應當盡忠于君主要取決於君主對臣民的態度。下對上的尊重和忠誠，是以上對下的尊重和愛護為前提的。

不過，從臣子單方面說，孔子還是認為君主應當受到尊重。他曾在魯國君權衰微之際感歎："事君盡禮，人以為諂也。"③ 儘管他面對的魯定公稱不上賢明，孔子仍然希望人們能夠按照周禮的標準來對待他。此中體現了孔子的政治理想——按照周禮的規範，構造秩序井然的政治制度與人際關係。君主，作為國家的象徵者與管理者，處於社會的秩序構想的頂端。這個思想在其他儒家典籍中得到更多闡發，如《周易·序卦》：

> 有天地，然後有萬物。有萬物，然後有男女。有男女，然後有夫婦。有夫婦，然後有父子。有父子，然後有君臣。有君臣，然後有上下。有上下，然後禮義有所錯。④

---

① 《論語集注》卷2，《四書五經》，中國書店1985年版，第12頁。
② 《孟子集注》卷8，《四書五經》，第60頁。
③ 《論語集注》卷2，《四書五經》，第11頁。
④ 《周易本義》卷4，《四書五經》，第73頁。

《禮記·樂記》：

> 聖人作為父子君臣，以為紀綱；紀綱既正，天下大定。①

二是君主作為國家的行政管理者，應當具有權威，這是國家穩定的必要保證。君主作為國家的象徵，使得臣民的公共責任感集中投射在對他的態度上。這些要求和態度，一般也以“忠”來指稱。但它並沒有被絕對化，而是在君主有能力成為國家的象徵者與管理者時才完全有效。它和前面的相對原則互為補充，體現了君主政體下人們對君臣關係的理性思考。

漢代君主權威的強化，使儒家的君臣關係理論發生了變化。相對原則轉變為臣民對君主應當無條件地盡忠。這個原則被儒家思想體系接納，是在董仲舒的《春秋繁露》中。他以陰陽來比附君臣：“君臣、父子、夫婦之義，皆取諸陰陽之道。君為陽，臣為陰；父為陽，子為陰；夫為陽，妻為陰。陰道無所獨行。其始也不得專起，其終也不得分功。”② 此論中，臣民對君主被斷定為絕對的、單向的、服從的關係。

這個思想，與法家對君主之“勢”的強化有一定關係。《韓非子》云：“臣之所聞曰：臣事君，子事父，妻事夫，三者順則天下治，三者逆則天下亂，此天下之常道也，明王賢臣而弗易也。”③ 相比孔孟，韓非子更強調君主的權威，而且把它作為一條絕對原則。“禮”和“順”的區別在於前者對君臣雙方都具有約束力，而後者卻要求臣民的無條件服從。

這個思想自然更為專制君主所青睞，因而在對意識形態主流的爭取中，漢儒不得不接納了這一原則，並通過論證它對於保障社會秩序穩定的必要性，將其內化為一種士人自覺的道德追求。不過，限制君權的努力並沒有結束，董仲舒改變了策略，他提出，君權來自“天”的賦予，並非可以由君主個人的意願隨意支配：“天子者，則天之子也。以身度天。”④ “以

---

① 《禮記集說》卷7，《四書五經》，第216頁。
② 《春秋繁露》卷12，中華書局1992年版，第350頁。
③ 《韓非子集釋》卷20，上海人民出版社1974年版，第1107—1108頁。
④ 《春秋繁露》卷14，中華書局1992年版，第399頁。

身度天"要求君主按照天的法則行事："人主近天之所近，遠天之所遠；大天之所大，小天之所小。"① 作為世界本體的"天"成了君權的監管者，一旦君權的使用出現了違背天之法則的情況，天就會通過災異發出警告。儒者擁有對天意的解釋權，天的法則是由他們論證的。他們也可以依據"天的警告"，對君主的過失加以勸諫。由此在《白虎通》中被確定下來的"三綱"，一般被認為是要求臣民應當服從君主。但是，臺灣大學閻鴻中博士通過考察它在唐以前使用的實例，認為："從先秦到漢魏之際，無論在何種史料裏，都未見到君王利用三綱說來做為鉗制臣民的藉口之事例。"他認為，"君為臣綱"的說法，是"針對天子提出更嚴格的要求……將儒家要求為政者身為表率的主張推向更激進的立場"②。如果這種說法成立的話，那麼在儒家士人那裡，即使是擁有絕對權威的君主，也必須嚴格控制自己的行為，以期完成行政管理者的職責。

對比儒家傳統內部這兩種不同的君臣觀念，可以發現其中有異有同。相同之處在於，二者都以國家象徵和行政元首來看待君主，從而都認為其應當享有權威，只要君主能夠擔當與其身份相應的義務，臣民就應當服從他的權威。相異之處在於，關於具體的君臣關係處理，先秦儒家認為需要考慮二者的相互對待。如果君主不能按照雙方共同認可的規則來行事，那麼臣民就可以認為其已經不再適合君主這個身份，因而不必再以對待君主的方式來對待他。而漢儒給了君權一個形上依據，也因此給了它不可置疑的絕對權威。臣民從此必須無條件地效忠君主。他們仍然希望借助于對天意的解釋來限制君權，但已然喪失了獨立地位，為君臣的尊卑縣絕開出了通道。

上述兩種思想對於後世士人君臣觀念的形成共同發揮著影響，從明遺民身上可以清楚地看到這一點。

---

① 《春秋繁露》卷 11，第 328 頁。

② 《唐代以前"三綱"意義的演變——以君臣關係為主的考察》，《錢穆先生紀念館館刊》第 7 期（臺北市立圖書館 1999 年版），第 56—75 頁。

三 明遺民的君主——公、私論

在明遺民的君臣關係論中，特別引人關注的是明遺民對君主的批評。黃宗羲《明夷待訪錄》中的這一段言論已為人所熟知：

> 後之為君者不然，以為天下利害之權皆出於我，我以天下之利盡歸於己，以天下之害盡歸於人，亦無不可；使天下之人不敢自私，不敢自利，以我之大私為天下之大公。始而慚焉，久而安焉，視天下為莫大之產業，傳之子孫，受享無窮。①

循著這個思路，黃宗羲以至於得出了"為天下之大害者，君而已矣"的結論。此文是如此大膽與激烈，後來成為晚清憲政派的思想啟蒙書，也被一些學者認作是對君主制度的反對，民主思想的先聲。② 斷章取義地來看這些文字，這樣的理解似乎不錯。不過，參照更多材料，卻可以發現原作者未必有這樣的意圖。因為若真要反對君主制度，那麼所謂君臣之義就從原理上被取消了，而黃宗羲本人，至少在這部著作寫作時，還是以明王朝的忠臣自居的。③

這段文字對君主的抨擊，可以歸結到一個"私"字，就是反對君主把天下視為個人的私產。這種論點在黃宗羲的時代並不是孤立的，如呂留良

---

① 《明夷待訪錄·原君》，《黃宗羲全集》第 1 冊，浙江古籍出版社 2005 年版，第 2 頁。

② 代表者如侯外廬，見《中國思想史》第 5 卷《十七世紀的啟蒙思想》；又如沈善洪，見《黃宗羲全集序》。

③ 因為黃宗羲《明夷待訪錄·題辭》中有"吾雖老矣，如箕子之見訪，或庶幾焉"之語，章炳麟遂謂其"黃太沖以明夷待訪為名，陳義雖高，將俟虜之下問"。（《說林》，《太炎文錄初編》卷一，《章太炎全集》第四冊，上海人民出版社 1985 年版，第 117 頁）這未免歪曲了撰書的本意，據《題辭》，是書始作於壬寅年（康熙元年，1662），上年南明永曆帝被吳三桂所擒獲，不久見殺于昆明。同年，魯王死於臺灣。因此，黃宗羲以五十出頭的年齡，自署"老人"而作此書，全祖望曰："年未六十，而自序稱梨洲老人。萬西郭為予言：微君自壬寅前，魯陽之望未絕，天南訃至，始有潮息煙沉之歎，飾巾待盡，是書於是乎出。蓋老人之稱所自來已。"（《書明夷待訪錄後》，《鮚埼亭集外編》卷 31，《全祖望集彙校集注》，第 1390 頁）另據袁家麟、陳伯華通過"明夷"二字與《周易》的關係研究，認為"明夷"隱含了"對國家破亡、民族淪喪的祭悼"［詳見袁家麟、陳伯華《黃宗羲與〈周易〉》，《蘇州大學學報》（哲學社會科學版）1994 年第 3 期］。

《四書講義》：

> 漢唐以來，人君視天下如其莊肆，然視百姓如其佃賈，然不過利
> 之所從出耳。所以不敢破制盡取者，亦惟慮繼此之無利耳。原未嘗有
> 一念痛痒關切處也。①
> 自秦漢以後……本心卻絕是一個自私自利，惟恐失卻此家當。②

顧炎武《郡縣論》：

> 古之聖人，以公心待天下之人，胙之土而分之國；今之君人者，
> 盡四海之內為我郡縣猶不足也，人人而疑之，事事而制之。③

再如王夫之《讀通鑒論》：

> 秦之所以獲罪于萬世者，私己而已矣。斥秦之私，而欲私其子孫
> 以長存，又豈天下之大公哉！④
> 秦私天下而力克舉，宋私天下而力自詘。禍速者絕其胄，禍長者
> 喪其維，非獨自喪也，抑喪天地分建之極。嗚呼！豈不哀哉！⑤

這些批評，與孟子的"民為貴，君為輕，社稷次之"的思路有一致之
處，就是如何處理君主、國家和民眾的關係。和孟子單純排出輕重序列不
同，此處的分辨更為立體。在他們看來，君主——這個國家的象徵者與行
政首腦，有兩種不同的立場：一是代表他自己的，二是代表他的地位及其
相應職責的。一個理想的君主，必須將這兩種立場嚴格劃出界限，才能保

---

① 呂留良：《呂晚村先生四書講義》卷 27，《四庫禁毀書叢刊》經部第 1 冊，據中國科學院
圖書館藏清刻本影印，北京出版社 2000 年版，第 692 頁。
② 呂留良：《呂晚村先生四書講義》卷 29，第 705 頁。
③ 顧炎武：《郡縣論一》，《顧亭林詩文集》，中華書局 1983 年版，第 12 頁。
④ 王夫之：《讀通鑒論》卷 1，《船山全書》第 10 冊，嶽麓書社 1996 年版，第 68 頁。
⑤ 《黃書·古儀第二》，《船山全書》第 12 冊，第 507 頁。

證後者的實現。君主必須清楚地意識到，他並非國家的所有者，他私人的利益不能參與到"君主"的身份中來。他應當是國家的代管者，他的執政行為，應當考慮到國家中所有人的利益（也許不是平等的利益，但至少是相互平衡的），即萬民的利益。所以黃宗羲又說：

> 蓋天下之治亂，不在一姓之興亡，而在萬民之憂樂。①

呂留良又說：

> 三代以上，聖人制產明倫，以及封建兵刑許多佈置……都只為天下後世人類區處。②

王夫之又說：

> 天下受治于王者，故王者臣天下之人而效職焉。若土，則非王者之所得私也。③

李顒也有類似的觀點：

> 天之立君，以為民也；苟民生不遂，四海苦窮，則立君為何？④

這些言論不能被看作是近代民主思想，因為它們還是以君主執政為前提的。那麼，它們在儒家民本思想序列中又處於什麼位置？

（一）"公而無私"的聖君理想

這種思想的來源應該不只一處。就國家性質觀上，它源於儒家民本思

---

① 《明夷待訪錄·原臣》，《黃宗羲全集》第1冊，第5頁。
② 呂留良：《呂晚村先生四書講義》卷29，第705頁。
③ 《噩夢》，《船山全書》第12冊，第551頁。
④ 《四書反身錄》，《二曲集》卷40，中華書局1996年版，第510頁。

想；從君主職責需求上，它可能受到秦漢以來王者"無私"論的影響；①
在政治理想上，還與宋明理學中的公私利義之辨直接相關。宋儒政治理想
中的致君堯舜，即以完善君德來求取天下致治，程頤曰：

> 治道亦有從本而言，亦有從事而言。從本而言，惟從格君心之非、正
> 心以正朝廷，正朝廷以正百官。②
> "君仁莫不仁，君義莫不義。"天下之治亂係乎人君仁不仁耳。③

程顥亦云：

> 得天理之正，極人倫之至者，堯、舜之道也；用其私心，依仁義
> 之偏者，霸者之事也。④

這裡對君主的要求，可以分辨出兩個不同的階段。第一個階段是君主
個人與其政治身份的區分，即君主之"私"與國家之"公"的區分；第二
個階段則是二者的合一，合一的途徑是通過對"私"的克制，使君主個人
完全符合其政治身份的需要，即最終的"公"。

君主個人與職責合一的實現，在二程等宋儒來看，必須通過道德修養
的完善。"格君心之非"是對君主作為個人的欲望的消滅，目的是使他符
合作為君主的職責的要求。對君主具有規範作用的，是"天理之正"、"人
倫之至"——儒家的人倫、道德理想。"天下之治亂，係乎人君仁不仁。"
實際是把政治問題劃歸至道德修養問題。

---

① 《呂氏春秋·孟春紀》"去私五"："天無私覆也，地無私載也，日月無私燭也，四時無私
行也。行其德而萬物得遂長焉。"（王利器：《呂氏春秋注疏》，巴蜀書社 2002 年版，第 125 頁）
《禮記·孔子閒居》中有王者奉三無私以勞天下的說法："子夏曰：'三王之德，參於天地，敢問
何如斯可謂參於天地矣？'孔子曰：'奉三無私以勞天下。'子夏曰：'敢問何謂三無私？'孔子曰：
'天無私覆，地無私載，日月無私照。奉斯三者以勞天下，此之謂三無私。'"（《禮記集說》卷 9，
第 283 頁）
② 《河南程氏遺書》卷 15，《二程集》，中華書局 2004 年版，第 165 頁。
③ 《河南程氏外書》卷 6，《二程集》，第 390 頁。
④ 《論王霸劄子》，《河南程氏文集》卷 1，《二程集》，第 450 頁。

仁能夠實現公的依據在於，仁是人際關係中的推己及人原則。以此要求君主，就是要君主把萬民與己一體看待，以萬民的需求為自己的需求，這便是"公"的立場。此外，君主的"私"，也就是他個人的欲望，如果可能傷害到他人，就必須加以克制。程頤云："孟子辨舜、跖之分，只在義利之間。言間者，謂相去不甚遠，所爭毫末爾。義與利，只是箇公與私也。"①"舜、跖之分"實際是君主（政權）合法化的問題。而判斷君主是否合法的依據，"公、私"、"義、利"之分，來自儒家的道德修養學說。

值得注意的是，與漢儒勸諫君主時對神異徵兆的依賴不同，宋儒替換以道德約束至少有兩個好處：一是找到了更合理的途徑來塑造理想的君主；二是強化了士人和君主共同的價值依據——對士人和君主具有普遍約束力的，是同一個道德原則。也正是基於此，臣子能夠"格君心之非"——在它面前，為政治等級所限定的君臣上下關係暫時退後，儒者可以在道德平等的基礎上匡正君主，而不必再像漢儒那樣借天說話了。

公私義利之辨是宋明理學道德修養理論的一個重點，在明遺民的君主觀中，我們可以清楚地看到它的影響。即使像是《明夷待訪錄》這樣一部就制度問題探討治亂之道的著作，也免不了表達出對於無私聖君的理想：

> 有人者出，不以一己之利為利，而使天下受其利，不以一己之害為害，而使天下釋其害。②

但是，在單純以聖君理想為目的的君主觀中，臣民在君主面前的地位比起漢儒雖有程度上的提高，但還是同樣處於依附狀態。臣子即使以師道自尊，君主是否以師道待之，還基本取決於其個人的需求與意願。程頤談到臣事君的技巧，"須體納約自牖之意"，"人君有過，以理開諭之，既不肯聽，雖當救止，於此終不能回，却須求人君開納處進說"③。匡正君過絕

---

① 《河南程氏遺書》卷17，《二程集》，第176頁。
② 《明夷待訪錄·原君》，《黃宗羲全集》第1冊，第2頁。
③ 《河南程氏遺書》卷2，《二程集》，第12頁。

非一件容易的事，"納約自牖"本意是自窗戶洞開處傳遞物品，此處引申，即"須求人君開納處進說"之意：要想使君主聽得進去，必須找到他的關注點並巧妙地加以利用，實際上還是要迎合他的某些需求。這雖然只是處理人際關係的技巧問題，然而此處的用心琢磨充分說明了君主對主動權的掌握。畢竟君臣共同面臨的問題並非君主的私人事務而是國家的公共管理，採取這種態度實質上相當於對君尊臣卑的先期認可。① 儘管宋儒內心也許試圖改變這種狀況，但在現實君臣關係的處理仍是以此為前提的。

現實中的君尊臣卑一旦與"聖君"理想結合，便很容易獲得一般人感情上的接受，因為它看起來確實非常理想：既省力而現實效果又非常顯著。所以即使對制度有深刻反思者如黃宗羲，也免不了理想主義地說："古者天下之人愛戴其君，比之如父，擬之如天，誠不為過也。"②

(二) 對民之"私"的肯定與士人分權而治的要求

但明遺民的君臣關係論中還體現出一些新的因素，可以為臣民主體性地位的提高帶來實質性變化。通過比較宋儒與明遺民的"君臣同治"理論，我們可以在分辨中清楚發現它的存在。

宋儒"同治"理想最著名的表述出自程頤：

> 天下重任，唯宰相與經筵：天下治亂繫宰相，君德成就責經筵。③

這個論斷集中反映了宋代士大夫"以天下為己任"的主體意識，④ 而君主似乎只剩下修德一事了，這很有些要求君主"為政以德，譬諸北辰，而眾星拱之"⑤ 的意味，讓他們把實際的行政管理事務交給臣子去處理。

---

① 此論得溝口雄三教授《中國前近代思想的曲折與展開》一書啟發，溝口教授云："民本思想是君主方面為了柔和地維持其專制政治並使之再生的一種安全閥的思想。從民的方面來說，民本思想客觀上很容易流為懇求君主施恩的一種乞丐思想。"（中華書局 2005 年版，第 259 頁）

② 《明夷待訪錄·原君》，《黃宗羲全集》第 1 冊，第 3 頁。

③ 《論經筵第三劄子》，《河南程氏文集》卷 6，《二程集》，第 540 頁。

④ 參見余英時《朱熹的歷史世界》第三章《"同治天下"——政治主體意識的顯現》（生活·讀書·新知三聯書店 2004 年版）。

⑤ 《論語集注》卷 1，第 4 頁。

而這樣一來，君權很容易被架空，後來乾隆皇帝對此感到難以容忍，就是這個原因。

不過，在宋儒眼裏，士大夫的行政權力還是必須有待于君主的賦予。程頤說："帝王之道也，以擇任賢俊為本，得人而後與之同治天下。"① 士大夫即使以政治主體自居，也須得等待君權的許可之後主體才能確立。余英時教授將宋儒的這種政治期待總結為 "得君行道"，是非常貼切的。②

明遺民則不再把權力之源交給君主。例如顧炎武在《郡縣論》中提出，地方官之選，應當 "皆千里以內之人，習其民事，而又終其身任之"③，"其老疾乞休者，舉子若弟代"④，這是他政治思想 "寓封建之意於郡縣之中"⑤ 的貫徹，其實是建立在中央政府監督下的地方自治。中央政府要做的只是官員的監察和各地的協調工作，"行道" 的官員不必再等待 "得君" 的機會了。自下而上的 "分權" 要求被提出來：

> 所謂天子者，執天下之大權者也。其執大權，奈何以天下之權寄之天下之人，而權乃歸之天子？自公卿大夫至於百里之宰，一命之官，莫不分天子之權，以各治其事，而天子之權乃益尊。⑥

分權與君主的選賢共治重點不同。選賢的主動權掌握在君主手中，而分權則是士人主動的要求，它不依賴于君主的個人意願，官員應當擁有政事權，在這裡實際上已有制度化的意思了。黃宗羲也是分權而治政策的支持者，他更注重從原理上闡述它的合理性：

> 緣夫天下之大，非一人之所能治，而分治之以群工。故我之出而仕也，為天下，非為君也；為萬民，非為一姓也。吾以天下萬民起

---

① 《河南程氏經說》卷 2，《二程集》，第 1035 頁。
② 余英時：《朱熹的歷史世界》第 8 章《理學家與政治取向》。
③ 《郡縣論八》，《顧亭林詩文集》，第 16 頁。
④ 《郡縣論二》，《顧亭林詩文集》，第 13 頁。
⑤ 顧炎武：《郡縣論一》，《顧亭林詩文集》，第 12 頁。
⑥ 《日知錄集釋》卷 9，嶽麓書社 1994 年版，第 327 頁。

見，非其道，即君以形聲強我，未之敢從也，況於無形無聲乎！①

　　從這裡絲毫看不出對君臣遇合的期待。士人參與國家政治，便天然地享有行政權力，無待他人的賦予。因為政權的服務對象是"天下萬民"，政府是公共事務管理機構，是為了行使管理職能而設置的。在黃宗羲的政體構想中，君主的權位大大下降。君臣的共治，按照他的理解，是一種"協作"關係：

　　　　夫治天下猶曳大木然，前者唱邪，後者唱許。君與臣，共曳木之人也。②

　　"共曳木"猶言通力合作，把君臣的地位拉平。也許在具體事務的處理中主從關係仍然存在，但黃宗羲似無意於強化這一點。他要強調的，是二者的平等——都是參與公共事務的管理而已。

　　進一步說，二者的平等是因為有共同的權力來源。在黃宗羲那裡，君、臣同為國家政治的參與者，而國家政權的產生是為了解決"有生之初，人各自私也，人各自利也"的利益衝突，通過協調使之獲得均衡。

　　與宋儒具有實質性區別的是，黃宗羲的話包含了肯定普通人的"自私"、"自利"，即維護個人利益具有合理性的意思。在明遺民的制度反思中，我們還可以看到顧炎武對此的應和：

　　　　天下之人各懷其家，各私其子，其常情也。③
　　　　自天下為家，各親其親，各子其子，而人之有私，固情之所不能免矣。……有公而無私，此後代之美言，非先王之至訓也。④

----

① 《明夷待訪錄·原臣》，《黃宗羲全集》第 1 冊，第 4 頁。
② 同上書，第 5 頁。
③ 《郡縣論》五，《顧亭林詩文集》，第 15 頁。
④ 《日知錄集釋》卷 3，第 92 頁。

從每個普通人的立場上來說，自我意識覺醒便要有人我之區分，維護個人利益亦是生存的必要保證，這是人類社會中需要正視的正常現象，是無可厚非的，正是這一點決定了每個人都有權力參與公共事務的管理。因為公共管理的目的，正是通過協調追求各方的最大利益。正因為普通人的個人利益成為了政治的目的，所以顧炎武又指出，“為天子為百姓之心，必不如其自為”①。個人對自我利益的追求可以成為政治中的積極因素，管理者與其越俎代庖，不如為其提供合理實現的途徑，而君主的職責就是總體協調：“合天下之私以成天下之公，此所以為王政也。”②

這樣一來，“民”不再是被君主代言含混的整體，而是獨立的有追求自己權益的個人。針對君主有“私”的普遍現象，明遺民提出民的“私”，正是用來與之抗衡的。正是在此基礎上，黃宗羲做出“向使無君，人各得自私也，人各得自利也”③ 的極端假設。而士大夫自詡“為天下”、“為萬民”，實質上就是要代表個體同君主爭奪利益。④ 假使君主不能按照職責的要求來行事，謀求他的一己之私的話，臣是可以依據“民之私”與之對抗的。從私人關係上說，君臣之間至此已經完全擺脫了上下等級。

以“民之私”作為政治權力的依據，的確是明遺民獨特的歷史貢獻。如果要考察它產生的原因，至少可以追溯到如下兩個方面：一是對明代政治的反思。明代政權過於集中於君權，造成很多危害。首先是加劇了君主的私人欲望與公共政治之間衝突的可能性。明代君主的權威意識極強，世宗以一藩王初登大位，便不惜與整個朝廷對立；神宗因私人情感受到傷害，便以拒絕處理政務的方式來發洩不滿。政治制度刺激著君主權力欲的膨脹，但權力滿足個人的意願更容易建立權威感。如此，政治事務的處理與君主的私人意願之間不可避免地發生了許多矛盾。其次是對君權的限制

---

① 《郡縣論》五，《顧亭林詩文集》，第 15 頁。

② 《日知錄集釋》卷 3，第 92 頁。

③ 《明夷待訪錄·原君》，《黃宗羲全集》第 1 冊，第 3 頁。

④ 溝口雄三教授認為：黃宗羲所指的“自私自利的民”，“不是所謂的一般民，而是被當時視為有力量的、包括自耕農在內的地主階層與它的夥伴都市工商業者，亦即富民階層。”（《中國前近代思想的曲折與展開》下論第二章，中華書局 2005 年版，第 264 頁）此論點很有啟發性，但尚待社會、經濟史領域的材料證明。

不足，很容易造成君主為滿足個人欲望而不顧其他。萬曆時期的礦稅就是一個典型的例子，神宗並非不知其危害民間之烈，但對財富的貪婪使他轉而不顧。黃宗羲抨擊君主"敲剝天下之骨髓，離散天下之子女，以奉我一人之淫樂"，何嘗不是出於對此真實切身的感受？

　　二是晚明以來肯定個體權益的思潮的興起。陽明心學鼓勵了人們的主體意識，它的另一面便是思想統治的鬆動。余英時教授認為："專制君主要使'天下之是非一出於朝廷'，陽明卻說：'良知只是個是非之心。'而良知則是人人都具有的。這樣一來，他便把決定是非之權暗中從朝廷奪還給每一個人了。"① 此外，晚明士人與世俗社會的聯繫更加緊密，他們重實利，肯定個體的欲望。把政治的原點設置為民的主體利益的需求，在李贄對"私"的肯定中已經顯露端倪。此一思潮雖或隱或顯，② 但已是晚明士人談論政治的一個常有思路——或者也是那時君主的私欲暴露得過於強烈造成的反彈。明亡以前，錢謙益就有這樣的表述了："王道必本於無欲，非無欲也，以天下之欲為欲也。……天下人各各有欲也，豈獨人主？"③ 不管顧、黃對錢的態度如何，我們可以發現，他們的思想是在這個大的思潮之中的。

　　以上兩點僅就大概而言，要進行詳細的論證需要大量的材料和篇幅，本文不打算作更多的展開。這裏還要說明的是明遺民的特殊處境帶來的影響。對於明遺民，現實君主的缺席為理想批判騰出了餘地。因為不存在和君主的現實關係，無須考慮人情的因素，無須回護君主的權威，批評便直截了當、直切要害。站在易代的交點上，舊王朝已經完全坍塌，新王朝的建設他們無意參與，明遺民對治亂之道的追蹤，因而可以越過具體的人和事，進行更全面且更深入的反思。此外，明遺民自身強烈的主體意識應當與此有關。對於遺民來說，易代的創傷不僅是王朝的更迭帶來的，動亂中普通人所受的禍亂可能給他們帶來更強烈的刺激。反映到政治理論上，就

----

① 《現代儒學的回顧與展望》，《余英時文集》卷2，第225頁。
② 可參見溝口雄三《中國前近代思想的曲折與展開》。溝口教授特別對東林派士人政治思想進行了分析，認為他們進行的是代表鄉村地主向皇帝宦官代表的一元統治爭取政治主導權的鬥爭。其論證雖尚不完備，但觀點值得注意。
③ 《聖王必以其欲從天下之心》，錢謙益《牧齋初學集》卷89，上海古籍出版社1985年版，第1843頁。

可能轉化為對個體命運更切實的關注。

（三）絕對"君臣之義"的鬆動

基於對政治使命的不同認識，黃宗羲對君臣關係的理解與宋儒也有很大差別。宋儒以父子來比擬君臣，按照儒家的父子觀，這等於是認為君對於臣，有類似于父對子的生養的恩惠。也即是說，臣是由君造就而成的。程頤說：

> 臣之於君，猶子之於父也。臣之能立功業者，以君之人民也，以君之勢位也。假如功業大於周公，亦是以君之人民勢位做出來，而謂人臣所不能為可乎？使人臣恃功而懷怏怏之心者，必此言矣。①

在這一組關係中臣不具有獨立性，一切皆君主賦予，一切皆歸於君主。他們之間的上下等級關係也就是天經地義，不可動搖的：

> 蓋子之事父，臣之事君，聞有自知其不足者矣，未聞其為有餘也。周公之功固大矣，然臣子之分所當為也，安得獨用天子之禮乎？②

黃宗羲則試圖糾正這種說法，他有意識地要區分父子與君臣：

> 或曰：臣不與子並稱乎？曰：非也。父子一氣，子分父之身而為身。……君臣之名，從天下而有之者也。吾無天下之責，則吾在君為路人。出而仕於君也，不以天下為事，則君之僕妾也；以天下為事，則君之師友也。夫然，謂之臣，其名累變。夫父子固不可變者也。③

和父子因血緣產生的必然聯繫不同，君臣關係的發生是在共同治國的基礎上，是有條件的。作為士人僅僅是因為參與國家管理，才對君主負有

---

① 《河南程氏遺書》卷18，《二程集》，第236頁。
② 《河南程氏遺書》卷4，《二程集》，第71頁。
③ 《明夷待訪錄·原臣》，《黃宗羲全集》第1冊，第5—6頁。

義務。一旦離開他的公職，他就和君主如同路人一樣彼此毫不相干了。君臣關係是二者公共職責之間的關係，而不是私人的關係。如果要把私人身份介入進來，那麼就會背離設置君臣的原初意義，臣也就淪為僕妾了——這是中國士人所不願接受的後果。"師友"才是黃宗羲理想的君臣關係，它是建立在彼此獨立、互相尊重、共同合作的基礎上的。這是一種完全相對的關係，從中體現的士人主體意識之強烈，幾乎回到了孟子時代。雖不如戰國士人之睥睨諸侯，理論的完整性是它的有力之處。

在此基礎上，黃宗羲表示反對絕對的"君臣之義"：

> 今也天下之人怨惡其君，視之如寇讎，名之為獨夫，固其所也。而小儒規規焉以君臣之義無所逃於天地之間，至桀、紂之暴，猶謂湯、武不當誅之，而妄傳伯夷、叔齊無稽之事，使兆人萬姓崩潰之血肉，曾不異夫腐鼠。①

黃宗羲結合了易代革命的合理性，提出士人不必無條件恪守君臣之義。這兩點——君臣關係是基於公共事務管理的合作；儒家民本思想傳統對易代革命的合理性解釋——似乎為易代之際的士人轉變政治立場提供了依據。

四 觀念與個人立身準則的差異

如果把明遺民的政治思想和實際立身準則放到一起考察，可以發現二者之間存在矛盾之處。就黃宗羲來說，君臣之間的平等合作這一觀念，是先行于其立身實踐的。黃宗羲終身以遺民自處，至少在他六十歲以前的大半生中，一直是以故明王朝的忠臣自居的。明亡後，他組織里中子弟為"世忠營"抗清，在接下來的十多年中，也一直追隨魯王，從事復明活動。他對此的解釋是："主上以忠臣之後仗我，我所以棲棲不忍去也。"② 一方面是自我被尊重的需要得到了滿足；另一方面，"忠臣"也仍然是他認同

---

① 《明夷待訪錄·原君》，《黃宗羲全集》第 1 冊，第 3 頁。
② 《黃梨洲先生年譜》卷中，《黃宗羲全集》第 12 冊，第 34 頁。

的一種道德標準。黃宗羲雖然認為崇禎皇帝應為明亡負直接責任："烈皇
之視其臣工，一如盜賊，欲不亡也得乎？"① 依然不能視之如寇讎，待之如
路人。在其文集中，我們可以看到他將"忠臣之事其君"視為"真意之流
通"，② 可以看到他將"君亡與亡"的范景文等人稱為"一代之斗極"，③
也可以發現"君"、"父"連用的例子。④ 這些情況都說明，在個人立身
上，黃宗羲並未真正把對君臣的平等合作的認識，貫徹到他對待君主的具
體行動上。⑤

　　從明遺民群體的整體認識上看，將君臣父子作同一性認定更為普遍。
歸莊云：

> 君臣、父子、夫婦，三綱也。臣以忠，子以孝，婦以節，夫人知
> 之。士大夫讀書通古今，畏名義，宜其知所處矣！⑥

屈大均云：

> 嗟夫，忠者，臣之命也；孝者，子之性也。君得有其臣之命，父
> 母得有其子之性，而天下已治矣。⑦

魏禧云：

> 維天生民，樹之綱紀。父父子子，兄兄弟弟。顧茲彝常，淪喪無

---

① 《光祿大夫太子太保吏部尚書謚忠襄徐公神道碑銘》，《黃宗羲全集》第 10 冊，第 247 頁。
② 《黃孚先詩序》，《黃宗羲全集》第 10 冊，第 32 頁。
③ 《光祿大夫太子太保吏部尚書謚忠襄徐公神道碑銘》，《黃宗羲全集》第 10 冊，第 241 頁。
④ 如《陳葵庵年伯詩序》："事父事君，治日易而亂日難。"（《黃宗羲全集》第 10 冊，第
48 頁）
⑤ 這可能和《明夷待訪錄》撰寫在他反清活動失敗以後，前一階段的認識還沒有完全清晰
成型有關。但這不應該是唯一的原因。因為如果按照"合作"原則，黃宗羲完全可以接受清廷的
邀請，但他一直努力保持"遺民"的身份。
⑥ 歸莊：《袁重其字序》，《歸莊集》卷 3，上海古籍出版社 1984 年版，第 219 頁。
⑦ 《黎太僕集序》，《屈大均全集》第 3 冊，第 54 頁。

已。何以維之，所謂君子。①

呂留良云：

> 人知父子是天性，不知君臣亦是天性，不是假合。②

王夫之云：

> 孝子之于親，忠臣之于君，其愛沈潛，其敬怵惕，迫之而安，致
> 命而己有餘，歷亂離而無不督，情之性也。③

將君臣父子合一，是強調君臣之間必然的聯繫，和臣對君天然的義
務。黃宗羲為何在不同場合如此自相矛盾？大多數明遺民的政治立場選擇
都是出於對君臣之義的認可，並且這種認可，是無關于故朝君主個人是否
賢明的。即使像張岱、李清、談遷等人那樣批評明代君主者，也都堅定地
選擇了遺民身份。關係到實際立身的選擇時，可以說，明遺民都是贊同君
父一體的。

這種贊同，和《明夷待訪錄》的區分君臣、父子，仍然可以從兩個不
同層次上來理解。《明夷待訪錄》討論君臣關係，黃宗羲從一開始就強調
明乎"職分"，也就是說，他的討論主要是從公共職責上展開的。他要求
二者的平等，是從職權上強調二者的"合作"，君不是役使臣，君權不得
凌駕於國家政務之上，不得為君主個人謀私利。但在君主政體的國家中，
君還有另一重身份，即君主個人是國家的象徵。在一般士人看來，向君主
盡忠和向國家盡義務，"報國"與"盡忠"，是合而為一的。君臣父子一
體，是說既然士人作為一個特殊階層接受國家的供養，為國家所造就，那

---

① 《緘口詩》，《魏季子文集》卷1，《寧都三魏全集》，《四庫禁毀書叢刊》集部第5冊，據
清道光二十五年甯都謝庭綏綏圖書塾重刻本影印，北京出版社2000年版，第475頁。
② 《呂晚村先生四書講義》卷6，第535頁。
③ 《論靜女》，《詩廣傳》卷1，《船山全書》第3冊，第328頁。

麼就天然地應該對國家負有義務。從明遺民的具體言行中，我們可以看到這種意識，如錢澄之對伯夷、叔齊的闡說：

> 夷、齊本世受國恩，既已避紂而歸西伯，其不足于殷紂久矣。至於首陽之死，則知有殷而不知有周，知有君而不知為紂。①

"不足于殷紂"，是不滿紂未盡到管理國家之職責。而"知有殷而不知有周，知有君而不知為紂"，是在對外事務的處理中，把君主當作國家之代表與象徵。錢澄之認為，這就是夷、齊堅持君臣之義的基礎。再如楊毓奇：

> 甲申聞國變，號痛失聲。或曰："君未沾斗米之祿，而欲效君臣之誼。實有痛心，其誰信之？"毓奇正色曰："凡屬踐土，莫非臣子，凡戴鬚眉，皆有剛腸，況某身列膠庠，素明大義，敢同世俗而不少盡心耶？"②

"踐土"即"臣子"的條件，就是君國一體。這種認識，在思考政治事務的處理時，常常得到分辨，但它對中國士人的影響卻一直存在。而且在王朝更迭，尤其在異族入侵，"本國"被"他國"取而代之的時候，分外突出。

君臣之義在這裡，已不完全是士大夫對君主的個人效忠，更多的是士大夫以這種方式來表達對國家的責任。儘管這種表達在今天看來有些不能理解，但在近代之前，中國士人從未設想過還有君主執政之外的其他政治體制。從清初遺民的視野來看，他們無法想象除了君主國家，還可能有別的國家形態。一個社會的穩定，必然要借助於某種社會結構，社會結構發展完善以後，便形成了一定的社會秩序。君主專制國家是中國古代社會自秦代以來唯一的社會結構形式。身處其中的士人，深信父子、君臣秩序的建立是實現社會穩定的最具現實可能性的途徑。故而顧炎武云："天下之久而不變者，莫若君臣父子。"③

---

① 《伯夷論》，《田間文集》卷1，黃山書社1998年版，第1頁。
② 《皇明遺民傳》卷6，《明遺民錄彙輯》，南京大學出版社1995年版，第925頁。
③ 《萊州任氏族譜序》，《顧亭林詩文集》，第37頁。

　　對社會結構、國家基本體制的設想並未改變，基本的倫理關係就不可
能改變，由倫理關係所決定的基本道德準則也就相應地不可能發生變化。
君臣之義由此代表了士人的社會責任感，被認為是國家穩定和發展的必要
條件，王夫之云："人之所以異於禽獸者，非其利病生死之知擇也。則君
子之為天下君以別人於禽獸者，亦非但恤其病而使之利，全其生而使無死
也。原於天之仁，則不可無父子；原於天之義，則不可無君臣。"① 這樣一
來，它便成為一條不可動搖的道德法則了。

　　此外，孟子以民本思想對易代革命合理性的解釋，是為不少明遺民所
接受的。王夫之說：

　　　　天子即無道如桀紂，且亦聽其自亡以滅宗社。②

　　如果按照邏輯推理，這種說法可以得出的結論是君臣之義不必恪守。
首先，"王朝君主無道，便可接受其覆亡"是一個具有一般性的命題，它
可以體現為許多具體情況，如"桀紂無道，夏商的覆亡便可以接受"。它
同樣還可以體現為："明朝君主無道，明的覆亡便可以接受。"其次，在給
出的命題中，有一個認可行為的主體。這個主體既然能坦然接受一般的無
道王朝的覆亡，則不必一定要維護他自己所屬的具體的王朝，只要它是無
道的。也就是說，當"明朝君主無道"的條件成立時，這個主體便不必一
定要盡忠明朝君主。

　　但是，這似乎並沒有成為歷代遺民恪守君臣之義的障礙，哪怕其所處
的王朝已確實潰敗了。人們總是能找到各種方式來解決易代革命的合理性
與君臣之義的絕對性之間的矛盾。

　　一種方法是利用"無道"的標準不完全確定，拒絕承認條件的成立，
拒絕承認自己所屬的王朝是"無道"的。比如宋、明的遺民，他們雖然無
法否認所屬王朝的潰敗，但相比之下，奪取政權的是完全不同文化的異
族，這個王朝還是多少能對道有所體現的，因此易代便不具備合理性。

----

① 《讀通鑒論》卷 11，《船山全書》第 10 冊，第 416 頁。
② 《讀四書大全說》卷 10，《船山全書》第 6 冊，第 1136 頁。

王夫之還提供了另一種方法，即採取兩個不同標準，把對易代革命的一般認識與個人的立身準則分開來處理：

> 以天下論者，必循天下之公，天下非夷狄盜逆之所可尸，而抑非一姓之私也。惟為其臣子者必私其君父，則宗社已亡，而必不忍戴異姓異族以為君。[①]

對於倡言"天下非一姓之私"的許多明遺民來說，王夫之一語道出了他們的實際狀況。那麼，為什麼會出現這種"兩個準則"並立的情況呢？

原因有兩個。第一個原因已見上文，是基於對君主不同身份的認識。"非一姓之私"是說，君主並非掌握天下的所有權，他的行政權只是出於他管理天下的職責。"必私其君父"，是把君主看作國家的象徵，把個人對國家的感情寄託到對君主個人感情上。

第二個原因，是把對國家制度的反思與道德自律分開。君臣之義，對於中國士人來說，在先秦時期，還是基於對國家政治制度的認識基礎上，作為保持社會秩序穩定的要求提出的。在經過論證，被確認為維護社會穩定（當然是君主政體下的）的有效原則後，就被社會普遍認可為士人的一般道德準則。明遺民的議論中多體現出這種認識，顧炎武云：

> 使天下無父無君，而入於禽獸也。[②]

王夫之云：

> 人之所以異於禽獸者，非其利病生死之知擇也。則君子之為天下君以別人於禽獸者，亦非但恤其病而使之利，全其生而使無死也。原於天之仁，則不可無父子；原於天之義，則不可無君臣。均是人而戴之為君，尊親於父，則旦易一主，夕易一主，稽首匐伏，以勢為從違

① 《讀通鑒論》卷末"敍論一"，《船山全書》第 10 冊，第 1175 頁。
② 《日知錄集釋》卷 13，第 471 頁。

而不知恥，生人之道蔑矣。以是而利，不如其病之；以是而生，不如
其死之也。先王重不忍於斯民，非姑息之仁，以全軀保妻子、導天下
於魚蟲之聚者，慮此深矣！①

　　作為道德準則，它必須是一種絕對律令，這是不容置辯的，如此才能
有效規範社會成員的行為，保證社會秩序的穩定。如果從相對原則上去考
慮，那麼任何後起的王朝都可能利用以武力保證的話語權，宣稱自己對政
權的攫取合乎易代革命的合理性。就像雍正皇帝在《大義覺迷錄》中所做
的，只要說"明末無道"，② 便可名正言順以"有德者可為天下君"，③ 要
求天下人改換政治立場。如果那樣，就真會造成"則旦易一主，夕易一
主，稽首俯伏"的後果。賀麟先生認為："三綱說認君為臣綱，是說君這
個共相，君之理是為臣這個職位的綱紀。說君不仁臣不可以不忠，就是說
為臣者或居於臣的職分的人，須尊重君之理，君之名，亦即是忠於事，忠
於自己的職分的意思。完全是對名分、對理念盡忠，不是作暴君個人的奴
隸。唯有人人都能在其位分內，單方面地盡他自己絕對的義務，才可以維
持社會人群的綱常。""三綱就是把'道德本身就是目的而不是手段'、'道
德即道德自身的報酬'等倫理識度，加以權威化、制度化。"④ 在君臣之
義被認定為世界秩序的保障之後，它通過道德原則的確立，被目的化了，
反過來成為世界秩序的依據。這個意義上，君臣之義即終極之"道"，
它不必依賴任何條件，本身即具備價值。明遺民把絕對的道德原則實現
為自己的生存方式，付出巨大代價，以實現終極的追求。他們堅信，只
有這種絕對性得到純粹的堅持，這個世界才不至於陷入失去依據的危險，
不至於崩潰。

　　作為道德準則的君臣之義，也被內化為士人的道德理想，成為他們提
升人格境界的一種自覺追求。故王夫之又云：

---

① 《讀通鑒論》卷11，《船山全書》第 10 冊，第 416 頁。
② 見《大義覺迷錄》卷4，《清史資料》第 4 輯，中華書局 1983 年版，第 139 頁。
③ 《大義覺迷錄》卷1，《清史資料》第 4 輯，第 3 頁。
④ 賀麟：《五倫觀念的新檢討》，《文化與人生》，商務印書館 1988 年版，第 62、63—64 頁。

　　唯我為子故盡孝，唯我為臣故盡忠。顧七尺之躬，耳目在體而心
函於內，忠臣孝子，非以是奉君父，而但踐其身心之則。①

歸莊亦云：

　　非有故主恩，迂愚自天性。②

陳寅恪先生論王國維之死，便從這個方面來闡述其意義：

　　吾中國文化之定義，具于《白虎通》"三綱"、"六經"之說，其
意義為抽象理想最高之境，猶希臘柏拉圖所謂 εidos 者。……其所殉
之道，與所成之仁，均為抽象理想之通性，而非具體之一人一事。③

　　君臣之義，在具體政治制度的討論中，是可以質疑的。但作為一種道
德理想，卻代表了人類追求至善之精神取向。明遺民精神的可貴之處並不
在君臣之義具體原則本身，而在於其對文化傳統的堅持，並在這種堅持中
煥發的抵抗暴力、抵制誘惑的人格力量。
　　然而，它之所以會遭遇在反思政治與選擇立身"兩種準則"的尷尬處
境，正如陳寅恪先生所說："夫綱紀本理想抽象之物，然不能不有所依
託。"④ 在一定的歷史文化語境中，道德準則並不能離開社會制度而抽象地
存在。置身其中，就無法逃離它的規範和影響，君臣之義是人格理想依託
于道德追求，道德追求又來自君主政體下的社會秩序規範的產物。所以，
當制度反思開始深入的時候，它的有效性受到了懷疑。此外，它作為人們
的道德理想依託，卻是不能動搖的。當兩者相遇之時，如在王夫之、黃宗
羲那裡，矛盾就不可避免。不過，我們可以看到，他們大體清楚其中層面

---

① 《讀通鑒論》卷 3，《船山全書》第 10 冊，第 152 頁。
② 歸莊：《古意》十二首之十，《歸莊集》卷 1，第 130 頁。
③ 《王觀堂先生挽詞序》，《陳寅恪詩集》，生活・讀書・新知三聯書店 2001 年版，第 13 頁。
④ 同上。

的不同，在不同的語境中，有不同的結論。

五　結論

現在，我們再來總結明遺民的君臣觀並且解釋他們對故明君主的不同態度。

概而言之，明遺民的君臣觀，呈現著多重層面交織的複雜狀態。首先是兩個不同領域的區別：政治反思與個人的立身準則。在政治反思層面，又有不同的向度：其一是對基於君主職責產生的道德要求，要君主"公"而忘"私"。其思路是利用儒學中的道德修養理論，實現"聖君"理想。在這個向度中，君臣在道德上是平等的，臣可以以儒家道德準則為依據，要求君主改正過失。但是，君臣政治地位的上下等級仍被認為應當嚴守。這個思路對君主個人道德水準、君主個人意願的依賴是非常明顯的。其二是從政治制度的根本，國家政權的權力來源進行反思。以民本思想為基礎，但不再把民看作模糊的任由他人代言的整體，而是將其作為應有個體權益的主體。政權是為了實現這些個體的主體權益而產生的，君、臣也都是因此而設置的。在這個意義上，君臣關係，是職責上的合作，而非私人關係。如果君主以私人的欲望來干擾職責的完成，臣可以憑藉"維護民的主體權益"這個政治原點與之抗衡。此時，君臣關係是相對的，以實現共同職責為條件。

明遺民對明代君主的批評，大體是在此政治反思層面上。就大多數情況而言，他們針對的是君主的"失德"，在個人素養上不符合君主的職責要求。但也有一些批評，是指責君主錯誤地將政務管理權當作了對國家財產的所有權。

從個人的立身上考慮，明遺民嚴守君臣之義，其中還是有兩個不同的層次。其一是特別凸顯於明清之際的特殊歷史場景的，把君主看作失去了的故國的象徵。由此可以理解明遺民對崇禎皇帝的仰慕之情，正是他的殉國可以幫助他們完美地將其看作故國的象徵。他們對他的維護，是一種感情上的投射，好比努力維護那個現實中已經被武力摧毀的故國的形象一樣。由此也可以理解他們的頻繁的拜陵與祭祀活動。他們仿佛把故君的陵墓視作故國僅餘的一點點領地，每次謁陵也就是尋求和故國的接觸，向自己的心靈歸屬地的一次靠近。顧炎武其《謁欑宮文一》云：

> 伏念臣草野微生，干戈餘息。行年五十，慨駒隙之難留；涉路三千，望龍髯而愈遠。茲當忌日，祇拜山陵。履雨露之方濡，實深哀痛；睠松楸之勿剪，猶藉神靈。敢陳于沼之毛，庶格在天之馭。①

短短幾句話，很克制，但也訴說了人生的坎坷艱難和沉痛的時不我待之感。時日遷移，可怕的是對故國的記憶也在轉淡轉模糊，"望龍髯而愈遠"是一種擔憂，也是一種失落，在故君靈前的告哀，實在是希望由此強化自己與故國的聯繫。在這個層面上，明遺民對君臣之義的堅守，也就是對自己與故國情感聯繫的堅守。

其二，是把君臣之義作為道德理想的一種體現形式，是個人自覺的人格追求。在這個意義上，它是明遺民對自我的一種要求，不因任何外部對象的變化而轉移，是單向的、絕對的、無條件的。明遺民的一個特殊人物——姜埰——因此獲得典範的地位。

姜埰在明亡之前曾是崇禎朝的禮科給事中，因上書詰難崇禎帝阻塞言路，被廷杖幾死，又遣戍宣州。② 但很快明朝就亡了，命令失去了外在的強制力。同時，在這個案件中，崇禎皇帝的處理是未得到公論支持的。他對待姜埰手段非常殘酷，"初欲以密旨斃之，事既敗露，乃廷杖百。臨以大璫，必欲其死，幸而不死，猶長繫不肯釋"③。即使如此，姜埰也堅持要執行君令。因天下大亂，戍所不能居，他就以"吾罪臣，有君命。即不能就戍，必客處毋還鄉邑"。終身客居，不歸故里。並且說："我宣州一老卒，君恩免死，之地死不敢忘"④，於是以敬亭榜其堂，自號"敬亭山人"。又曾"親至宣州，欲結茅敬亭以終獨戍之命"，並在詩文寫作中，多次表

① 《顧亭林詩文集》，第 121 頁。
② 詳見《明史》卷 258，《姜埰傳》，中華書局 1974 年版。
③ 《清詩紀事初編》卷 2，第 154 頁。
④ 《敬亭山房記》，《魏叔子文集》卷 16，《四庫禁毀書叢刊》集部第 5 冊，第 82 頁。

達 "終老宣州" 之意。[①] 臨死之際，猶曰："死必埋我敬亭，吾戌所也。戌者，吾君所命，吾未聞後命而君亡，吾猶罪人也，敢以易代死君哉?"[②] 他的這些言行在明遺民群體中廣泛傳頌，姜埰由此成為明遺民們撰寫傳記、詩詠文賦最集中的對象。不管是徐枋、沈壽民等孤高避世者，還是黃宗羲等明代君主的批評者，都一再稱揚其人其事。

姜埰的言行，表現的是他對於故明君主無條件的忠誠，[③] 不管對方如何對待自己，不管有無外力的約束，君臣之義都是絕對原則。明遺民群體對他的這個觀念表現出高度認可，這正是姜埰得享盛名的原因。

當然，上述對明遺民君臣觀念不同層面的區分，是為了更清楚地理解他們的思想。在實際現象中，這些不同層面有時也混雜在一起，呈現一些彼此矛盾的狀態。

君臣之義是明遺民身份選擇的一個重要支點，儘管君主專制政體已被現代民權觀念否定，清理明遺民思想中對此認識的不同層面，仍然可以加深我們對其生存狀態的理解，為判斷其人生價值提供更多的依據。

---

① 《書姜如農年譜後》，《姑山遺集》卷 22，《四庫禁毀書叢刊》集部第 119 冊，據國家圖書館藏清康熙有本堂刻本影印，第 254 頁。

② 《敬亭集序》，《田間文集》卷 13，第 240—241 頁。

③ 關於姜埰心曲，可參見謝正光《清初忠君典範之塑造與合流——山東萊陽姜氏行誼考論》，《明清文學與思想中之主體意識與社會——學術思想篇》，"中研院" 中國文哲研究所 2004 年版，第 291—343 頁。此文對姜埰心態的複雜狀況有更深入分析。但無論如何，絕對的忠君意念是他努力要表達的。

生存策略、道德禁律與桃源夢想

——清初遺民的避世隱居

在遺民研究中，"遺"與"逸"的關係是一個很有意味的話題。從東漢到晚清，"遺民"與"逸民"被長期混用，雖然有人刻意分辨他們所代表的不同層面，卻很難扭轉多數人的語言習慣。二十世紀八十年代以後，學界研究者對二者作了嚴格區分，遺民的政治立場和精神取向得到了強調。這對於其概念的厘清和群體界限的劃定無疑是非常有效的。① 然而，對二者區分的過度重視卻使得人們簡單地將這一混用當作概念含混加以輕視，從而忽略了對其相關性的討論。顯而易見，遺民被稱做"逸民"主要是由於生存方式上的相似，二者都拒絕出仕，而且多選擇避世而居的生存狀態。但是，與學界對隱逸文化的重視並不平衡的，是少有人深入探討遺民的"避世"現實生存方式與其精神追求之間的交互影響。遺民是一個"入世"的群體，對當下政治和社會現實都非常關注。那麼，避世對他們來說有什麼必然性？對其道德理想和心理狀態又產生了哪些影響？這些問題都值得深究。本文即以明遺民為考察對象，試圖探討避世生活對這一特殊群體的獨特意義。

一 避世全身

避世隱居首先可以說是明遺民的一種生存策略。他們作為政治異己者為清廷所忌憎，對節操的堅持亦使其與世俗社會拉開了距離。為了在亂世

---

① 參見李瑄《"遺民"詞義的演變與"遺民"觀念的形成與發展》，《新國學》卷 6，2006 年 11 月。

中棲身，躲避戰亂與政治迫害，保全自己與家人的生命，同時保持道德理想的純粹，不少遺民選擇了孤獨退守。

桃花源滿足著中國士人對出世人生的浪漫想象，但它的產生卻來自最殘酷的現實：漢末以來頻仍不息的社會動亂。同樣，真正到山間荒野去營建居所的，也多半是在世間難於棲身之時。晚明到清初的社會動盪，使一些遺民結集同伴，在山中人跡罕至之處開荒結廬，自給自足，有如漢末的塢堡。

孫奇逢與弟子們的結茅河北雙峰就是一例。據李元度記載：“畿內盜賊數駭，先生率子弟門人，入易州五公山，結茅雙峰。戚族相依者數百家。乃飭戎器、待糇糧，部署守禦。又以其暇，賦詩、習禮，弦歌聲相聞，寇盜屏跡。時以方田子春之在無終山焉。”① 有“數百家”之眾，加上糧食儲備和武器，就有了防禦的能力，有了一個相對安全的避難所。在這個意義上，魏禧等人在江西寧都金精山翠微峰構築“易堂”更為典型。

寧都位於江西東南，鄰近福建，是南明反清力量與清軍進行拉鋸戰的地方，清初十餘年中飽經戰火。張岱《石匱書後集》記錄他親眼所見的戰後荒蕪曰：“一城之中但茅屋數間，餘皆蓬蒿荊棘，見之墮淚。訊問遺老，具言兵燹之後，反復再三。”②

災難中，魏禧等易堂九子所居的“翠微峰”宛如世外桃源，有效地庇護了一大批士人。翠微峰地勢險峻，外人不易進入。在營建的過程中，又預先考慮了防禦措施：“緣圻鑿磴道，梯而登。出其上，穴如甕口，因寘閘為守望。”③ 經過數年營建，此地“樹竹十萬株，蔬圃亭舍雞犬池閣，如村落山中”④，十分令人嚮往。隨著聲譽的擴大：“遠近之賢者，先後附焉。”⑤ 寧都雖為僻遠小城，“易堂”卻就此成為江西遺民嚮往的安居之所。

---

① 《孫夏峰先生事略》，《清朝先正事略》卷27，《清代傳記叢刊》（明文書局1985年版）第193冊，第195頁。

② 《石匱書後集》卷46，《江西死義列傳》徐敬時傳，《臺灣文獻叢刊》第282種，第379頁。

③ 邵長蘅：《魏禧傳》，《碑傳集》卷137，文海出版社1980年版，第6482頁。

④ 方以智：《游梅川赤面易堂記》，《浮山文集》，《續修四庫全書》集部第1389冊，據湖北省圖書館藏清康熙此藏軒刻本影印，第383頁。

⑤ 《翠微峰記》，《魏叔子文集》卷16，《四庫禁毀書叢刊》集部第5冊，第73頁。

遠遁海外，是清初遺民避世的另一途徑。餘姚朱之瑜，在順治十六年
（1659）鄭成功進入長江攻打南京失敗後遠走日本，終身不返中土。《皇明
遺民傳》也記錄了不少避居朝鮮者，如田好謙，述其遠走之意曰："遠托
異國，昔人所悲。今中原陸沉，吾得免左袵，幸也。"① 這大概可以代表不
少人的想法。在小說《水滸後傳》中，遺民陳忱甚至構造了一個海外建國
的藍圖。小說雖然是虛構，但臺灣及南洋諸島中，確實也有許多遺民聚
居。孫靜庵《明遺民錄》病驥老人序云："南洋群島中，明之遺民，涉海
樓蘇門答臘者，凡二千餘人。"②

不過，大多數人並沒有條件遠走，也很難為自己找到一塊遺世獨立的
樂土。他們還得在人群之中生存，只好通過個人消極的行為方式割斷與人
群的聯繫。在各種傳記對遺民行為的描述中，我們常常可以看到"不入
城"、"不出門庭"、"不下樓"的情況。

這些行為是明遺民們保全自我和堅持政治立場的重要手段。③

"不下樓"具有象徵意義，即通過不履踏新朝的土地來表明個人的政
治立場。在對遺民事蹟的記載中，敘述者有時會特別突出這一點，如《南
天痕》胡正言傳：

      及南都亡，屏居一樓。足不履地者三十年。④

一些人的"不下樓"還與服飾髮式有關，如陳廷焻：

      不易衣冠，居招隱樓，終身不下樓，鄉人罕見其面。⑤

---

① 《皇明遺民傳》卷7，《明遺民錄彙輯》，南京大學出版社1995年版，第122頁。
② 《明遺民錄彙輯》附錄，第1371頁。
③ 王汎森的《清初詩人的悔罪心態與消極行為》論述了遺民避世的另一個重要原因，對晚
明士風的反對。見其《晚明清初思想十論》（復旦大學出版社2004年版，第188—247頁）。這與
本文所論可相互補充。
④ 《南天痕》卷19，隱逸傳，《臺灣文獻叢刊》第76種，第335頁。
⑤ 《福建通志列傳選》卷6，《臺灣文獻叢刊》第195種，第383頁。

季大來：

> 潛居一樓，禁足不下者十餘年。終身服先朝之服，未嘗薙髮，著書盈笥，不以示人。①

在清廷嚴厲的禁令之下，保持先朝衣冠髮式，若加追究，會被視為公然的反叛。但"不下樓"、"不出門"，就變成了一種私人行為，除了家人之外無人知曉，不會在社會中造成大的影響。只要地方官無意於嚴厲勘查，就可以被含糊放過。這種方式雖然艱苦，卻可以在幾乎不可能的環境中堅持漢族衣冠。對於這樣做的遺民來說，艱苦的付出是值得的，它換回的是既能堅守自我準則，又相對安穩的生活環境。因而，這也被當成一種避禍的手段。吳江張拱乾就在順治十五、十六年清廷嚴查"通海"案時出此下策：

> 戊戌、己亥間，海氛不靖，江、浙富室多為人告密，填牢戶、流塞外者不可勝數；故大家鉅族，朝夕難保。拱乾喟然流涕，愈屏絕交遊，坐臥一小樓，顏曰"獨倚"。②

由於當世政權的對立，明遺民們實際上處於政府的保護之外，他們很容易受到各種力量的加害而無力自保。減少與外界的交往，可以減少招致禍患的可能。

"不入城"更為常見。各種遺民資料中對此的記載較多，在《明遺民錄彙輯》中，單是標明"不入城"字樣的就多達幾十人，如果加上"披髮入山"、"藏身土室"等，現存資料表明，大約有十分之一的明遺民把它作為自我約束的行為準則。

"不入城"首先也是出於現實的考慮，大致來說，可以避免官府的牽扯，避免與仕清故舊的交往，躲避兵災等。徐枋是明遺民中以避世決絕著名者，他在《居易堂集》中留下了關於自己避世生活比較詳細的記錄，我

---

① 袁承業：《明孝廉季大來先生傳》，《碑傳集補》，文海出版社1986年版，第1939頁。
② 《南天痕》卷20，《逸士傳》，第354頁。

們可以借此更近距離地了解避世遺民的真實心態。

徐枋自述“前二十年不入城市，後二十年不出庭戶”。[①] 其實當初也曾有友人吳嘉禎寫信勸他入城，其言曰：

> 空山不可久居，鄉村多盜剽掠之患，其小者也。近來匿影山阿者多不測之禍，維斗、臥子、公旦、彥林無辜慘戮，大可畏也。況妬賢之人此間不少，不以忠節仰慕，轉以立異萋菲，每聞其言，不勝浩嘆。倘有讒毀，做成機穽，誰能挽回？深為大兄慮之。[②]

信中提到居於城外的潛在危險，一是盜匪剽掠，一是行為上的“立異”可能引起讒毀。這些危險是迫在眼前的，楊廷樞、陳子龍等人的遇害即為前車之鑒。但徐枋回信表示，對於自己來說，更安全的反而是城外：

> 褊衷狹性，既與世日乖，則世人視之，將同怪鳥，跡之所至，矰繳隨之，然其竄深山之中，網羅猶緩。一與世近，則羣起而逐弋人之慕，須臾莫避。故避荒則禍遲而或可免，入城則禍速而必無幸。均一禍也，何必去遲而就速乎？是固不可以彼易此者也。[③]

他自謂“忤俗”、“迂懶”、“木強”、“褊狹”，並考慮到以這樣的性格在城市中生活，不必說“和光混俗”，反而必然處處與周圍環境相抵牾。的確一個政治立場強硬，性格激烈的人生活在以謀求富貴利達為目標的人群中間，是很容易因為個人的清白過於耀眼而引起忌恨，並由此陷入不測之禍的。城市與鄉村的一個區別是：城市的人口密度大得多，與他人可能產生的聯繫也較多，而鄉村生活則大體可以自足，人與人之間的空間相對較大。此外，國家政權對鄉村的控制遠不如城市嚴密，要堅持“祖臘非王，衣冠猶舊”的政治立場表達，與政治嗅覺不那麼靈敏的“樵牧”相

---

① 《居易堂集自序》，《四部叢刊三編》，上海商務印書館 1936 年版，第 2a 頁。
② 《居易堂集》卷 1，《答吳憲副源長先生書》附錄，第 6a 頁。
③ 《答吳憲副源長先生書》，《居易堂集》卷 1，第 7a—7b 頁。

處，當然更令人放心。黃淳耀曾點出了這是遺民避世最要害的部分："吾輩埋名不能，而潛身必可得。冠婚喪祭，以深衣幅巾行禮，終身稱故明進士，一事不與州縣相關，絕跡忍餓可也。"① "一事不與州縣相關"，即遠離政權機關。對遺民來說，明智的辦法是不去招惹它，這也是大多數人選擇"不入城市"的主要原因。

徐枋的避世原因比較複雜，但全祖望已經看到，除了道德操守的自我要求以外，"自全"亦是其中重要一端。《題徐俟齋傳後》云："其中未嘗不具保身之哲，可以為世法。"② 在亂世中生存，"保身之哲"是一種人生智慧，"可以為世法"的評價表明了全祖望的欣賞態度。實際上，徐枋也頗以此自負，他說：

> 弟二十年來，于平居時若履春冰之必陷也，若蹈虎尾之必咥也。及至世路搆稽天之波，弋人布彌空之網，而我坦然，未嘗動吾心而嬰吾寧也，何也？自信我之必不預於是也。必不預於是，蓋以平時深自處，無以招之也。③

此處一連用了四個駭人的比喻來說明周圍危機四伏，能在這樣的環境中身心泰然，非常人所能，當然是可貴的。歸莊亦云：

> 君子之處季世，惟當自盡其道，而禍福一聽之於天，持激亢之論，為驚世忤俗之事，以扞文網，觸機穽，此不盡其道者，相戒勿為可也。④

在本來就動蕩不安的清初社會，只有激亢的言行能引起人們的廣泛關注，獲得大多數人的認可，激發他們為艱難求生所壓抑的道德崇高感。易

---

① 孫靜庵：《明遺民錄》卷 8，《王際泰傳》，引黃淳耀《答王存研書》，《明遺民錄彙輯》第 93 頁。

② 《鮚埼亭集外編》卷 30，《全祖望集彙校集注》，上海古籍出版社 2000 年版，第 1360 頁。

③ 《與葛瑞五書》，《居易堂集》卷 2，第 2b 頁。

④ 《小宛齋記》，《歸莊集》卷 6，上海古籍出版社 1984 年版，第 356 頁。

代之初的那些烈士傳奇在流傳中也幾乎成了道德典範。但是，遺民們對此的認識是清醒的：驚世忤俗必然要承擔過大的代價，生命的付出如果不能獲得與之相當的價值回報，就成了逞一時之勇。王夫之更為直截地說：

> 有必不可仕之時，則保身尚矣。①

在對實際政治活動的參與已經失去意義的特殊時刻，"保身"成了首要原則。

當然，保身不等於偷生，王夫之為其提供了強有力的理由：只有懂得保護自己的人，才可能完成其承擔的社會責任：

> 故君子之愛身也，甚於愛天下；忘身以憂天下，則禍未發於天下而先伏於吾之所憂也……一失其身，雖有扶危定傾之雅志，不能自救其陷溺；未有身自溺而能拯人之溺者也。②

保身本身沒有被看作最終目的，但它是實現其他一切可能的前提。明遺民們深知自身的獨特價值，他們認為自己是儒家之道在亂世的保存與傳承者，屈大鈞云："嗟乎，士君子不幸生當亂世，重其身所以重道。"③ 結合全身的問題，徐枋說得更為透徹：

> 聖人之道載於六經，儒者明經以荷道，故吾身存有與俱存，吾身亡有與俱亡者矣。苟蹈小節而輕吾身，是使經不傳而道不明也。經不傳，道不明，是使斯人之不得與於綱常倫序之中也，是使萬物之不得遂其生而盡其性也，是使天地之失其位而日月之失其明也。噫！儒者之身不綦重哉？故必晦吾跡以存吾身，而存之愈久，則垂之愈長，積

---

① 《讀通鑑論》卷12，《船山全書》第10冊，嶽麓書社1996年版，第440頁。
② 《讀通鑑論》卷5，《船山全書》第10冊，第184頁。
③ 《七人之堂記》，《屈大均全集》第2冊，人民文學出版社1996年版，第32頁。

之愈厚，則施之愈遠。①

　　遺民的生存之艱難尚在於，他們必須甘於隱忍和平淡。在他們眼中，
痛快的負氣而行只是"踣小節"，不能實現真正的價值。韜光隱晦意味著
失去眾人的關注，意味著自我克制與忍耐寂寞。面對複雜險惡的現實環
境，只有這樣的冷靜，才能自我保全，才可能完成其特殊的歷史使命。

二　避世與個人品節

　　避禍是避世的一個重要方面，存身是全身的一個重要方面，但它們之
間的差異也很明顯。避世除了安全的考慮之外，也是明遺民維護自身道德
純粹性的一種策略，王夫之云："君子有必去以全身，非但全其生之謂也，
全其不辱之身也。"②

　　所謂"不辱"，首先指政治立場的堅定。有一類人，是明遺民們特別
要避開的，那就是仕清的漢族官員。在遺民傳記中，可以看到大量的此類
記載。《皇明遺民傳》云，李儆機為了躲避求見的顯官，"躍入江中，俟其
去乃出"③。黃宗羲在浙江遺民汪渢的墓誌銘中也提到，汪渢曾偶遇對他仰
慕已久的官員，當對方向他打聽自己時，他說："適在此，今已去矣。"此
人多方殷勤，卻始終無法換取與汪渢的交往。與李儆機的躍江相避類似，
汪渢在其來訪時居然"排牆遁去"。④

　　拒絕與仕清官員的私人交往可以看作一種政治立場的表達，它表示不
願與清廷有任何瓜葛。為此他們有時甚至可以放棄與舊友的情誼。陳名夏
的老師芮城國亡以後便割斷了與其的師生情誼，《清先正事略》云："名夏
以大學士歸鄉，求一見，卒不可得。貽書候問，亦不發視，曰：'山澤之
臞，一與貴人接，便喪所守矣。'"⑤　"便喪所守"固然是為保護個人節操
純粹所發的激烈之言，卻也不完全是空穴來風。陳名夏曾向清廷舉薦過多

---

① 《鄭老師桐庵先生七十壽序》，《居易堂集》卷7，第10a—10b頁。
② 《讀通鑒論》卷17，《船山全書》第10冊，第642頁。
③ 《皇明遺民傳》卷1，《明遺民錄彙輯》，第309頁。
④ 《汪魏美先生墓誌銘》，《黃宗羲全集》第10冊，浙江古籍出版社2005年版，第39頁。
⑤ 《清朝先正事略》卷47，第594頁。

位遺民，如沈壽民、周歧、嚴書開①、徐世溥。② 吳偉業甚至在眾人的舉薦下最終不得不被迫出仕。③ 仕清官員確實有試圖同化遺民的傾向，這導致了遺民對與之相交的仕清官員的警惕。在交往中，仕清官員還常常相贈以度日之資，但這被一些人認為有損於名節。事實上，由於遺民生活的艱難困窘，不少人都難免接受這種饋贈，拒絕因而更顯出政治立場的純粹。

其次，"不辱"包括清白的名譽。極強的自我意識帶給明遺民們強烈的自尊心，他們即使能夠做到對現實生活無所求，卻無法容忍社會輿論的訾議。更何況，他們中有許多人未能忘情於不朽，因而對聲名更加重視。就他們的處境來說，一旦有所作為，是很難保證在沒有是非紛擾的情況下實現初衷的。一些遺民認為，無為是最好的生存之道，沈壽民云："弟每云吾儕處今日，要須閉戶捲舌，詩人不言詩，文人不言文，理學人不言理學，風節人不言風節，聲氣人不言聲氣，破嗜割愛，如蒙如癡，庶遺苟活。"④

這種心理顯示著明遺民的清高，他們要追求純粹無瑕的道德人格。正因為如此，明遺民中有些人因避世的乾淨徹底而成為群體楷模。其中最著名的是徐枋、沈壽民，他們因高潔而成為"遺民典範"，受到其他人的仰慕。

與他人不同的是，他們的避世中有自苦的傾向。苦難被當作道德之砥礪，使遺民對自我生存的特殊性有更強烈的體認。沈壽民曰："不窮不苦，不足明吾志，不足貞吾遇。"⑤ 摒絕具體生活的享受，人生的目標變得更加清晰。在苦難中變得更加堅定和頑強，最終才能實現與道德理想真正的合一。

更具典型性的是徐枋。他避世之絕決遠遠超出一般遺民，以至當時就

---

① 《小腆紀傳補遺》卷5，《臺灣文獻叢刊》第138種，第1019頁。
② 《小腆紀傳補遺》卷4，《文苑傳》，第1000頁。
③ 參見葉君遠《清代詩壇第一家——吳梅村研究》，中華書局2002年版。
④ 《復劉興父》，《姑山遺集》卷24，《四庫禁毀書叢刊》集部第119冊，據國家圖書館藏清康熙有本堂刻本影印，第269頁。
⑤ 《復貢遠伯》，《姑山遺集》卷26，第293頁。

有"人傳徐昭法，可聞不可見"① 之言。不僅身"不可見"，他連聲名為人"所聞"亦盡力避免。為人稱頌，則致信云："切望足下，凡見當世之人，絕勿置我於口頰，總勿道及我一字，更勿使今之人因足下而闌及於我，則大幸矣。"② 他自己不刊刻文字，友人刊刻的文集中提及他的姓名，便去信說："交遊稱詡，梨棗傳布，非今所宜，況不肖避世之人乎？必改去為妥。"③

他不願接受他人的饋贈，仕清官員自不必說，甚至親友的幫助也視為畏途。遺民中的前輩李模贈米給他，"特以父執尊行之命，不敢不屈意勉領一次"，第二次就無論如何不肯接受了。④ 連志同道合者的善意幫助，也被視為對自身道德的威脅而予以拒絕，此皆出於徐枋對品節要求之完美。

其產生的動機，可能是希望在價值觀混亂的時代，能夠有一種使人絕對尊崇的典範，以保持道德傳統不致斷裂。但是，純粹與完美的追求必然與人的正常生活需求產生衝突，有時需要為此付出高昂的代價。徐枋由於堅持"垂三十年而片楮不通於人間，一縷不入於吾室"，以致"有一女，止三歲，冬無絮衣，患成寒疾，十年不差。一兒，年十二，便能書畫，見者以為神童，而饑不得食，病不得藥，遂殞其命"⑤。看到這些文字，讓人只能歎息。節操之清白，在徐枋的心目中似乎竟然超過了生命的可貴。當然，人孰無情，當時他是極其心痛："五內崩裂，哀傷迷眩，不知所出，申紙不能作一字。"⑥ 可事後仍強自說："夫人孰無兒女之愛？僕獨非人情乎？所以然者所謂二者不可得兼，故寧受慘酷而不敢稍隳吾志也。"⑦ 是否有必要做出這種犧牲，承受這種痛苦？道德的維護是否需要達到這麼不近人情，這麼極端的地步？身為一個"遺民"，他對自我行為規範的嚴格，真是到了無可挑剔的程度："骨肉手足五服之親，千里見存一葛一扇"，而

① 黃宗羲：《與徐昭法》，《黃宗羲全集》第 11 冊，第 251 頁。
② 《與王生書》，《居易堂集》卷 3，第 12a 頁。
③ 《與吳瓶庵書》，《居易堂集》卷 3，第 13b 頁。
④ 《與欽遵一書》，《居易堂集》卷 1，第 5a、5b 頁。
⑤ 《與馮生書》，《居易堂集》卷 3，第 10a 頁。
⑥ 《與姜奉世書》，《居易堂集》集外詩文，第 4b 頁。
⑦ 《與馮生書》，《居易堂集》卷 3，第 11a 頁。

"完璧衣褐，未啟其緘"。① 親戚友朋的物質資助，原無關乎道德之守持，連此也一併拒絕，而置兒女生命於不顧，實近於自虐。儘管徐枋的品節無可質疑，他的行為卻讓人不能不產生疑慮：在對道德的追求中，底線在何處？

這種疑問在明遺民中間就已經產生了。黃宗羲在為余增遠、周齊曾兩位"活埋土室"、"長往深山"的遺民作墓誌銘時，開篇云："名節之談，孰肯多讓？而身非道開，難吞白石，體類王微，常須藥裹。許邁雖逝，猶勤定省，伯鸞雖簡，尚存室家。"② 黃宗羲實際上婉轉提出，在講究名節的同時，不可完全廢棄生活的需要，對極端的行為表示了不贊同。在另一處文獻中，黃宗羲說得更為直接："士各有分，朝不坐，宴不與，士之分，亦止於不仕而已。所稱宋遺民，如王炎午者，嘗上書速文丞相之死而已，亦未嘗廢當世之務，是故種瓜賣卜，呼天搶地，縱酒祈死，穴垣通飲饌者，皆過而失中者也。"③ 這些話，令人很容易聯想起明遺民群體中的類似現象，它很可能針對著某些流行的觀念。這表明，明遺民群體中已經有人開始了對群體行為規範的進一步反思。

三　對"桃源"的嚮往與警惕

翻閱遺民文集，很少能看到輕鬆愉悅的文字。他們似乎總是在思索著家國天下的出路、人生價值的實現等重大問題。其厚重深沉，似乎不同於普通血肉之軀，令人容易景仰卻難以親近。不過，他們偶爾也顯露出對個人適意生活的追求，或多或少都懷著桃源夢想。有時甚至真能享受片刻的安閒——避世對於明遺民的另一項意義，正是提供相對安寧的生活環境。避離人群，也就避開了世俗的紛擾。實際上，隱居生活亦帶給遺民情感上的撫慰，徐枋自云有數樂：

　　無風雨以恡之，無疾困以孽之，無惡賓俗客之闌入，無塵緣外累

---

① 《與馮生書》，《居易堂集》卷 3，第 10b 頁。
② 《余若水周唯一兩先生墓誌銘》，《黃宗羲全集》第 10 冊，第 284 頁。
③ 《謝時符先生墓誌銘》，《黃宗羲全集》第 10 冊，第 422—423 頁。

之嬰心，一樂也；板屋繩牀可以棲息，閑窗名花可以坐對，池亭岩壑
縣之杖端，怪石幽泉不勞展齒，一樂也；糜筍正佳，有同玉版。新茶
適口，何須雷莢。而瓶中之粟未罄，牀頭之酒可醉，一樂也。[①]

只要能夠守持住自己的節操，在清貧的生活中也能夠感到滿足，也能
夠享受人生的樂趣。在這一點上，明遺民遙遙呼應著陶淵明的人生態度。

陶淵明是作為"但題甲子"的"遺民"被廣泛認同的，"陶庵"成為
明遺民使用最多的別號，許多人都有"和陶"、"集陶"、"飲酒"、"村居"
之作。[②] 陶淵明蕭然自適於亂亡之世的生活方式，亦為不少人所嚮往。

隱居在山間或鄉村，與自然的親近常常能令人進入審美狀態。在對自
然之美的欣賞中，心靈獲得了短暫的寧靜與愉悅。王夫之對此有十分精緻
的描繪：

> 蒼壁不受春，轉入溪流曲。桃花影外天，微波動新綠。
> 飛鳥隨風葉，梨花漾碧晶。溪山得圓淨，雞犬亦蕭清。
> 不知身忽輕，已度青茸表。疏雨何妨飛，林端露清曉。
> 仇池九十泉，桃源千萬樹。古人喪亂中，自選林泉住。[③]

山水之明媚，自然之生機，使人暫時從生活的重負中解脫出來，得以
休憩片刻。這對於飽經患難愁苦的遺民來說，雖然短暫，卻非常重要。因
為人生除了道德的追求之外，還需要有幸福的體驗，這方面的缺乏將使人
生之弦過於緊繃，難以承受更多的壓力。因而，明遺民們是如此渴望著進
入安寧平和的世界。

就實際情況來看，絕大多數明遺民是很難保持享有桃源體驗的。這是
由於他們的平靜難以維繫，政治空氣的緊張、社會的動蕩、生活的艱難、

---

① 《與葛瑞五書》，《居易堂集》卷1，第18a頁。
② 關於明遺民從政治立場上對陶淵明的認同，李劍鋒《明遺民對陶淵明的接受》（《2005明
代文學國際學術研討會論文集》，學苑出版社2005年版，第441—458頁）言之甚詳，故此從略。
③ 《避亂石雞村同載謀小憩》，《船山全書》第15冊，第345頁。

耳聞目睹的罪惡與瘡痍都令人無法陶醉於個人的天地。更重要的是，他們的精神需求與陶淵明實在相差太遠，他們對社會實際問題的專注程度遠遠超過了陶淵明，他們對人生意義的尋求也多在群體倫理範圍內，很少進入玄思狀態。何況明遺民的道德自律極為嚴厲，即使是短暫的自我適意，也有人相當警惕，擔心它會令人削弱對現實的關懷，產生避離人世的想法，沉醉於自我的心靈世界。王夫之云：

> 俾陶潛、司空圖無悲憫之心，蕭然自適於栗里、王官之下，則其去傅良、張文蔚之苟容者，能幾何哉！[①]

暫時的"蕭然自適"能舒緩人生的重負，但如果沉醉其中，就是對社會責任的逃避。閻爾梅寫自己追慕"羲皇上人"的超脫云："永初之朔既歸田，忍待元嘉又數年。祇有一生沽酒債，曾無三徑買山錢。閒中甲子俱忘矣，醉後詩文輒慨然。愧我未能窗下臥，東籬遙隔暮秋煙。"[②] 但他也非常明白，自己同陶淵明對人生意義的追求是並不一致的："中原人各有東籬，我有東籬徑去之。寄語北窗高臥者，如今不是永初時。"[③] 使命感不允許遺民高臥北窗，儒家的價值觀決定了他們必然步孔子後塵，是一個僅能"辟人"自全，卻無法放棄人間世事，悠然"辟世"的群體。

① 《詩廣傳》卷3，《船山全書》第3冊，第432頁。
② 《重陽讀陶詩有感》，《白耷山人詩集》卷6下，《四庫禁毀書叢刊》集部第119冊，據中科院圖書館藏清康熙刻本影印，北京出版社2000年版，第497頁。
③ 《陶靖節墓》，《白耷山人詩集》卷8，第573頁。

清初五十年間明遺民群體之嬗變

一 引言

清朝入關以後，意欲取代明王朝，建立在中國的統治，他們面對滿漢人口數量與文化上的巨大差異，採取了一系列以漢傳統政治文化制度治理中國，從而博取人心、穩固政權的措施。其中對待漢族士人的政策，雖有起伏，但消解（壓制或緩和）漢人的民族情緒，盡可能地吸納故明士人為其效力，卻一直作為施政的一項重要方針長期實行。

明遺民活動的主要時間範圍是從甲申年到康熙三十年（1692）前後，約五十年。這五十年恰是清初社會由動蕩到逐漸穩定的過程，此間明遺民的生活與心態都發生著巨大的變化。群體中年紀較長者日漸殂落，隨著時間推移，傷痛淡忘，不少人難以抵禦生活的壓力或誘惑，轉向於在新朝的昇平中尋找出路，應試和出仕的人越來越多。顧炎武（1613—1681）感歎："豈無一二少知自好之士，然且改行於中道，而失身於暮年。"① 中道降志，在當時是一個非常普遍的現象。而即使是那些始終堅持遺民身份的人，心態也不能不發生改變。明遺民的總體情緒，亡國之初是憤激難以自已；到了康熙中葉，隨著生活的逐漸安定慢慢趨於平靜，對清廷的統治也漸漸趨於認可。

考察明遺民群體的嬗變過程，我們可以對一些聚訟紛紜的問題有更深刻的理解。例如關於黃宗羲（1610—1695）的"晚節"。作為清初三大儒

---

① 《廣宋遺民錄序》，《顧亭林詩文集》，中華書局 1983 年版，第 33 頁。

之一，父親是殉難於晚明天啓朝的東林黨人，自己青年時期又曾出生入死，參加過十餘年抗清活動，黃宗羲晚年何以對清廷採取了友好的態度，令人費解。把它放到群體中來觀察，了解了清初遺民的生存環境，從其歷史際遇來思考這一帶有典型意義的個體現象，應該能夠更為貼近地體察其具體處境與心態走向。

明遺民群體的嬗變，在清初社會的發展中是一個突出的現象，它不僅是清朝政治統治逐漸穩定的重要側面，也集中體現了漢族士人在清初數十年中的心路歷程。但以往的明遺民研究對此尚未給予足夠的重視，到目前為止學術界還沒有就此過程進行過專門地論述。一般論文對明遺民心態的概括，也多採取靜態視角。因此，本文著力展現這一歷史事實，以期在明遺民的群體研究中引入動態考察的思路。

二　順治朝：薦舉與科舉的作用

清軍於甲申年進駐北京，改號稱制。次年南下，原想偏安江南的弘光朝廷很快覆亡。接繼弘光的兩個南明朝廷，隆武和永曆，均僻處一隅，沒有強大的控制能力。由明入清的多數漢族士人，除了繼續追隨南明者以外，都面臨著在新朝的出處選擇問題。

進入北京之初，局勢亟待穩定，為了恢復行政系統的有效運作，清廷立刻開始著手招徠故明官吏。進京第二日即稱："各衙門官員俱照舊錄用"，後多次重申。多爾袞親諭禮部曰："古來定天下者，必以網羅賢才為要圖。我國家求賢之心，眾易共曉"，為了展現其納賢的誠意，又表示："經綸方始，治理需人，凡歸順官員，既經推用，不必苛求"，① 並諭廷臣各舉所知。

為了安頓天下士子，同時培養新朝自己的官吏，清廷很快決定恢復學校科考。順治元年十月頒詔全國，定辰戌丑未年會試，子午卯酉年鄉試。舉人生員仍享有廩餼、優免賦役，前朝文武進士、文武舉人仍聽甄用。十

① 均見於《世祖章皇帝實錄》卷5，《清實錄》，中華書局1985—1986年版，第57、62、63頁。

一月七日試貢生，分別以知州、推官、知縣、通判任用。① 順治二年
（1645）於關內首開鄉試，② 吸引大批士子前來。順治三年（1646）二月首
次會試全國舉人，基於"開科之始，人文宜廣"，將中式額擴大至四百
名。③ 四月九日，從大學士剛林等疏請，訂於本年八月再行科舉，來年二
月再行會試，"其未歸地方，生員、舉人來投誠者，亦許一體應試"④。

清廷的這些舉動，在那些用世之心未泯的漢族士人心中自然不能不引
起波瀾。這時候，怎樣看待清廷與明朝之間的關係往往是他們決定在新朝
出處的關鍵，而清廷充分利用了明亡於李自成軍的情況，有效轉移了士人
的憤怒和敵意。他們號稱為明帝復仇，撫恤遺留臣民，禮待明朝帝王。順
治元年（1644）五月二日進駐北京，四日，即命令官民人等為崇禎帝服喪
三日。六月十五日傳檄南北，稱："予聞不共戴天者，君父之仇；救災恤
患者，鄰國之誼。"二十七日，移明太祖神牌入歷代帝王廟，並祭祀。⑤ 七
月，禮部議定，褒揚大順軍佔領北京期間明誓節死難之臣，卹其子孫，旌
其門閭。⑥ 這樣一來，明清兩個王朝之間的關係，非但不是敵對的，而且
清以"救災恤患者"的名義繼承明統似乎也就成了順理成章的事。清廷宣
稱："本朝定鼎燕京，天下罹難軍民，皆吾赤子。"⑦ "滿漢俱屬吾民，原無
二視之理。"⑧ 雖然滿漢之間的不平等事實依然存在，然而清廷如此表白，
無非是力圖瓦解漢人心中根深蒂固的"夷夏之辨"，營造出這樣一個幻象：
明清易代不過是歷史長流中普通的王朝更疊，新的王朝已經正式開始了它
的統治。

這些措施是有效的。順治朝的不少重臣，如陳名夏、陳之遴、龔鼎
孳、宋權、曹溶、孫承澤就吸納於此時。宋權並宣稱："舊主御宇十有七
年，民窮寇起，卒致篡弒之禍。幸聖主殲賊復仇，祭奠以禮，凡有血氣，

---

① 見於《世祖章皇帝實錄》卷5至卷11。
② 福格：《聽雨叢談》卷一，"鄉試同考官"條，中華書局1984年版，第39頁。
③ 《世祖章皇帝實錄》卷23，第201頁。
④ 《世祖章皇帝實錄》卷25，第215頁。
⑤ 均見於《世祖章皇帝實錄》卷5。
⑥ 《世祖章皇帝實錄》卷6，第66頁。
⑦ 《世祖章皇帝實錄》卷5，第57頁。
⑧ 《世祖章皇帝實錄》卷44，第350頁。

莫不感泣。"① 這種想法，在故明舊臣中應有一定的代表性。清軍佔領北京後，滯留京城的幾乎所有官員都投降了，此中的重要因素固然是明季士大夫對節義的篤信發生了動搖，亦與他們把亡國之恨直接針對了李自成軍甚為相關。

更為廣大的、暫時還不能確定自己出路的士人，則有不少陷入了苦悶。時人許令瑜對士人剛剛入清時的狀態如此描繪說："而微觀今人，六時虛擲，'子曰'盡抛；其賢者乃寄意於俳諧聲調、風雲月露之間，口不談六藝之科，學不循八股之業，曰：'吾無所用之'，全副精神，忽爾委頓。"② 明季士人，幾乎已經把科舉、仕進視為人生的必經之途，他們大部分的精力都集中在這上面。易代忽而使之中斷，對不少人來說，這就意味著不知道以後的生活應該怎麼安排，失落、甚至頹廢的情緒相當普遍。

清廷對科考的恢復正當其時。曾與陳子龍共同主持幾社的宋徵輿，順治三年（1646）就參加了江南鄉試，次年中進士。崇禎朝為抗擊清軍而殉節的烈士宋應亨之子宋琬，也同時進身清朝。他的學生王熙回憶其在避亂之中"講論《尚書》大指，不以流離故輟業"，③ 他自言"不能恬處茞澤"，④ 卻並未因此而感到多少不安。

在明朝沒有出仕經歷的士人在新朝參加科舉入仕，面臨的輿論壓力和自我心理壓力都比較小。這首先是因為一般認為他們受先朝恩澤較少，因而相應地不必與故明舊臣承擔同等的責任，在"養親"與"忠君"之間，可以傾向於前者。有些志節堅定的遺民，也持有這種看法。孫奇逢（1584—1675）云："古來烈士英人值屯遭蹇，已入仕者先君後親；未入仕者先親後君，各有攸當。"⑤ 屈大均也說："人盡臣也，然已仕、未仕有分。已仕則急其死君，未仕則急其生父，於道乃得其宜。"⑥ 陳確云："士生乎

① 《貳臣傳》（清琉璃廠印本）卷5，第30頁。
② 《與許芝田書·附答書》，《陳確集》，中華書局1979年版，第71頁。
③ 《重刻安雅堂詩文集序》，《安雅堂文集》，《續修四庫全書》，上海古籍出版社1994—2002年版，第2頁。
④ 《報錢湘靈書》，《安雅堂文集》卷2，第54頁。
⑤ 《復彭了凡》，《夏峰先生集》卷7，《四庫禁毀書叢刊》，北京出版社1996—1999年版，第189頁。
⑥ 《周秋駕六十壽序》，《屈大均全集》第3冊，人民文學出版社1996年版，第92頁。

今之世，或不得已而出試於有司，吾無惡焉耳。"① 此 "不得已" 中最重要
的一條就是養親。他又說："國難殊足量，家禍亦可憐；移孝即作忠，親
親宜所先。"② 值得注意的是，明遺民中以孤憤著稱的歸莊竟然也說："純
孝移忠此日心"，③ 可見這在當時是一種相當普遍的觀念。

　　孝與忠同為倫常對士人的道德要求，先秦儒家對 "孝" 更為強調。孔
子把 "事父母能竭其力" 放在 "事君能致其身"④ 前面，認為 "邦有道，
則仕；邦無道，則可卷而懷之"，⑤ 卻堅持為子者應當守孝三年。"孝" 是
對自然人性所作的道德引導，"子生三年，然後免於父母之懷。夫三年之
喪，天下之通喪也"⑥。它直接來自血緣，"親" 的關係較之 "君"，更加
牢固和不可轉移。在人倫關係上，事君相當於事親的延續，事親盡孝，處
理好最切近的血親關係，是道德的根本："其為人也孝弟，而好犯上者，
鮮矣；不好犯上，而好作亂者，未之有也。君子務本，本立而道生。孝弟
也者，其為仁之本與！"⑦ 隨著後世君權的不斷加強，漢武帝時期，臣對
君的服從趨於絕對以後，"忠君" 的觀念也強化了，但把孝道作為事君
以忠的基礎，一直沒有大的改變。在易代之際，對於尚未入仕 "事君"
的士人，以 "孝" 為先作為應時從權之道，勉強解決了士人在處理君親關
係時的尷尬。

　　這種例子為數不少。孫奇逢《藍田知縣乾興楊君墓誌銘》記邑人楊行
健 "丙戌、丁亥兩赴春闈，輒傾硯墨污其卷，不終場事而歸"，他的父親
找到孫奇逢，說："吾兒兩不終場，其意可知。然如二人老病何？"並請孫
開導他。於是孫奇逢對楊行健說："父子非立名之地，拂親心而談高蹈，
恐已心亦不慊也。"⑧ 在君、親之間必須選擇其一時，孫奇逢作為一位遺民
兼名儒，其話語具有的權威性緩解了楊行健的 "背君" 的道德壓力，促成

---

① 《試訟說》，《陳確集》，第 251 頁。
② 《告宗祠》，《陳確集》，第 632 頁。
③ 《送徐公肅修撰服闋還朝》，《歸莊集》卷 1，上海古籍出版社 1984 年版，第 100 頁。
④ 《論語·學而》。
⑤ 《論語·衛靈公》。
⑥ 《論語·陽貨》。
⑦ 《論語·學而》。
⑧ 《夏峰先生集》卷 9，第 248 頁。

了他的入仕。而當楊行健以出仕新朝為恥，自言"年逾不惑而迷驚益甚。志未得遂，未免降志；身不能守，未免辱身"時，孫奇逢又寬慰他道："君志何降而身何辱也？自以為降且辱，正蘧伯玉知非之心，可與言學矣。毛義於親在捧檄而喜，親沒遂不復出，吳草廬非宋孝廉乎？今之仕者孰為草廬而不仕者孰勝草廬也？君之出也，不違親以立名；不出也，不違道以干進，志何降而身何辱焉？"① 他說只要不是為了追求名利，由於順從父親的意願而出仕，是"孝"，行為就合乎道德規範，算不上是降志辱身。類似的情形多見於時人的文集、傳記當中。如陳確的友人孫宏以及與方文、吳嘉紀等眾多遺民交好的汪楫等，皆似之。

此外，隨著時日稍長，亡國之初的傷痛和憤怒在不少士人心中漸漸淡去，取而代之的是個人具體生活需要的考慮，能夠在可以追求的榮利與犧牲現實利益而堅持道德理想之間選擇後者的人畢竟是少數。晚明社局中人，入清後"大半伏處草間，至戊子（順治五年即 1648 年）科盡出而應秋試"。② 張履祥就其所見感慨道："方昔陸沈之初，人懷感憤，不必稍知義理者亟亟避之，自非寡廉之尤，靡不有不屑就之之志。既五六年於茲，其氣漸平，心亦漸改，雖以嚮之較然自異，不安流輩之人，皆將攘臂下車，以奏技於火烈具舉之日。"③ 清人筆記中更留下了對此的尖刻諷刺：

> 聖朝特旨試賢良，一隊夷齊下首陽。家裏安排新雀帽，腹中打點舊文章。當年深自慚周粟，今日幡思喫國糧。非是一朝忽變節，西山薇蕨已精光。④

黃宗羲以士人生活的世俗牽絆為這種現象做出了說明："當夫喪亂之際，凡讀書者，孰不欲高箕穎之節。逮夫事變之紛拏，居諸之脩永，波路壯闊，突竈煙銷，草莽籬落之間，必有物以害之。故卑者茅靡於時風，高

---

① 《藍田知縣乾興楊君墓誌銘》，《夏峰先生集》卷 9，第 248—249 頁。
② 杜登春：《社事始末》，《中國野史集成》，巴蜀書社 1993 年版，第 642 頁。
③ 《與唐灝儒三》，《楊園先生全集》卷 4，中華書局 2002 年版，第 77 頁。
④ 褚人獲：《堅瓠五集》卷三，《筆記小說大觀》第 3 編第 8 冊，江蘇廣陵古籍刻印社 1984 年版，第 4095 頁。

者決裂於方外，其能確守儒軌，以忠孝之氣貫其終始者，蓋亦鮮矣！此無他，凡故疇新畝，廩假往來，屋廬童僕，吾不能忘世，世自不能忘吾，兩不相忘，則如金木磨蕩，燎原之勢成矣。"① 士人被理想與現實同時拉扯著，堅持理想的同時，必須抵禦現實的壓力與誘惑，而後者的不斷加強又使前者變得越來越艱難，到了一定程度，屈服於現實而捨棄道德理想就成了他們半含期待半含無奈的選擇。

借助遺民方文（1612—1669）《嵞山集》中的幾首詩，可以了解其友人吳百朋的變化過程。吳百朋，字錦雯，國變前曾參加陳子龍主持的登樓社，與陸圻、柴紹炳、毛先舒等人並稱"西泠十子"。② 順治二年，方文曾有詩探問他的出處意向："別離曾幾日，舉目異山河。東海魯連少，南朝江總多。人情都可見，君意欲如何？秋水監橋路，相尋話薜蘿。"③ 他顯然並未讓方文失望，因為順治七年（1650）《喜吳錦雯來自越》云："妙年能不赴春闈，此意如今識者稀。無論君親恩可忘，只言師友訓難違。"④ 但到了順治十五年（1658），吳百朋還是參加了科考，雖然失利，也通過銓選授了一個蘇州司理，方文詩中有記錄："今春赴禮闈，射策復不偶。天壇同我宿，中夜咨嗟久。亡何試銓曹，首選得司理，除授乃吳郡。"⑤ 他從守節到出仕的具體原因已無法詳察，我們從方文的詩中可以約略探知一二。首先，他應該是一個用世之心較強的人，方文稱頌二者友情的詩句云："君嘗語同輩，吾但不為官。苟徼一命榮，安忍忘所歡。"⑥ 從側面可以反映出他曾經有過的用世豪情。其次，不能抵擋生活的艱苦可能是導致他出仕的另一個原因，方文出言微諷云："無奈山中饑餒何，便應謁選勿蹉跎。殘年但得推知職，今世誰論甲乙科。"⑦ 最後，其中可能也有養親的壓力，

---

① 《楊士衡先生墓誌銘》，《黃宗羲全集》第 10 冊，浙江古籍出版社 1994 年版，第 467 頁。
② 趙爾巽等《清史稿》卷 484，中華書局 1977 年版，第 13355 頁。
③ 《寄懷吳錦雯》，《嵞山集》卷 4，上海古籍出版社 1979 年版，第 222 頁。
④ 《嵞山集》卷 7，第 371 頁。
⑤ 《聞吳錦雯授蘇州司理喜而有寄》，《嵞山集》，第 557 頁。
⑥ 同上。
⑦ 《天壇同劉杜三、王長、吳岱觀、嵇淑子、吳錦雯、王白虹、黃向先諸子飲，囑余為卜闈事，皆不利。戲贈二絕》，《嵞山集》，第 613 頁。

方文亦有詩為之開脫曰："吳生本是采薇人，捧檄之官只為親。"①

最初選擇做遺民，後來又漸漸轉移的人絕對不止吳百朋一個，閻爾梅記清永壽縣令李如瑾的經歷就幾乎如出一轍："永壽令李君懷仲，黃岡人，皇明名孝廉也。生而有至性，敦孝友，讀書立言，一以自愛為務。遭國變，遁山中十載，家甚貧，至無以為漿水資，勉強上公車，不第，遂謁選，得陝之永壽縣，奉老親就養焉。"② 無怪黃宗羲要感歎"上之學性命之學，次之亦以文章名節自任，其視億兆人如無有"的數十豪傑之士，經過了時間的洗禮，"某也迫於饑寒，某也轉於流俗"。③

薦舉一途，在清廷最初恢復國家行政機構之時曾起過很大作用，可是到了順治三年（1646），各機構的缺口補上之後，清廷的態度卻暗暗發生了變化。這從其對蘇松巡按趙弘文的處理上可以體現出來，《清世祖實錄》卷二十七順治三年八月壬寅日（二十九日）記："蘇松巡按趙弘文疏薦故明詹事府少詹事吳偉業、修撰楊廷鑑、都給事中錢增、御史李模等十五員。疏入，得旨：趙弘文濫舉多員，徇情市恩，下所司議處。"案：列名的被薦者中，吳偉業是明崇禎四年（1631）探花，崇禎帝親許為"正大博雅，足式詭靡"④ 者，文名早著；楊廷鑑是崇禎十六年（1643）狀元；李模在明朝居官亦有能聲。趙弘文的舉薦，無論如何稱不上"濫舉"。值得注意的是，順治三年八月十八日，清廷還因類似原因處理了順天督學御史曹溶，《清世祖實錄》同卷記："降原任順天督學御史曹溶二級調用，以濫送貢監故也。"次年正月，曹溶因此被革職。這兩件接連發生的事透露出局勢稍微穩定之後，清廷對漢族士人的任用，從熱切轉為了遏制。

這種情況到順治帝（1644—1661）親政以後發生了明顯的改變。政治思想逐步形成的順治帝由於漢族文化的熏陶，日漸服膺於儒家之道，並明確認定其為治國的根本。他通過大量漢文化典籍的閱讀，參考日常處理政

---

① 《姑蘇東吳司理錦雯》，《盒山集》，第 670 頁。
② 《白耷山人文集》卷上，《四庫禁毀書叢刊》集部第 119 冊，據中科院圖書館藏清康熙刻本影印本，第 613 頁。
③ 《稱心寺誌序》，《黃宗羲全集》第 10 冊，第 2 頁。
④ 顧湄：《吳先生偉業行狀》，錢儀吉編《碑傳集》卷 43，翰詹上之上，文海出版社 1980年版，第 2149 頁。

務的實際，得出結論："聖人之道，如日中天，講究服膺，用資治理。""上賴以致治，下賴以事君"，"天德王道，備載於書（《五經》），真萬世不易之理也"①。

出於對儒家文化的偏好，也為了削弱滿清貴族的勢力、加強皇權，親政後不久順治帝就著手加強漢官的地位和作用，舉薦故明官吏和山林隱逸之士在此時又成為熱潮。順治十年（1652）正月，採納大學士范文程等議，命部院三品以上大臣各舉所知，而且特別申明"不論滿漢新舊，不拘資格大小，不避親疏恩怨"。②

對遺民的舉薦在此之前就開始了，順治九年（1653）十一月，已經覺察到朝廷動向的順天巡按陳棐疏薦了隱居薊州故明進士李孔昭，容城縣故明舉人孫奇逢。③ 李孔昭避去，④ 孫奇逢以病辭，⑤ 這次舉薦沒有成功。順治十年春，剛剛從嶺南返回桐城故里的方以智（1611—1671）趕上了薦賢的高峰。從安徽到了南京，避無可避，方以智只好在迫不得已之下皈依了佛門，他記其事云："迫冬歸省，僅僅一月，操江逼之出，三省又逼之出，惟矢涅槃，閉關兩花。"⑥ 出此下策，方以智甚為無奈，自稱："家有數千年正決之學，而復不能侃侃木舌，且行異類。"其子方中通歌哭云："嗟呼！天有無！何令我父剃髮除髭鬚。只此一腔忠臣孝子血，倒作僧人不作儒！"⑦ 對方以智等人的舉薦，反映出清廷加強了對漢族士人精神領袖的重視——包括對遺民群體的重視，它實有以之逼迫其俯首就範的意圖在內。

吳偉業（1609—1671）再度受到舉薦。順治十年，他接受了清廷的徵召入京，先授為秘書院侍讀，順治十三年（1656）升國子監祭酒，年底辭

---

① 《世祖章皇帝實錄》卷68，第538頁；卷72，第572頁。
② 《世祖章皇帝實錄》卷71，第565頁。
③ 《世祖章皇帝實錄》卷69，第546頁。
④ 西亭凌雪：《南天痕》卷19，《臺灣文獻叢刊》本，大通書局1987年版。《逸士傳》云："巡按御史陳某疏薦於朝，有司物色之，不知所在"，第339頁。
⑤ 魏裔介：《孫徵君先生傳》，《夏峰先生集》卷首，第12頁。
⑥ 《靈前告哀文》，《浮山文集後編》卷1，《續修四庫全書》集部第1389冊，據湖北圖書館藏清康熙此藏軒刻本影印本，第373頁。
⑦ 《癸巳春省親竹關》，《陪詩》卷1，轉引自《方以智年譜》，安徽教育出版社1983年版，第182頁。

官還鄉。關於吳偉業仕清的詳情以及前後的心態，學術界已經有不少研究
成果。葉君遠的文章《吳梅村應召仕清之際心態探微》，分析了吳偉業在
此前後的詩文，認為他的出仕非其本願，是迫於清廷一再催逼，因為害怕
稍有抗拒會危及家人而無奈的順從。① 王于飛的論文《吳梅村生平創作考
論》，則回溯吳偉業順治六年（1651）以來和官場中人的頻繁交往，認為
他曾有意營求。② 但不管吳偉業有沒有營求的意向，有三個事實是研究者
們一致承認的。其一，在清議的輿論壓力下，也出於對自己節操的珍惜，
吳偉業曾力圖辭薦自保，他曾有《上馬制府書》、《辭薦揭》，兩次向舉薦
自己的兩省總督馬國柱懇辭，又寫下《投贈督撫馬公二首》詩，表達自己
安於田園的心願，其二有云："青山舊業安常稅，白髮衰親畏遠遊。慚愧
推賢蕭相國，邵平只合守瓜丘。"③ 固窮守節，在其心中分量仍然很重。
其二，清廷方面，為了促使吳偉業出仕，軟硬兼施，除了冠冕堂皇的舉
薦之外，也有兇惡霸道的逼迫，他後來回憶當時的情形說："改革後吾閉
門不通人物，然虛名在人，每東南有一獄，長慮收者在門，及詩禍史禍，
惴惴莫保。十年，危疑稍定，謂可養親終身，不意薦剡牽連，逼迫萬狀。
老親懼禍，流涕催裝。"④ 其三，不到三年的仕清，給吳偉業的後半生帶
來了無窮的痛苦和悔恨。出仕時他已有萬念俱灰之歎，《賀新郎·病中有
感》云：

> 為當年、沈吟不斷，草間偷活。艾炙眉頭瓜噴鼻，今日須難訣
> 絕。早患苦、重來千疊。脫屣妻孥非易事，竟一錢不值何須說！人間
> 事，幾完缺？⑤

他痛感自己的節操就這樣被毀於一旦，從此以後，"耿耿胸中熱血"
再得不到世人承認。無奈、委曲，又怎能向人陳說？即便說了，又能得到

---

① 見於《清代詩壇第一家——吳梅村研究》，中華書局 2002 年版。
② 王于飛：《吳梅村生平創作考論》，浙江大學博士學位論文，2001 年。
③ 《吳梅村全集》卷 6，上海古籍出版社 1990 年版，第 176 頁。
④ 《與子暻疏》，《吳梅村全集》卷 57，第 1132 頁。
⑤ 《吳梅村全集》卷 22，第 585 頁。

世人多少諒解？

　　也有人就此踏上了仕途，順服地做了清廷的臣子。與吳偉業同時被薦的楊廷鑑、宋之繩、方拱乾、陳士本等人都是如此。其中宋之繩，原為明崇禎十六年（1643）一甲第三名進士，官編修，崇禎十七年陷北京城中，備極拷掠，稍得間，便奔回南京。入清以後"自荷鋤驅犢，或抱甕汲，或躬桔橰引水，耕田自食"，"陳名夏方為相……約招公出，公絕不與通"。①如此堅持了十年，乾隆年間朝鮮人編撰的《皇明遺民傳》還將他收錄為遺民。②宋之繩被徵召以後，當年即授內翰林國史院編修，順治十四年（1657）又為順天主考官，此後一直得到順治帝的信任。

　　邵廷采曾感慨："明之季年，猶宋之季年也。明之遺民，非猶宋之遺民乎？曰節固一致，時有不同，宋之季年，如故相馬廷鸞等，悠遊岩谷，竟十餘年，無強之出者。其強之出而終死，謝枋得而外，未之有聞也。至明之季年，故臣莊士往往避於浮屠，以貞厥志，非是，則有出而仕矣。"③與元初相比，清初政策對漢族士人是籠絡與高壓並重，在由此造成的社會氛圍中，明遺民的守節益發顯得艱難。

　　遺民被迫參加科舉考試在順治朝末年成為一個普遍現象。方文在詩中多有詠歎，順治十五年（1658）《柬章翌茲、許天玉、姚瞻子、陸東漢四孝廉》序曰："四子前此俱未會試，今始至京謁選。"詩云："之子登科日，先皇全盛年。高文傳海內，晚節老江邊。有逼重來此，雖官亦可憐，不如鷗鵠鳥，奮翅向南天。"④順治十六年（1659），其《送汪我生內兄北征》亦云："高義輕榮祿，閒居十五年。俄驚公府檄，又上孝廉船。道在何防仕，時危且任天，此心常炯炯，不必蹈前賢。"⑤順治十八年（1661），《贈章翌茲司理》又云："雖曰涸風塵，此至白於水。天下同心人，諒其不得已。"⑥

---

　　①　計東：《清故江西布政使司參議分守南瑞道宋公行狀》，《改亭集》，《四庫全書存目叢書》卷16，齊魯書社1997年版，第730頁。

　　②　《皇明遺民錄》卷6，見謝正光、范金民編《明遺民錄彙輯》，南京大學出版社1995年版，第241頁。

　　③　《明遺民所知傳》序，《思復堂文集》卷3，浙江古籍出版社1987年版，第211—212頁。

　　④　《鉽山集》，第584頁。

　　⑤　同上書，第657頁。

　　⑥　同上書，第781頁。

這應當跟清廷加緊對漢族士人的控制有關。順治十四年（1657）大興科場案，將參與科場舞弊的官員、士子或處以極刑，或流徙極邊極遠之地，株及父母妻子兄弟，受到牽連者難以數計，以致"朝署半空，圄圉幾滿"。① 順治十七年（1660）元月，又嚴申結社訂盟之禁。② 這些事件看起來聯繫不大，實質上出於執政者共同的心理動機：對漢族士人的管理，不可軟弱放縱，任由其發展，必須讓他們體會到政權的強硬，成為不敢任意妄為的順民。

三　康熙帝（1662—1722）親政以前：對漢族士人的高壓

順治十八年正月，順治帝死後，四大臣輔政，政權又回到滿清舊貴族手中，他們對於漢族士子一貫排斥，在公開頒佈的順治帝遺詔中，以"漸習漢俗"，"委任漢官"作為施政的失誤。③ 在這種情緒下，清廷開始一意打擊有反清意識的遺民，"通海案"與"明史案"就大興於此時。

"通海"本是清廷常給聯絡南明軍隊參與秘密抗清活動者所加的罪名。順治十五、十六年（1658、1659），鄭成功水師兩度進入長江，周圍城鎮望風來附，鄭成功幾乎攻下了南京，江南半壁震動。事後，"通海"的罪名極其敏感。順治帝在位時尚未成大獄，④ 他一死，滿清貴族即借機懲戒有反清思想的廣大士民，不惜大開殺戒。福建"民以通海獲罪，株連數千人"。⑤ 而吳會地區則更為嚴重，據計六奇所撰《金壇獄案》，僅金壇一地，"海寇一案，屠戮滅門、流徙遣戍，不止千餘人"。⑥

"明史案"也發生於順治十八年。是案，清廷有意殺戮示威，將莊廷鑨《明史》書中列名之十八位編撰者⑦皆論死，刻書、賣書、購書者，以

---

① 信天翁：《丁酉北闈大獄紀略》，樂天居士輯《痛史》第 3 種，商務印書館 1911 年版。
② 《世祖章皇帝實錄》卷 131，第 1016 頁。
③ 孟森：《清代史》第二章考論，這份遺詔並非出自順治帝的本意，詳見其書，正中書局 1983 年版，第 127—129 頁。
④ 《哭廟紀略》（《痛史》第二種）記：己亥（順治十六年）秋，江寧撫、按以金壇、鎮江等地官紳降鄭成功事上聞，順治帝曰："他們怕死耳，不必問。"其事遂寢。
⑤ 《清史稿》卷 277，《于成龍傳》，第 10085 頁。
⑥ 《吳耿尚孔四王全傳》附錄《金壇獄案》，《臺灣文獻叢刊》第 241 種，第 35 頁。
⑦ 翁廣平《書湖州莊氏史獄》云為二十四人（《東山國語》附錄，《臺灣文獻叢刊》第 163 種，第 182 頁）。

及涉案知府、推官等人一併連坐，獄竟，發莊廷鑨墓，焚其骨，死者七十
餘人，遣戍者百餘人。

被害者中，有顧炎武的好友吳炎、潘檉章。顧炎武有《聞湖州史獄》、
《汾州祭吳炎、潘檉章二節士》、《寄潘節士之弟耒》等詩，均為此事而作，
後詩曰："筆削千年在，英靈此日淪。猶存太史弟，莫作嗣書人。門戶終
還汝，男兒獨重身。裁詩無寄處，掩卷一傷神。"① 他告訴潘耒說此後要盡
可能地保全自己，遠離禍患，"莫作嗣書人"一語，包含了遺民們面對殘
酷現實不得不自我壓抑的深切無奈。

士人為了避禍，稍稍表示順服而出仕的人也有。嚴書開，本為遺民
情緒極為強烈、意志堅定者，國亡後曾"陡走三千里抵昌平，哭覲莊烈
帝陵盡哀"，"既歸，杜門不復應公車"、"溧陽陳名夏、合肥龔鼎孳，皆
書開同年友；入仕本朝，方貴顯。知書開才，移書勸之出，將薦之；書
開堅拒焉"。可其所居的湖州，"戊亥（順治十五年戊戌、順治十六年己
亥）間，海上師起，邑中大姓為群小不逞所欲，輒誣以通海，甚者誅夷竄
塞外。書開家故饒裕，坐是大困。縣令且強之試；宗人或怖之曰：子不
出，禍且及族矣"。在這種恐怖氣氛下，他只好在"矰繳徧野，鴻鵠安翔？
且奉先人遺體，可令乏祀耶？"② 的感歎中勉強參加了甲辰（康熙三年，
1664）會試。方文追溯友人的出仕，也說："仍愁雲壑難安臥，強君出試
為免禍……壬寅捧檄之都門，仰首故宮聲暗吞。"③ 可見嚴書開之事並非一
個孤立的現象。在危機四伏，隨時可能被人以"通海"或"逆書"罪名告
訐的幾年中，"全身保親"是一個如此嚴峻的問題，為了最基本的生存，
士人們不得不對志節有所壓抑。

四 康熙帝親政以後：政策緩和以及博學鴻辭科

進入康熙朝後，明遺民群體中年長一輩者有不少人殂落。康熙二年
（1663），方文詩云："鼎湖龍去二十年，志士強半歸黃泉。雖有存者窮且

① 《顧亭林詩集彙注》卷4，上海古籍出版社1983年版，第839頁。
② 引文均見《南天痕》卷19，第344頁。
③ 《劉興父挽歌》，《龕山集》，第980頁。

老，加以患難多憂煎。"① 次年作《歲暮哭友》，序稱："數年以來亡友日多，然未有若今歲之甚者"，② 詩中哭錢謙益等五人。又次年，再作《歲暮哭友五首》。兩年之間，僅方文之友就有十人逝世，其中除了錢謙益可議之外，都是遺民。另外，方文的舊友邢昉逝於順治十年（1653），顧夢遊逝於順治十七年（1660），王猷定逝於康熙元年（1662），而方文自己，也在幾年以後（康熙八年，1669），客死無錫旅途中。

剩下來的人，到了康熙十年（1671），也大都六十歲左右，大多"窮且老"。顧炎武有言曰："生平所見之友，以窮以老而遂至於衰頹者，十居七八。"③ 陳芳績大概就是他所說的人之一。陳芳績，字亮工，遺民陳梅之孫。顧炎武避難語濂涇時，曾與之交好，其順治十二年（1655）詩云"十載江村二子偕，相逢每詠步兵懷"，④ 順治十三年《陳生芳績兩尊人先後即世，適皆亦三月十九日，追痛之，作詞旨哀惻》又云："留此一絲忠孝在，三綱終古不沈淪。"⑤ 但後來，顧炎武在給潘耒的信中提到陳芳績，卻說："昔有陳亮工者，與吾同居荒邨，堅守毛髮，歷四五年，莫不憐其志節。及玉峯坐館連年，遂忘其先人之訓，作書來蓟，干祿之願，幾於熱中。"⑥ 康熙帝親政之後，明亡二十餘年，南明的反抗已經熄滅，清朝的統治在吳三桂叛亂之前也進入了一段穩定發展的時期。而亡國之痛隨著時間的消磨也不再那麼清晰深刻，看著越來越多的人在新朝的生活步入了正軌，堅守到此刻的遺民便有人動搖。

康熙帝對待漢族士人的態度確實可以說得上溫和。康熙六年（1667），他親政前數月，就親自批復了濟南《啓禎集》案。《啓禎集》即明遺民陳濟生所編的《啓禎兩朝遺詩》，歸莊序稱其："首錄忠義諸公，如罹奄禍死者；與於甲申、乙酉之難，及前乎此、後乎此之殉國者；次則碩德名賢，

---

① 《常州縣慶寺訪楊逢玉留飲作歌》，《鈍山集》，第 934 頁。
② 《鈍山集》，第 1008 頁。
③ 《與人書六》，《顧亭林詩文集》，第 92 頁。
④ 《常熟歸生晟、陳生芳績書來，以詩答之》，《顧亭林詩集彙注》卷 3，第 443 頁。
⑤ 《顧亭林詩集彙注》卷 3，第 520 頁。
⑥ 《與潘次耕札》，《顧亭林詩文集》，第 168 頁。

立朝著大節而獲考終者；次則高士幽人，足羽儀一世者。"① 收錄的對象如此，集中必有觸禁者無疑，沈天甫等人即以之索詐吳元萊，吳元萊的父親是故明大學士吳甡，書中有其所作之序。吳元萊時已仕清，為中書舍人，反將沈天甫告於有司。事情上達至康熙帝，"上以奸民詿稱謀叛，誣陷平人，大干法紀，下所司嚴鞫，沈天甫等皆棄市，其被誣者悉置不問"②。重懲告訐者，以挾詐之罪而處以極刑，其中傾向性非常明顯：安撫漢族士人，對他們的故國情懷並不深究，只要求其當下安分於新朝。

同月，刑部又批定了御史田六善的這樣一道奏疏："近見奸民捏成莫大之辭，逞其詐害之術，在南方者不曰'通海'，則曰'逆書'；在北方者不曰'于七賊黨'，則曰'逃人'。謂非此則不足以上聳天聽，下怖小民。臣請敕下督撫，以後如有首告系謀反逃人等事，即與審理，情實者據事奏聞，情虛者依律反坐，毋得藉端生事，株累無辜。如奸民不候督撫審結徑來叩閽者，依光棍律治罪，查定例不俟原問官審結，徑行叩閽者，旗人枷號兩月，鞭一百，系民責四十板，流三千里。相應照此例行。"③ 顯然，康熙帝已經把安撫在此前備受驚怖的廣大士人作為其施政的急務在著手進行了。

康熙七年（1668），為了遷就漢族士子已經形成的習慣，康熙二年（1663）廢除的科舉以八股文取士制度被恢復。康熙八年（1669）下詔舉山林隱逸，對遺民的徵辟又形成了熱潮。"西泠十子"之柴紹炳、④ 孫奇逢之子孫博雅⑤等被薦。康熙九年（1670），趁著孝康皇后升祔禮，再次頒詔天下，"命有司舉才品優長、山林隱逸之士"。⑥ 浙江巡撫范承謨舉明翰林院編修葛世振，葛稱病不往，康熙帝特下諭旨曰："該撫既稱葛世振品行端重，才學優贍，仍著力疾前來，以副朕求賢任用之意。"⑦ 康熙十年

① 《天啟崇禎兩朝遺詩序》，《歸莊集》卷3，第181頁。
② 《聖祖仁皇帝實錄》（《清實錄》本）卷21，第300頁。
③ 《聖祖仁皇帝實錄》，第301頁。
④ 徐鼒：《小腆紀傳補遺》卷4《文苑傳》，（《臺灣文獻叢刊》第138種），第1005頁。
⑤ 《小腆紀傳補遺》卷5，《孝友傳》，第1021頁。
⑥ 《清史稿》卷109，第3183頁。
⑦ 《聖祖仁皇帝實錄》卷34，第467頁。

（1671），翰林院掌院學士熊賜履請顧炎武參與纂修《明史》。[①] 康熙十二
年（1673），陝西總督鄂善薦李顒，顒"誓死辭；書八上，皆以病為解。
得旨：'俟病癒，敦促入京。'自是大吏歲歲來問起居"[②]。

到了康熙十七年（1678）詔舉博學鴻儒，對故明遺老的網羅達到了最
高峰。此舉不但是康熙帝對待漢族士人一貫政策的發展，而且在時局中還
有特殊的意義。康熙十二年（1673）吳三桂發動的三藩叛亂，於此時已經
過了四個年頭，清廷基本穩住了局勢。康熙十五年（1676），跟隨吳軍作
亂的陝西王輔臣、福建耿精忠都已歸降，陷落的浙江諸州縣也已收復，康
熙十六年（1677），尚之信降，廣東平定，廣西、江西的吳軍力量已經非
常薄弱，吳三桂餘部困守湖南，岌岌可危。康熙帝沖齡踐阼，三藩亂起
時不足二十歲，撤藩並打這場仗是他頂住了朝中多數官員的求和意見，
全力支撐過來的，勝利在望之時，正是他最感到躊躇滿志、意氣風發的
時候。康熙十六年三月，康熙帝對翰林院掌院學士喇里沙等說："治道首
崇儒雅。……今四方漸定，正宜振興文教。"[③] 他覺得可以找些文人來潤色
鴻業，製造一代盛平氣象。而且，在此時舉行一場盛大的文會，吸引全國
士子的注意力，無疑能起到招撫人心的作用。它意在告知民眾，新的太平
盛世已經到來，新朝正以極其開放的姿態來接納士人。這樣一來，自然更
沒有人會投向只餘殘喘的吳三桂了。

此舉還有更深遠的用意，即收服故明遺老，將針對清廷的離心力減小
到最低限度。徐珂云："或謂是時臣民尚有不忘明代者，聖祖特開制科，
冀以嘉惠士林，消弭反側。"[④] 這從此次開科的各個環節都可以體現出來。
康熙十七年（1678）正月二十三日諭禮部曰：

> 自古一代之興，必有博學鴻儒，振起文運，闡發經史，潤色詞
> 章，以備顧問著作之選。朕萬幾餘暇，遊心文翰，思得博學之士，用

---

① 《記孝感熊先生語》，《顧亭林詩文集》，第 197 頁。

② 李元度：《國朝先正事略》卷 27，《名儒》，《清代傳記叢刊》第 193 冊，明文書局 1985
年版，第 206 頁。

③ 《聖祖仁皇帝實錄》卷 66，第 846 頁。

④ 《清稗類鈔》第 2 冊，考試類"聖祖優禮宏博舉子"條，中華書局 1981 年版，第 707 頁。

資典學。我朝定鼎以來，崇儒重道，培養人才。四海之廣，豈無奇才碩彥、學問淵通、文藻瑰麗、追蹤前喆者？凡有學行兼優、文詞卓越之人，不論已仕、未仕，令在京三品以上及科、道官，在外督、撫、布、按，各舉所知，朕將親試錄用。其餘內、外各官，果有真知灼見，在內開送吏部，在外開報督、撫，代為題薦。務令虛公延訪，期得真才。以副朕求賢右文之意。①

在正常的仕進之途外別開他徑，是唐以來一代王朝興起之初搜羅遺逸的常用手段，詔中曰"不論已仕、未仕"，意圖顯而易見。而且，以混融的方式全面徵求，其"一視同仁"的姿態，既可以消除遺民被直接針對的緊張感，又可以激勵那些已經認同了新朝的士人，使他們更深切地體會到王朝對才德之士的重視。

時距甲申之變已有三十餘年，明遺民中意志力稍弱者大都已經順服，年紀稍長的像孫奇逢、方以智、歸莊等人，已經凋落。剩下來在士林中有影響力的名著宿儒都成為薦舉的對象，顧炎武稱，此次舉薦，"幾遍詞壇"，②"同榜之中，相識幾半"，③幾乎有將故明遺老一舉驅入彀中的意思。並且比起以往的徵召，此次態度更為堅決，七月，吏部報稱："各省題薦人員，原令其作速起程，今陝西李顒、王弘撰，江南汪婉、張九徵、周慶曾、彭桂、潘耒、嵇宗孟、張新標、吳元龍、蔡方炳，直隸杜越、范必英，浙江應撝謙，山西范鄗鼎，江西魏禧，並以疾辭。陝西李因篤以母老辭。"得旨："李因篤等既經諸臣以學問淵通、文藻瑰麗薦舉，該督撫作速起送來京，以副朕求賢至意。"④"作速起送"有半強迫的意味，並沒有給被徵者留下多少迴旋的餘地。

遺民的反抗自然還是有的。上面列名的魏禧（1624—1681），在有司的催逼下，"不得已，舁疾至南昌就醫"，巡撫驗之，"蒙被臥稱疾篤"。⑤

---

① 《聖祖仁皇帝實錄》卷71，第910頁。
② 《與李星來書》，《顧亭林詩文集》，第63頁。
③ 《答李子德書》，《顧亭林詩文集》，第74頁。
④ 《聖祖仁皇帝實錄》卷75，第966頁。
⑤ 《清史稿》卷484，第13316頁。

李顒（1627—1705），面對"催檄紛至，急若星火"，"吏胥晝夜守催，備及輿皂"，一直"堅臥自如，恬不為動"，"滴水不入口者五晝夜"，終於換來了"痊日督撫起送"① 之旨。

顧炎武，"豫令諸門人之在京者辭曰：'刀繩具在，無速我死。'"② 黃宗羲得知自己可能被薦，寫信給陳錫嘏，云："二十年來不敢妄渡錢塘，渡亦不敢一月留也。母子相依，以延漏刻。若復使之待詔金馬，魏野所謂斷送老頭皮也。"③ 因此，當葉方藹準備推薦他時，陳錫嘏阻止說："是特使先生為疊山、九靈之殺身也！"④ 事情才算作罷。

此外遺民被薦而堅拒不赴，可考的尚有：冒襄、⑤ 賀貽孫、陶季、⑥ 周容、⑦ 李鄴嗣、⑧ 王大經、⑨ 應撝謙、⑩ 徐夜、⑪ 朱用純、⑫ 萬斯同、顧景星、⑬ 呂留良（1629—1683）、⑭ 嵇宗孟、蔡方炳、⑮ 胡周鼒、費密、馮京、錢肅潤、⑯ 李清。⑰ 到了北京，托辭年老不試的有：傅山（1607—1684）、⑱

---

① 吳懷清：《二曲先生年譜》，《二曲集》，中華書局 1996 年版，第 676—678 頁。

② 《亭林先生神道表》，《全祖望集彙校集注》，上海古籍出版社 2000 年版，第 231 頁。

③ 《與陳介眉庶常書》，《黃宗羲全集》第 10 冊，第 161 頁。

④ 《國朝先正事略》卷 27，第 200 頁。

⑤ 《清史稿》卷 501，第 13851 頁。

⑥ 《清史稿》卷 484，第 13358 頁。

⑦ 《周徵君（容）墓幢銘》，《全祖望集彙校集注》，第 861 頁。

⑧ 《李杲堂先生軼事狀》，《全祖望集彙校集注》，第 945 頁。

⑨ 《國朝先正事略》卷 48，第 601 頁。

⑩ 《小腆紀傳》卷 54，第 726 頁；李富孫《鶴徵前錄》（《清代傳記叢刊》第 13 冊）"患病催行不到"者。

⑪ 《小腆紀傳》卷 55，第 748 頁；《己未詞科錄》卷 8。

⑫ 《小腆紀傳補遺》卷 3，第 988 頁。

⑬ 《小腆紀傳補遺》卷 4，第 1004、1006 頁；萬斯同又見《己未詞科錄》卷 8；顧景星又見《鶴徵前錄》"患病催行不到"者。

⑭ 呂葆中：《先君行略》，《呂晚村先生文集》附錄，《四庫禁毀書叢刊》集部第 148 冊，第 625 頁。

⑮ 《鶴徵前錄》"患病催行不到"者中之遺民。

⑯ 秦瀛《己未詞科錄》卷 8 "辭不就者"中之遺民。

⑰ 太倉顧張思以之入《己未詞科題名》，秦瀛《己未詞科錄》從之，沈德潛《鶴徵前錄後序》非之。

⑱ 李瑤：《疆繹史摭遺》南卷 13，《臺灣文獻叢刊》第 132 種，《文學、儒行列傳》，第 608 頁。

杜越；① 托辭疾病不試的有：王弘撰、② 紀昀。③

　　遺民的這些努力，無非意圖保住晚節。王弘撰到京後寓郊外昊天寺，
"雖同寓不數數見也"，④ 他在給顧炎武的詩中說："臨風每憶陶元亮，恐負
東籬晚節香"，"衰晚幽棲十載餘，行藏到此豈堪疏"。⑤ 傅山被薦後 "固
辭稱疾。有司舁其牀以行，……既至京師三十里，以死拒不入城。……詔
免試，許放還山，且特予中書舍人以寵之。……遂歸；在廷諸賢，皆出
城送之。山歎曰：'自今以還，其脫然無累哉！'既又曰：'使後世或妄
以劉因董賢我，且死不瞑目矣！'"⑥ 劉因雖為大儒，但以其曾仕元，傅
山便不肯與之並稱，怕的就是人們因為這個 "中書舍人" 而把自己作為
清朝的順臣。

　　康熙十八年（1679）三月初一日，受中外舉薦的百八十餘人⑦齊集體
仁閣參加考試。試前，翰林院掌院學士宣旨："汝等俱系薦舉人員，有才
學的，原不必考試，但是考試愈顯你們才學，所以皇上十分敬重，特賜汝
宴，凡是會試、殿試、館試、狀元、庶吉士俱沒有的，汝等要曉皇上德
意。" 其宴，"設高桌五十張，每張設四高椅，光祿寺設饌十二色，皆大盌
高攢，相傳給直四百金"⑧。宴後考試，試題僅一賦一詩，"璿璣玉衡賦"
與 "省耕詩"，命題之意，不過是讓與試者做歌頌太平的文字，而絲毫不
及具體政事，與進士考試大異其趣，正可以體現出清廷對這些 "博學鴻
儒" 的尊重態度，甚或對先為遺民的與試者的微妙體貼。

---

　　① 《國朝先正事略》卷 48，第 600 頁。

　　② 《小腆紀傳》卷 55，第 747 頁。

　　③ 《鶴徵前錄》。

　　④ 王弘撰：《山志》卷 5，中華書局 1999 年版，第 130 頁。

　　⑤ 《燕臺對菊寄呈亭林先生詩》、《再寄亭林先生詩》，轉引自趙儷生《王山史年譜》，《趙儷
生史學論著自選集》，山東大學出版社 1996 年版，第 428 頁。

　　⑥ 《南疆繹史》卷 13，第 608 頁。

　　⑦ 《鶴徵前錄》李富孫序錄《施愚山上內閣書》云 "凡百八十餘人"；孫枝蔚，《溉堂續集》
卷 6《見徵入京後作》云："百八十人何濟濟"（《溉堂集》，上海古籍出版社 1979 年版）；王士
禛，《池北偶談》云百八十六人，方錫仁，《松岑筆乘》同之；唯《聖祖仁皇帝實錄》云："試內
外諸臣薦舉博學鴻儒一百四十三人。"

　　⑧ 《己未詞科錄》卷 1，第 42 頁。

三月二十九，宣佈取中一、二等共五十人，"俱著纂修明史"，① 其中，"文未盈卷"的布衣嚴繩孫由康熙帝特拔為二等。② 五月十七日，分別授侍講、侍讀、編修、檢討諸翰林職銜。③ 未參加考試的傅山、杜越特授為中書舍人。④ 在考試中"不終幅而出"的孫枝蔚，得"天子雅重"，"命賜銜以寵其行。部擬正字，上薄之，特予中書舍人"。⑤

這次博學鴻詞之科，在當時被視為一代盛典，士人甚為企羨，王士禛云："右文之盛，古未有也。"⑥ 徐珂《清稗類鈔》記，閒居在家的魏裔介說："吾不羨東閣輔臣，而羨公車徵士。"⑦ 劉廷璣云："本朝己未召試鴻博，最為盛典，其中人材、德業、理學、政治、文章、詞翰、品行、事功無不悉備，洵足表彰廊廟，矜式後儒，可以無慚鴻博，不負聖朝之鑒拔，誠一代偉觀也。"⑧ 因遺逸之士膺薦猶多，也有人出言嘲諷，王應奎《柳南隨筆》記："四明姜西溟（宸英）有詩云：'北闕已成輸粟尉，西山猶貢采薇人。'時以為實錄。又吾邑吳蒼符（龍錫）《偶成》二首云：'終南山下草連天，种放猶慚古史篇。到底不曾書鵠板，江南惟有顧書年。'又云：'薦雄徵牘挂衡門，欽召金牌插短轅。京兆酒錢分賜後，大家攜釀衆春園。'"⑨

五十人中，未仕者過半，其中李因篤、潘耒、朱彝尊、嚴繩孫等以布衣入選，"海內榮之"。⑩

李因篤（1631—1692），明關中諸生，明季曾"招集亡命，殲賊以報國，無有應者"，歸而致力經史辭章，後與顧炎武為摯友。⑪ 明亡後他曾效

① 《聖祖仁皇帝實錄》卷 80。
② 《己未詞科錄》卷 1，第 56 頁。
③ 《聖祖仁皇帝實錄》卷 81。
④ 《鶴徵前錄》。
⑤ 《碑傳集》卷 139，第 6572 頁。
⑥ 《池北偶談》卷 2 "薦舉優異"條，中華書局 1982 年版，第 33 頁。
⑦ 《清稗類鈔》，"魏文毅羨康熙制科"條，第 709 頁。
⑧ 《鶴徵前錄》引《在園雜誌》語。
⑨ 《柳南隨筆》卷 4，中華書局 1983 年版，第 68 頁。
⑩ 《清史稿》卷 109，第 3177 頁。
⑪ 見江藩《李檢討因篤記》，《碑傳集》卷 39，第 1271 頁。

杜甫作《秋興八首》，① 寫故宮黍離之悲，深得時譽。康熙八年（1669）其又與顧炎武同謁崇禎帝攢宮，有詩：“北野逢寒食，西山戀采薇。駿奔陵邑近，齋宿墓田違。地托蒼梧在，天留皂帽歸。幾雲連隴月，兩處淚同揮。”② 故國憂思，未因時日而衰減。

因為聲譽，李因篤成為朝臣們交章舉薦的對象。他雖以母老堅辭，然而“秉鈞者聞其名，必欲致之，大吏承風旨，縣官加意迫促，其母勸之行，始就道”③。抵京後，李因篤便多方求助，乞望能免試歸養。其《受祺堂詩》卷十九、二十中《投贈家學士湘北公兼述近懷五十韻》、《述懷呈御史大夫魏公環谿先生》、《贈施尚白觀察》、《賦贈葉學士訒庵》等十餘首詩均致此意。《贈施尚白觀察》云：“公等皆大材，義宜備楨干。奈何為巨室，旁採到樗散？賤子嗟伶俜，行吟老澤畔。虛蒙薄幽名，鄙事何足算？少作晚知悔，思之中夜亂。人生非金石，百歲已過半，忍復舍慈親，晨征違里閈。靦顏從鵷行，忘己是鶴鸛。斯役曠無期，旅炊煙數斷。”悔虛名致害，以“樗散”、“鶴鸛”自擬，言不願仕，不足仕。戀戀孝養之情，言不可仕。情辭懇惻，確是出於真心。

然而李因篤雖多方努力，卻最終未能免試，試中以後，“授翰林院檢討，到任未兩月，即疏乞終養，三十七上，而始上聞，天子違部議，允終養”④。他回鄉之後，據好友王弘撰記：“深居簡出，絕無軒冕態。”

儘管李因篤努力堅持自己不仕清廷的志節，但他對於康熙帝的寬容仍是感激的。離開北京之際，他說：“聖恩深重容歸養”，⑤ “帝性孝且仁，深宮照無忒。懷歸憫小臣，念母情淒惻。詰旦沛殊恩，還山忽已得”。⑥ 在這

---

① 見李因篤《受祺堂詩》卷 1，《四庫全書存目叢書》本，第 470 頁。

② 考亭林詩集，《三月十二日有事於先皇帝攢宮同李處士因篤》，系於己酉年（《顧亭林詩集彙注》，第 991 頁），《彙注》又云：《受祺堂詩集》亦有《三月十二日有事於攢宮同顧徵士炎武賦用來字詩》：“再出松楸路，初將灑掃盃。百神春轉肅，孤寢墓同哀。渚雁依靈藻，峰霞拂繡苔。葱葱橋嶽氣，日向五雲來。”此詩今《四庫全書存目叢書》本《受祺堂詩》未見，《存目》本己酉年有《清明》詩，即上所錄者，記此事。

③ 江藩：《李檢討因篤記》。

④ 朱樹滋：《李文孝行狀》，轉引自華忱之《顧亭林文選》，四川人民出版社 1998 年版，第 255 頁。

⑤ 《留別詹事大兄三首》，《受祺堂詩》卷 21，第 668 頁。

⑥ 《留別吳侍講臥山》，《受祺堂詩》卷 21，第 668 頁。

種心情下，他也會發出"聖主垂裳九塞春"① 之言，對清帝的"仁治"表現出由衷的認可。

潘耒（1645—1708），字次耕，吳江人，其兄長即明史案中牽連被戮的烈士潘檉章。潘耒早年曾師從明遺民中以守志堅卓而著稱的徐枋、汪沨，徐枋稱之"高誼"。② 康熙八年（1668）以後受業於顧炎武，《顧亭林詩文集》中贈答之篇，寫給他的最多，諄諄教誨，情如家人。被薦之初，潘耒作了《寫懷》詩十首言志，其二有云："土木形骸臥竹根，一生無夢到金門。"表明自己從無仕宦之情；其四云："魂傷廢壟哀風樹，淚滴秋原痛鶺鴒。如此人才堪出否，誰云惜嫁為娉婷？"追懷兄長慘禍，極言己之不可出；其八云："沉冥早得閒居樂，恬淡彌堅學道心。留此鬚眉對松柏，風霜歲晚共千尋。"③ 則自勵澹泊學道，願如松柏之高潔堅勁。辭薦不得，到了北京以後，他又有《後寫懷》十首，記錄當時的情境。其二云："扣閽上書愁見抵，牽裾雨淚肯相矜。從容進退前人事，嘆息吾儕便不能。"其三云："天地為籠網四維，飈輪風馬逝安之？犧將斷尾嗟何及，路到臨歧最可悲。實愧田疇稱節士，方知梅福是男兒。"詩中的無奈歎息雖然仍舊出自不願應試之意，但也隱隱透露出他將會屈服的徵兆。其七云："版築奇才得見無，漫誇文采握靈珠。不淹丘索難名博，未貫天人詎作儒。側想一同讐虎觀，預愁詞賦擬鴻都。蒼生前席如勞問，可有監門出繪圖。"④ 充分體現了他複雜矛盾的心情，既有不耐"博學鴻儒"之稱的自嘲，不願側身虎觀的抵觸，又已"預愁詞賦擬鴻都"，勉強為應試作準備了，而"蒼生前席如勞問"中則更夾雜了些許期待。

潘耒出生於入清之後（順治二年），本沒有親身經歷過"故國"，他選擇做遺民，主要出於家庭、師長的影響，尤其是其兄長的慘禍帶來的傷痛。應試時潘耒僅三十五歲，為眾人中年紀最少者。儘管他素來甘於守節，但驟然間獲得清帝的特殊眷顧，以一介布衣面對如此機遇，潘耒畢竟

① 《冬日青門贈杭撫軍》，《受祺堂詩》卷22，第672頁。
② 《與姜奉世書》，徐枋《居易堂集》集外詩文，《四部叢刊》本，商務印書館1919—1936年版。
③ 《遂初堂詩集》卷3，《四庫全書存目叢書》本，第530頁。
④ 同上書，第531頁。

不能完全無動於衷，隱隱湧起用世之心，是可以理解的。雖然他在試前就
表白"心清不作槐根夢，白晝僵眠雪片中"，① 授官後仍一再表達此意，如
"朝簪雖自挂，隱籍未權刪。薄醉把芳草，不眠思故山"，② 然而清廷將中
試者"俱著纂修明史"的策略已經把他籠絡住了。送李因篤歸鄉時，他
寫道："我亦草疏章，懷之字磨滅。不能叫九閽，俯慚氣疲薾……史牒足
墜聞，雅志願補裰。但愁緒如麻，是非中膠轕。南董邈難追，縻祿腸內
熱……我須史書成，滄江鼓歸枻。"③ 雖然在清廷為官，可做的是修撰明史
之事，或許還可以承繼亡兄未竟的心願？他為自己的行為找到了價值依
託，並由此稍稍緩解了違背素志的心理壓力。

但身份一旦轉換，對清帝的態度必然隨之發生質的改變。潘耒康熙十
八年的詩作，開始把康熙帝當作自己崇敬的"君主"，《監修徐立齋學士見
示途中寄兩總裁暨諸同館詩用韻奉和四首》中云："文獻日以淪，我皇敦
文教。製作超無倫，旁求訪幽仄。"④ 康熙二十二年（1683）受御賜水果，
欣喜之情更加溢於言表："聖朝正意精鹽味，咫尺恩波詎有涯。""碧節丹
心味最嘉，況從禁御長根芽。宛疑仙掌三秋露，猶想蓮池千葉花。宛轉摘
來冰作繭，玲瓏削就玉消瑕。承恩不覺歸來晚，緩步清吟到水涯。"⑤ 此時
的潘耒，儼然已經是一位深受新朝恩寵的翰林學士了。

朱彝尊（1629—1709），浙江秀水人，明大學士朱國祚曾孫。明亡時
十六歲，即棄士籍。順治十一年（1654），在生活的極度艱難中遺民之志
猶堅，有《寂寞行》云：

> 寂寞復寂寞，四壁歸來竟何託？男兒不肯學干時，終當餓死填溝
> 壑。布衣甘踏東海濱，饑來乞食行負薪。不然射獵南山下，猶勝長安

---

① 《後寫懷》十首之八，《遂初堂詩集》卷3，第530頁。
② 《同陳其年諸子技李木庵齋盆梅滿屋燈影橫斜分韻四首》，《遂初堂詩集》卷4，第554
頁，此詩作於康熙二十二年。
③ 《送李天生還關中》，《遂初堂詩集》卷3，第530頁。
④ 《遂初堂詩集》卷3，第533頁。
⑤ 《賜果二首》，《遂初堂詩集》卷4，第554頁。

作貴人。①

　　順治十五年（1658）回到浙江故里以後，朱彝尊與山陰祁氏兄弟及魏耕等人來往密切，時魏耕等人正與海上鄭成功聯絡，策劃收復南京的軍事行動。根據朱彝尊此時與他們的關係，學術界比較一致地認為他是參與了秘密反清活動的。② 案發後，朱彝尊外出避禍，從此流浪天涯。康熙二年（1663）在北京，其詠《文丞相祠》云："尚憶文丞相，當年此誓師。計成猶轉戰，事去祇題詩。竹柏空祠屋，牲牢尚歲時。鴟誇他日恨，異代有同悲。"③ 康熙十年（1671）亦云："天書稠疊此山亭，往事猶傳翠輦經。莫倚危欄頻北望，十三陵樹幾曾青。"④ 故國之思並未淡去。

　　可是，在朱彝尊留下的詩文中，遍尋《曝書亭集》與《騰笑集》，卻難以發現他對博學鴻辭之選有什麼抵制。相反的，康熙十八年（1679）五月，他寫下《五月丙子侍宴保和殿恭紀二十韻》，中云："帝治原無外，皇居信有那。萬方皆屬國，六詔敢橫戈。洱海兵將洗，苴蘭石可磨。宣功宜作頌，聖德邁元和。"⑤ 康熙十九年（1680），他又主動上了《平蜀詩》十三章，其序云："臣伏見皇上即祚以來，仁聲溥洽，凡在海外，重譯來格……臣以布衣，被蒙恩澤，拔置史館……臣雖蒙滯，躬逢盛際，於以頌揚丕烈，其何敢後？"⑥ 他是為康熙帝的文治武功所折服，自願地要為之歌功頌德了。數年中，朱彝尊詩集裏感激清帝恩典的詩很多，如康熙二十二年（1683）一至四月連續寫下《元日賜宴太和門》至《賜鰦魚》共十六題十八首，又《恩賜禁中騎馬》云："薄遊思賤日，足繭萬山中"，⑦ 對比今日的榮寵與往昔的貧賤，感歎與感恩的情緒均十分強烈。

----

① 《竹垞文類》卷3，第248頁。
② 詳見朱則傑《朱彝尊抗清考》，《朱彝尊研究》，浙江古籍出版社1993年版。
③ 《曝書亭集》（四庫全書本）卷6，第61頁。
④ 《曝書亭集》卷8，《來者軒》，第22頁。
⑤ 《騰笑集》卷7，上海古籍出版社1979年版，第214頁。
⑥ 《曝書亭集》卷10，第20頁。
⑦ 《騰笑集》卷5，第157頁。

五　博學鴻辭以後：招撫政策的延續

博學鴻辭之後，對遺民的網羅並沒有停止。不久，以明史館的名義，葉方藹向顧炎武，徐元文向黃宗羲、李清再次發出了邀請。顧炎武、李清嚴拒之。黃宗羲雖然不至，但其所著關於明代史事之書以及所藏有關資料都被抄錄入京，他的兒子黃百家，門人萬斯同、萬言也都入了史局。康熙二十年（1681），清廷復徵隱逸，[①]繼續搜訪遺漏者。

在這樣的軟攻政策下，即使是那些沒有完全順服的遺民，不少人的行為與心態發生了變化。

憤激不平，無法接受道德理想遭受玷污的，浙東錢光繡（1614—1678）是其代表。全祖望《錢蟄菴徵君述》稱其"於出處之際最嚴"，見"吳越諸野老，多以不仕養高，而牧守干謁仍不廢"則作謠曰："昔日夷、齊以餓死，今日夷、齊以飽死。只有吾鄉夷齊猶昔日，何怪枵腹死今日。"這樣的執著，很難適應清初遺民群體分化的現實，因而"感懷家國，漸以蕉萃，遂成心疾"，最終在博學鴻辭大興之時，戊午（康熙十七年）四月十二日"竟以憤懣失意自裁"。[②]

大多數遺民的變化，大致來說有如下兩種走向。

其一，自此收斂行迹，韜晦守節。顧炎武從此隅居關右，"不干當事，不立壇宇，不招門徒"，[③] "逃名寂寞之鄉，混迹漁樵之侶"，[④] 自謂"平生四海心，竟作終南老"。[⑤] 傅山歸鄉後云："安靜和平，老人自圖待終之道，不過此四字而已。"[⑥] 呂留良康熙十九年（1680）再度被郡守以隱逸舉薦，致信友人說："薦事近復紛紜，夜長夢多，恐將來有意外。……欲先期作披緇出世之舉，庶可倖免。"[⑦] "時間紛紛，總不涉病僧睹聞

---

① 《清史稿》卷6，第208頁。
② 引文均見全祖望《錢蟄菴徵君述》，《全祖望集彙校集注》，第949頁。
③ 《答李紫瀾》，《顧亭林詩文集》，第65頁。
④ 《復陳藹公書》，《顧亭林詩文集》，第67頁。
⑤ 《送李生南歸寄戴笠、王錫闡二高士》，《顧亭林詩集彙注》卷6，第1243頁。
⑥ 《己未七月二十日教兩孫》，《霜紅龕集》卷25，山西人民出版社1985年版，第693頁。
⑦ 《與大火書》，轉引自包賚《呂留良年譜》，商務印書館1940年版，第151頁。

甲裏。"①

　　顧炎武的心情是落寞的，當他說"比者人情浮競，鮮能自堅，不但同志中人多赴金門之召，而敝門人亦遂不能守其初志"② 時，或許無奈更多過了憤怒。此後，他的詩中常常有類似的感慨，如："大道疑將廢，遺經重可哀。"③ "上愁法令煩，下慨淳風衰。"④ 而呂留良，雖自閉於"時間紛紛"之外，可心中非常清楚，隨著時間的推移，人們必定最終都將成為清廷的臣民，他在遺言中說："子孫雖顯貴，不許於家中演戲。"⑤ 並不抱讓他們繼承遺志的幻想。⑥

　　李顒，康熙十七年（1678）後"荊扉反鎖，久與世暌，世務未嘗縈懷，世事絕口弗及，坐以待死，業同就木"⑦。但他的名望使得他始終在清廷的關注範圍內，康熙四十二年（1703）康熙帝西巡，多次派官員請他一見。因其回說"抱恙"，便云"高年有疾，不必相強"。李顒之子前往行在謝恩，又曰："爾父讀書守志，可謂完節。"並賜書"操志高潔"，⑧ 以示旌表。在這樣的溫慰之下，李顒也難不生出感激之心，他的兒子在謝恩呈詞中說："捧皇上所賜御書扁額至家，安奉廳中，蓬蓽生輝，閭里增慶。言（李顒子名慎言）父病中聞之，喜極涕零，欷不能起言祖母於九泉，一睹聖主恩榮也。亟命言兄弟扶掖向，闕叩首，謝恩訖。"⑨

　　其二，在保持個人名節、不仕清廷的同時認可其統治。黃宗羲為其代表。黃宗羲的晚節多為後人譏議，其後期詩文裏對清廷態度的明顯轉變是一個重要原因。黃宗羲不但大量使用清帝年號，而且多次稱康熙帝為"天

① 呂葆中《先君行略》引與徐方虎書，《呂晚村先生集》附錄，第 625 頁。
② 《與蘇易公》，《顧亭林詩文集》，第 206 頁。
③ 《送康文學乃心歸郫陽》，《顧亭林詩集彙注》卷 6，第 1241 頁。
④ 《朱處士鶴齡寄尚書坤傳》，《顧亭林詩集彙注》卷 6，第 1248 頁。
⑤ 《遺令》，《呂晚村先生文集》卷 8，第 623 頁。
⑥ 徐介云："吾輩不能永錮其子弟以世襲遺民，亦已明矣。"（全祖望：《題徐狷石傳後》，《全祖望集彙校集注》，第 1365 頁）可以代表遺民對這個問題的一般看法。
⑦ 《柬欽差查荒諸公》，《二曲集》卷 18，第 209 頁。
⑧ 《二曲先生年譜》，《二曲集》附錄，第 698—700 頁。
⑨ 《二曲集》，第 701 頁。

子"、①"皇上"、②"聖主"、③"聖天子",④ 稱清朝為"新朝"。⑤《與徐乾學書》云:"方今殺運既退,薄海內外,懷音革狀,皇上仁風篤烈,救現在之災,除當來之苦集,學士大夫皆以琴瑟起講堂之上,此時之最難得者也。"⑥ 對康熙帝和當前的太平盛世充滿信心。

黃宗羲之所以會有這樣的表現,一方面可能是出於他對世事的切身感受。黃宗羲一生經歷了天下由動蕩轉為穩定的整個過程,在他的晚年,也就是康熙二十年(1681)以後,易代給社會造成的破壞已基本恢復,國家的政策比較寬鬆,人民生活安定,漢族士人也在清廷的安撫下大都希望能在朝有所作為。黃宗羲目睹這些變化,對清廷的態度轉為緩和,應該在情理之中。另一方面,也許更為重要的是,黃宗羲被清廷的多次優禮軟化了。

黃宗羲雖然拒絕博學鴻儒的舉薦,可是在給陳錫嘏的信中,已經表現出對起初想要舉薦自己,又因體諒而作罷的葉方藹等人的"見知如此"深為感激。⑦ 後來黃宗羲追述,又說:"會舉博學鴻儒,訒庵遂以余之姓名,而啓皇上。余空山麋鹿,不諳世用,庶幾同學之士,共起講堂,以贊右文之治。"⑧ 言語中流露出為當世所重、既能全志、又可用世的自喜之情是很強烈的。

黃宗羲雖然沒有赴明史館之徵,可說起此事:"義蒙聖天子特旨,召入史館。庶人之義,召之役則往役,筆墨之事亦役也,義以老病堅辭不行,聖天子憐而許之。"⑨ 專言蒙"特旨",又"憐而許之",可見黃宗羲對於康熙帝對自己的特殊眷顧十分在意。他晚年手訂《交遊尺牘》,主要收錄友朋往來的信件,終其一生,只選錄了二十六篇。但值得注意的是,其中有兩篇竟是張玉書、葉方藹致許三禮書。究其原因,這兩封信均為請許三禮轉錄黃宗羲關於明史的藏書而寫,它們可以代表清廷對政治、文化

---

① 《重建先忠端公祠堂記》,《黃宗羲全集》第 10 冊,第 119 頁。
② 《大方伯馬公救災頌》,《黃宗羲全集》第 10 冊,第 138 頁。
③ 《與徐乾學書》,《黃宗羲全集》第 11 冊,第 68 頁。
④ 《與李郡侯辭鄉飲酒大賓書》,《黃宗羲全集》第 10 冊,第 207 頁。
⑤ 《奉議大夫刑部郎中深柳張公墓誌銘》,《黃宗羲全集》第 11 冊,第 36 頁。
⑥ 《與徐乾學書》,《黃宗羲全集》第 11 冊,第 69 頁。
⑦ 見《與陳介眉庶常書》,《黃宗羲全集》第 10 冊,第 161 頁。
⑧ 《董在中墓誌銘》,《黃宗羲全集》第 10 冊,第 451 頁。
⑨ 《與李郡侯辭鄉飲酒大賓書》,《黃宗羲全集》第 10 冊,第 207 頁。

上層人物的重視。黃宗羲對此，顯然是感到非常滿足和榮耀的。

屢次的徵召，以及在徵召過程中清廷一直保持的謙和態度與對其處境的體貼，無疑使黃宗羲強烈感受到了清廷對自己的尊重。黃宗羲也樂於享受這種尊重。這或許就是他最終對清廷的態度也變得友善的重要原因。

黃宗羲的堅持不出，主要是為了保持一生行誼的終始不變。他送萬斯同北上入明史館時，告誡他："不放河汾聲價倒，太平有策莫輕題。"[1] 堅持到了這個時候，如果不小心從事，一生的名節很可能就毀於一旦。因而，李本晟邀他為鄉飲酒禮大賓，他一再推辭，說："不然，少無仕宦之情，老忘朵頤之戒，義之一身，將狼狽失據。"[2] 為了維護晚節，他是相當清醒和謹慎的。

黃宗羲在遺命中為自己的壙前望柱上留下的最後題辭為："不事王侯，持子陵之風節；詔鈔著述，同虞喜之傳文。"[3] 選取了不事後漢光武帝的嚴光自我指代，在以高潔自許時，暗中把自己的身份由"遺民"轉換為"逸民"，可見他已承認了清朝對明統的繼承。津津於"詔鈔著述"，更可見置此為一生中所得的最大肯定。把自己的學術成就置於政治權力的光環下，作為遺民的黃宗羲，仍然無法擺脫中國士人依附於政權的思維慣性。

在晚年轉變了對清廷態度的遺民並不止黃宗羲一人。錢澄之亦稱清朝為"今朝"，[4] 贊康熙帝："今上殫心經學，文教聿興。"[5] 又在與徐乾學等人的交往中，感歎康熙帝對臣下的仁厚。[6] 陸世儀謂松江婁縣："自明末困徵輸，俗始凋敝。國朝起而拯之。"[7] 冒襄說："國家龍興遼左。"[8] 他們行文的語氣中，對清廷的認同是顯而易見的。

---

① 《送萬季野貞一北上》，《黃宗羲全集》第 11 冊，第 290 頁。

② 《再與李郡侯書》，《黃宗羲全集》第 10 冊，第 208 頁。

③ 《梨洲末命》，黃嗣艾《南雷公本傳》，《黃宗羲全集》第 12 冊，第 101 頁。

④ 《龔端毅蘄水縣生祠重新碑記》，《田間文集》卷 11，黃山書社 1998 年版，第 197 頁。

⑤ 《送江南督學李醒齋太史特簡內閣學士宗伯還朝序》，《田間文集》卷 17，第 319 頁。

⑥ 見《贈徐健庵大司寇解任仍總理各館序》、《送大司寇徐健庵洞庭修書並祝其六十初度序》，《田間文集》卷 17，第 323、331 頁。

⑦ 《贈蛟水吳公去思序》，《桴亭先生文集》卷 4，《續修四庫全書》集部第 1398 冊，第 478 頁。

⑧ 《五狼督府公鎮臺公德政序》，《巢民文集》卷 5，《續修四庫全書》集部第 1399 冊，第 644 頁。

六 結論

綜上所述,清初五十年間,明遺民群體始終處於動態變化的過程當中,其總的趨向,是在清廷對待漢族士人的政策調整下的不斷分化。① 清廷通過招納故明舊臣、恢復科舉考試、征辟山林隱逸,誘發其用世之心,或以文字獄案等手段逼其就範。康熙博學鴻辭科之舉是其發展的頂峰。此後,雖然遺民意識在漢士人中仍有延續,但明遺民群體與清廷的對抗力量已趨於消亡。陳去病輯《明遺民錄》,論宋亡後"其為遺民也易",明亡後"其為遺民也難",原因在於清帝"隆師重道,廣徵山林隱逸,起用臣靡,予之寵秩,累開賢良方正、博學宏詞諸科,以利祿為餌,凡其一人有一節之長,一材可取,罔不多方羅致,以為所用。……其操之有術,如王良御轡,磐控縱送,而雄駿不能絕其繮,故當時之士,苟非為船山之匿身石窟,舜水之東遁跡扶桑,即未能免於當道之所物色"②,切中了明遺民難於守節的要害。平心而論,清朝建立後以儒道治國的基本政策,對漢族傳統文化的繼承與發展,也是導致遺民群體迅速分化的重要原因。時光流轉,"易代"的特殊歷史環境漸漸從人們的生活中淡出,對現實的感受變化了,明遺民的心態也會隨之改變。具體生活的壓力,人的趨利避害的本能使多數人傾向於適應新的時代,有人在堅持自己道德信仰的同時調整了對外界的態度,有人久而彌堅,卻仍無法避免時不我與的孤獨感。

---

① 除了多數遺民放棄守節之外,亦有曾經與清廷合作,後來卻轉換立場,重新選擇成為遺民者。最著名的是呂留良,他在順治十年(1653)參加了科舉考試,後與黃宗羲等人交往,放棄了取得的功名,並且在詩文著述中體現出極為鮮明的政治立場。另外,遺民中的著名人物如申涵光,也有類似經歷。

② 陳去病:《明遺民錄自序》,《明遺民錄彙輯》附錄,第1367頁。

天地之元氣:明遺民的文學本質觀

　　作為清初一個特殊的士人群體，明遺民的文學創作與文學思想已多為學界所討論。從這些討論中，人們不難意識到遺民作為個體創作者與評論者的獨特性。的確，在師法對象、語言風格、技法構思、理論水準等諸多側面，遺民們體現出的差異是顯而易見的。但同樣值得注意的是：由於其共同的政治立場、相似的道德準則與生存方式，這個群體成員的文學主題、題材、情感取向、審美品格等方面又具備鮮明的相似性。產生這種相似性的根本原因，或為他們對文學本質的共同認識，也就是他們對文學與人生關係的共同認識。黃宗羲關於"天地元氣"的論述恰為我們提供了一條理解這個問題的思路。

　　黃宗羲既為明遺民群體的中堅，也是遺民現象的當代反思者，他對"天地"、"遺民"、"文章"三者有如下論斷："遺民者，天地之元氣也。"① 又："夫文章，天地之元氣也。"② 以"天地之元氣"同時論人與論文，即使黃宗羲並非有意將二者作等量齊觀，他對二者本質的認識也可以通過"天地之元氣"為中介而獲得同構。雖然"天地—人—文"的同構關係在劉勰的《文心雕龍·原道》中早已有之，而以"天地元氣"論文也曾見諸宋人，但較之普遍意義上的天、人、文合一，在明清易代的特殊歷史情境中，"遺民"作為一個特殊的士人群體，"文章"作為遺民生命過程的文字見證與生命價值的重要載體，三者同構的形成，對於我們理解明遺民對自身生命意義與文學本質的認定，仍然有掩蓋于陳言之下不可忽

---

① 《謝時符先生墓誌銘》，《黃宗羲全集》第 10 冊，浙江古籍出版社 1994 年版，第 410 頁。
② 《謝皐羽年譜遊錄注序》，《黃宗羲全集》第 10 冊，第 32 頁。

略的價值。

一　"元氣"與文學

在中國古代典籍中，"元氣"的使用是非常複雜的。它常常被用來解釋天地萬物的本源，班固《漢書·律曆志》曰："太極元氣，函三為一。"顏師古注引孟康（三國魏）曰："元氣始於子，未分之時，天地人混合為一。"① 作為混沌未分時的初始本體，元氣有生成化育的能力，王充說："萬物之生，皆稟元氣。"② 人類亦稟受其化育而成性靈，《太平經》說："凡事人神者，皆受之於天氣，天氣者受之於元氣。神者乘氣而行，故人有氣則有神，有神則有氣，神去則氣絕，氣亡則神去。"③ 嵇康所謂："夫元氣陶鑠，眾生稟焉。賦受有多少，故才性有昏明。"④ 應該就是從《太平經》脫胎而來。

作為世界本源的元氣，常被後世儒士用來指稱宇宙與人生的形上本質。在他們看來，這個本質，就人類社會而言是基本的倫常秩序，就個體人生而言是基本的道德法則。元代王惲云："忠義者，國家之元氣。"⑤ 清代全祖望云："忠孝者，天地之元氣，旁魄而不朽者也。"⑥ 都是通過元氣，強調儒家倫理道德規範的政教本原地位。

基於以上觀念，把"元氣"直接和文學聯繫起來立論者，大抵有如下幾種取向。

其一是把文學看作天地元氣的顯現，可以包蘊自然天道的一體萬殊。王安石論杜甫詩云："吾觀少陵詩，為與元氣侔。力能排天斡九地，壯顏毅色不可求。浩蕩八極中，生物豈不稠。醜妍巨細千萬殊，竟莫見以何雕鎪。惜哉命之窮，顛倒不見收。青衫老更斥，餓走半九州。瘦妻僵前子仆

---

① 《漢書》卷21，中華書局1975年版，第964、965頁。

② 《言毒篇》，《論衡校釋》，中華書局1979年版，第1295頁。

③ 《太平經合校》卷42，中華書局1960年版，第96頁。

④ 《明膽論》，《嵇康集》卷6，《魯迅輯錄古籍叢刊》卷4，人民文學出版社1999年版，第91頁。

⑤ 《對魯公問》，《秋澗先生大全文集》卷45，《四部叢刊》本，商務印書館1919—1936年版。

⑥ 《明婁秀才窆石志》，《全祖望集彙校集注》上冊，上海古籍出版社2000年版，第847頁。

後，攘攘盜賊森戈矛。吟哦當此時，不廢朝廷憂。常願天子聖，大臣各伊周。寧令吾廬獨破受凍死，不忍四海寒颼颼。"① 杜甫詩取材極廣，自然萬象，人生百態，其豐富的人生經歷與敏感深情的性格，使得他的詩在反映社會生活的深廣程度上可謂獨一無二，此為元氣之"萬殊"。而杜詩的可貴，更在於他能從一己的苦難生發開來，關注國家生民的共同命運，這就使得他的詩脫離了狹隘的憂生之嗟，而充滿了強烈的道德情感，此為元氣之"一體"。

宋人的文學元氣論多與王安石的說法相似，梅堯臣云："文章包元氣，天地得噓吸。明吞日月光，峭古崖壁澀。淵論發賢聖，暗溜聞鬼泣。"② 張元幹云："文章名世，自有淵源，殆與天地元氣同流，可以斡旋造化。"③ 這些說法都是把文學看作自然天道的人文顯現，它一方面要求文學要有反映天地萬象的能力，還要有合于聖賢之道的思想意識；另一方面是對文學作了本體論意義上的肯定，作為吐納天地元氣的文學，畢竟不是供人賞弄的玩物，也不僅僅是服務政教的工具。

其二是把元氣論納入儒家政教文學觀的範圍，明代以來如此立論者不少。如宋濂："斯文，天地之元氣。得其正者其文醇，得偏者其文駁。世之治也，正文行乎上，則治道修而政教行。世之亂也，正文欝乎下，則學術顯而經義章。斯文之正，非謂其富麗也，非謂其奇傀也，非謂其簡澀涣漫也。本乎道，輔乎倫理，據乎事，有益乎治。推之於千載之上而合，參之于四海之外而准，傳之乎百世之下而無弊。"④ 這就將文學從內容、風格到功能都作了框定。首先不可醉心于文辭的綺靡，神思的奇幻，要保持風格的醇正。在內容上，就要合乎聖賢之道，要有具體的事件或問題使之充實而不落於空疏。在功能上，要能夠培養人們對倫理的信念。總之，要對政治教化有所裨益，此所謂"本乎道，輔乎倫理，據乎事，有益乎治"。

宋濂的論調比起宋人來明顯狹隘不少，很容易使文學淪為政教手段，

---

① 《杜甫畫像》，《王安石全集》卷 15，上海古籍出版社 1999 年版，第 410 頁。
② 《永叔進道堂夜話》，《宛陵先生文集》卷 33，《四部叢刊》本。
③ 《亦樂居士文集序》，《蘆川歸來集》卷 3，《四庫全書存目叢書》集部第 15 冊，齊魯書社 1997 年版，第 532 頁。
④ 《深里先生吳公私諡貞文議》，《宋學士文集》卷 63，《四部叢刊》本。

這或許和他身為文士而以經綸天下為抱負有關。而自認"文士"身份，以文章為安身立命之途的歸有光則借助元氣說來抬高文學的地位。他說："文章，天地之元氣，得之者，其氣直與天地同流。雖彼其權足以榮辱毀譽其人，而不能以與于吾文章之事，而為文章者亦不能自制其榮辱毀譽之權于已，兩者背戾而不一也久矣。"① 強調文學的獨立價值為世俗權勢所不能左右，作者雖然對於當世有限的榮辱無可奈何，但可以期待憑藉文章以獲得不朽。歸有光在這裡借用了"文章，天地之元氣"這個舊有的命題以舒展其作為文士為世俗所輕的抑鬱之氣，也通過文學體認了自己的人生價值。

總的來說，及至明末，以元氣論文學，至少在以下一些方面為文學思想的拓展提供了可能：文學作為天地元氣的顯現，能夠映現萬象，既包括自然山川景物，也包括歷史世情人生。文學要體現元氣的本體性特徵，自然要追尋宇宙人生的本原；在儒家作者看來，倫理道德法則即具有這種本原性。這個方面被部分儒者強化為文學與政教的密切關聯，要求文學自覺應對政教的要求，可以視為傳統的文以明道說的分支。文學既與天地元氣同流，便成為人類所能把握的天地本體的承載者，具備了超越人類自身有限性的不朽價值。

本文所要討論的是：以往文學元氣論提供的這些資源，哪些影響了明代遺民，為他們的文學觀提供依據與發展的更多可能？哪些方面是他們關注的重心？他們的文學元氣論有什麼新義？此種文學思想又對其創作有何意義？

二　元氣論與明遺民以宣洩自我人生體驗為目的的文學觀

理清明遺民文學元氣論的實質，要從對"遺民者，天地之元氣"的考察入手。乍看起來，黃宗羲提出的這個命題，似乎和"忠義者，國家之元氣"相類。然而在社會發生劇烈動蕩，各種人生觀紛繁激蕩的歷史轉折時

---

① 《項思堯文集序》，《震川先生集》卷2，《四部叢刊》本。

期，黃宗羲作為遺民的一員，對自身價值"天地之元氣"的認定，卻代表了這一類士人在國家、民族危難之际，試圖以獨立於政治機構之外的個體生命承擔起存亡續絕的責任感。

易代之後，甚至於復國的希望也斷絕了之後，明遺民大多窮老荒村。易代之初影響其成為遺民的諸多因素，例如名聲、氣節、從眾心理、禍亂刺激，未必足以長久地支撐人生的價值選擇，更何況遺民身份的保持，還需要抵禦各種誘惑與壓力。實際上，遺民的生存方式意味著對實際生活需要的許多犧牲，而隨著時日推移改變了初衷的人並不在少數。在這種情況下，堅持人生選擇必須有來自主體內部的堅定信念。而信念的形成，又必然以對此種人生之意義的明確認識為前提。

明遺民們因此開始了對自身生存意義的反思。居住在不同地域，思想背景各異，生活方式不同的遺民們似乎都找到了同一個答案，那就是"存道"。顧炎武云：

> 人間若不生之子，五嶽崩頹九鼎淪。①

王夫之云：

> 天下不可一日廢者，道也；天下廢之，而存之者在我。②

徐枋，明少詹事徐汧子，徐汧乙酉殉難，枋隱居沒世，自謂二十年不入城市，二十年不出庭戶，為遺民群體中聲望最著者。他說：

> 吾觀古者一二大儒生，當革運之會而處亂世也，其植大節甚峻，而其處跡甚晦，其持氣甚平，何也？……經不傳，道不明，是使斯人之不得與於綱常倫序之中也，是使萬物之不得遂其生而盡其性也，是

---

① 《陳芳績兩尊人先後即世，適以三月十九日，追痛之作，詞旨哀惻，依韻奉和》，《顧亭林詩集彙注》，上海古籍出版社 1983 年版，第 521 頁。
② 《讀通鑒論》卷 9，《船山全書》第 10 冊，嶽麓書社 1996 年版，第 345 頁。

使天地之失其位而日月之失其明也。噫！儒者之身不綦重哉？故必晦吾跡以存吾身，而存之愈久，則垂之愈長，積之愈厚，則施之愈遠。①

張履祥，明諸生，入清棄去，以訓蒙自給，率家人耕田十餘畝，親歷親為，老農不逮。初從劉宗周習慎獨之學，晚乃專意程、朱。論儒者參贊天地之功，則曰：

> 天地之心，雖當陰凝龍戰之日，而一陽已潛回於九地之下，自有生民以來，終無熄滅之理。幸與同志諸君子努力進修，則世道之慶也。儒者參贊之功，要不外此。濂、洛之風，被及百世，其初亦自一人為之。②

屈大均，廣東詩人。南明永曆元年（順治4年）從其師陳邦彥起義，失敗後改服為僧。又曾為鄭成功進軍長江做聯絡。後娶妻生子，浮滄海，歷大河南北，忽又返僧服。乾隆間，為清廷開棺戮屍，著作亦遭禁毀。有論曰：

> 南昌王猷定有言，古帝王相傳之天下至宋而亡，存宋者，逸民也。大均曰：嗟夫，逸民者，一布衣之人，曷能存宋？蓋以其所持者道，道存則天下與存……世之蚩蚩者，方以一二逸民伏處草莽，無關於天下之重輕，徒知其身之貧且賤，而不知其道之博厚高明，與天地同其體用，與日月同其周流，自存其道，乃所以存古帝王相傳之天下於無窮也哉。③

所謂"存道"，即在國家遭難，現實政治已無可為之時，以個體的道

---

① 《鄭老師桐庵先生七十壽序》，《居易堂集》卷7，《四部叢刊》本。
② 《與沈尹同一》，《楊園先生全集》卷7，中華書局2002年版，第183頁。
③ 《書逸民傳後》，《翁山文鈔》卷8，《屈大均全集》第3冊，人民文學出版社1996年版，第394頁。

德生存為載體，承擔起保存本民族文化命脈的重任。[1] 有了對自身生存意義的這種自信，遺民群體對文學本質的認定便呈現與其他文化群體不同的面貌。

不同首先體現為文學與人生的關係。在以往的儒家文學思想傳統中，無論是要求寄寓諷喻，還是把文學當作宣傳儒家倫理道德的工具以輔助政教，文學都有很明確的功利目的。在這樣的文學觀念當中，作者本人和文學的關係，往往是不被重視的。宋濂的文學元氣論，以及宋濂本人的散文寫作，都有這樣的傾向。當然，也有一些作家能夠把自身的情感經歷與時政融合起來，使議論不致醇正而空疏，使諷喻不致迫切而生硬，比如杜甫、韓愈、柳宗元等人都有這樣的作品，然而他們在理論上對此還沒有明確的自覺。

明遺民也有以文明道的要求，黃宗羲云："文章以載道，不與江河奔。"[2] 顧炎武云："文之不可絕於天地間者，曰明道也，紀政事也，察民隱也，樂道人之善也。"[3] 他們甚至有文藝危害道德修養的擔心，顧炎武云："一命為文人，無足觀矣。"[4] 在遺民群體中以詩人著稱的歸莊也有輕文重道的思想："立德者，立言之本原也。苟但求工於文辭，而不思立德，考其行事，有與文辭不相似者，雖下筆語妙天下，不過文人而已，君子不貴也。"[5] 但是，他們所要載的道，卻並非僅存於儒家經典、政治倫常或道德法則當中，而是和他們的人生體驗，和他們的情感密切關聯著。如前所述，他們本已把存道作為遺民這一生存方式的意義所在，載道的要求，對他們來說，就不僅僅來自儒家傳統的為政教服務的文道觀，而是其抒發個體情志的切實需要了。正是在這個意義上，"遺民者，天地之元氣"和"文章者，天地之元氣"獲得了同構。

因此，他們對文學明道與否的判斷，就不是以服務于現實政教為標準，而更看重作者的情志。他們常常把文章之"道"與作者之"志"整合

---

[1] 關於存道的具體內容、途徑等問題，撰者另有專文論述。
[2] 《次葉訒庵太史韻》，《黃宗羲全集》第 11 冊，第 285 頁。
[3] 《日知錄集釋》卷 19，嶽麓書社 1994 年版，第 674 頁。
[4] 《與人書》十八，《顧亭林詩文集》，中華書局 1983 年版，第 96 頁。
[5] 《黃蘊生先生文集序》，《歸莊集》，上海古籍出版社 1984 年版，第 213 頁。

在一起。王夫之說"君子之有文，以言道也，以言志也。道者，天之道；志者，己之志也。"① 這是說文章所傳天地之道並不分離于作者之志，二者是結合于一體的關係。呂留良更把"道所生之文"與"因文見道之文"作了區分。他說："自古有道所生之文，有因文見道之文。如退之、永叔，因文見道者，先儒猶少之，以其有所明，亦有所蔽，不足定是非之歸也。故學者多患不能文，能文者又患不純乎道，又必有韓歐其人，生程朱之後，實得其道於己，一開斯域焉。"② 兩種文的不同，在於一為在理念指導下的寫作，或依據某部經典，或執有某種教條，雖意存明道，但實在並不明白其所持之"道"和現實問題的具體關聯，故而"以其有所明，亦有所蔽"，此為"因文見道之文"。至於"道所生之文"的產生，則需要作者個人體驗的介入，"實得其道於己"後轉而發之于文，才會充實而具有現實影響力。

這樣一來，在處理"情"與"理"的關係時，明遺民多把"情"置於首位，黃宗羲云："文以理文主，然而情不至則亦理之郛廓耳。廬陵之志交友，無不嗚咽；子厚之言身世，莫不悽愴，郝陵川之處真州，戴剡源之入故都，其言皆能惻惻動人。古今自有一種文章不可磨滅，真是'天若有情天亦老'者。而世不乏堂堂之陣，正正之旗，皆以大文目之，顧其中無可以移人之情者，所謂劌然無物者也。"③ 文章雖然以明理為目的，然而若無真情實感，論理則至於徒然說教，並不能打動人心。所以，黃宗羲雖然高論以文載道，然而編選《明文案》，卻把入選標準確定為："唯視其一往深情，從而捃摭之。鉅家鴻筆，以浮淺受黜，稀名短句，以幽遠見收。"並斷言："凡情之至者，其文未有不至者也。"④ 而"理"與"情"的不同，就在於一是抽象的、普遍的，可以通過學習接受的；一則直接來自創作者個體感受。

這個時候，他們所謂的"元氣"，便不完全是聖賢、經典中儼然在上

① 《讀通鑑論》卷12，《船山全書》第10冊，第439頁。
② 《答吳雨若書》，《呂晚村先生文集》卷1，《續修四庫全書》集部第1411冊，據復旦大學圖書館館藏清雍正三年呂氏天蓋樓刻本影印本，上海古籍出版社1994—2002年版，第77頁。
③ 《論文管見》，《黃宗羲全集》第2冊，第270頁。
④ 《明文案序上》，《黃宗羲全集》第10冊，第17頁。

的 "道"，而更多的是他們在特殊的歷史時代中對自我人生意義的種種體驗。傷戰亂與悲失志，即為明遺民文學的兩大主題。

明遺民文人寫戰亂，沒有把自己作為民生疾苦的旁觀者、悲憫者，更不會寄意於諷諫，他們本來就是飽受人生苦難的一員，他們的許多遭遇，和生活在社會最底層的普通百姓是一樣的。歸莊寫在戰爭中罹難的親人："我邑滿枯骨，我家半遊魂，兩婦嬰白刃，諸孫赴清川。衰年逢大戚，日夕涕溸湲。""母老兒女弱，三世六七棺。"① 邢昉寫亂後的淒苦："亂離何意到今朝，衰草無邊萬木凋。雁向菇蒲逢雨雪，地因征戰罷漁樵。親朋欲盡書方達，涕淚將殘骨盡消。想像石頭城似舊，月明長聽打寒潮。"② 他們自己的命運，是寄託在時事當中的，像杜甫的《三吏》、《三別》那樣抓住典型事件與典型人物來對戰亂進行有意識地反映的作品，在明遺民中並不多見。他們自己的人生本來就沉浮于易代的動蕩中，以致於很難與之拉開距離，來對其進行更多側面敘寫。而同樣是以親身聞見寫戰亂，杜甫在《羌村》、《北征》中所反映的，是對生民苦難的深切同情，在明遺民的作品中，卻是自身失怙無依的窮途困頓。陳確寫他舉家避難的經歷：

> 久病餘微喘，迢遙事遠避，武原六十里，三日始得至。中途遇烈風，船艡莽失勢，飄蕩觸頹岸，四口命如寄。借宿誰家邨，蒼茫無畔際，云是梅園墟，羣盜垂骯視。……本緣避盜來，盜賊此復熾。麼麼天壤間，何從乞片地！③

相比之下，杜甫的 "夜深經戰場，寒月照白骨"（《北征》）展現的是戰亂中的一個場景，它的意象非常鮮明，給人的刺激非常強烈，但意象所承載的內容是比較單一的。陳確則以他自己的經歷，把這種場景背後的事件鋪展開來。避亂途中的禍從天降，似乎無法擺脫的危難，未來的蒼茫不

---

① 《噫嘻》二首之二，《歸莊集》卷 1，第 49 頁。
② 《答與治寄書》，《石臼前集》卷 5，《四庫禁毀書叢刊》集部第 51 冊，北京出版社 2000 年版，第 159 頁。
③ 《避亂之武原》，《陳確集》，中華書局 1979 年版，第 637 頁。

可預測，朝夕不保的惶恐，走投無路的傷痛，都加深了個人在時代動蕩中的渺小感和無力感。在這種情形下，他們根本無法像杜甫那樣寄望於"聖心"與"官軍"，只能憑藉個人之力在這個把自己拋來擲去的時代中尋求立足之地。

作為他們立足之地的，雖然從根本上說是儒家的道德倫常觀念，可是它在明遺民的作品中卻不是以教化的方式出現的。從文學觀念上，我們可以來看歸莊對"詩言志"傳統的重新闡釋："詩言志，不可以偽為。其詩如芳草之綠縟者，必文人；如古木之蒼勁者，必節士；若倜儻奇偉之人，發於文辭，必將如干將之在匣，良玉之在璞，星斗山川，皆見氣象，非尋常詩人之可擬也。"① 他沒有去強化詩"經夫婦，成孝敬，厚人倫，美教化，移風俗"的功能，而是直接把"言志"與作者的個性聯繫起來，這或許是由於在遺民群體當中，具有道德內涵的性情多自然顯露于作者的日常品性當中，他們沒有充分的必要脫離於此而刻意要求文學作品去實現道德教化的功能。

他們的道德志向雖然也用議論來表達，但更多的還是表現情感的自然流露，優秀的作品往往產生於後者。比如顧炎武的《海上》：

> 日入空山海氣傾，秋光千里自登臨。十年內天地干戈老，四海蒼生痛哭深。水湧神山來白鶴，雲浮真闕見黃金。此中何處無人世，祇恐難愁烈士心。

在秋日的登高望遠中，即便眼見著"水湧神山來白鶴，雲浮真闕見黃金"的奇幻神妙，顧炎武也難有泛海尋仙的逸興，他的內心，此時滿溢著的是"十年內天地干戈老，四海蒼生痛哭深"的悲愴。他的"烈士"之志，表現在對當下心事的寫實裏，讀者也從他的悲愴中，體會到他人生的志向。吳嘉紀的《贈歌者》同樣如此：

---

① 《費仲雪詩序》，《歸莊集》卷3，第190頁。

戰馬悲笳秋颯然，邊關調起綠樽前；一從此曲中原奏，老淚霑衣
二十年。①

不必訴說如何矢志忠誠，也不必訴說二十年來如何窘迫困頓，為平凡
細節所刺激而起的片刻的真情流露，足以感發起人們的亡國之痛。再如方
文的《白下逢朱子葆感舊》：

青溪煙雨憶昔遊，與君醉臥溪上樓。神州倏忽變滄海，故人強半
歸荒丘。晨星落落二三子，霜水茫茫十五秋。今夜雨窗重對酒，蔣山
一望淚雙流。

施閏章論方文詩云："興會所屬，衝口成篇……感時事則悽愴傷心，
敘羈愁則鬱紆永歎，登臨則望古而奮發，交遊則慕義而纏綿。"② 正是在這
些"時事"、"羈愁"、"登臨"、"交遊"的興發中，遺民群體展現了他們
獨特的人生選擇。

和明代中後期主要的文學思想潮流不同，明遺民文學思想關心的最主
要問題不是格調、意象、技法、情趣、雅俗，而是文學與人生的關係。而
關於這一點，他們的看法其實也是對明代文學潮流的逆轉。明代復古派試
圖使作品呈現雄渾典麗的風調，他們摹仿漢魏盛唐文學慷慨豪邁的風貌，
但在現實中卻不可能恢復漢魏盛唐的精神氣度，故其追求格調，又為文學
樹立了一種規範情志的外在標準。公安派提倡"獨抒性靈，不拘格套"，
可是他們所說的"性靈"，是"天地之所不能載也，淨穢之所不能遺也，
萬念之所不能緣也，智識之所不能入也"的超越人世的"真神真性"，③ 他
們並不是要文學來承載人生的沉重，而是希望在文藝的賞玩中消解心靈的
重負，因而他們的作品多快慰於個性之真與名士之趣，"游於藝"彷彿了
他們和現實人生的距離，讓心靈獲得短暫的自由。明遺民卻把文學當作了

---

① 《吳嘉紀詩箋校》卷 15，上海古籍出版社 1980 年版，第 469 頁。
② 施閏章：《西江遊草序》，《蠖齋集》，上海古籍出版社 1979 年版，第 761 頁。
③ 《與仙人論性書》，《袁宏道集箋校》卷 11，上海古籍出版社 1981 年版，第 490 頁。

與其自我生命意義同構的"元氣",可以寄託心志,可以砥礪信念,可以見證苦難,文學實為這一群人在歷史長流的無情淹逝中留下自己生命印記的一種主要途徑。

對於明遺民群體來說,文學最重要的功能,就是自我宣洩。宣洩除了自我表達以外,還包括自我釋放。被清初的政治風波、生活艱辛長期壓抑的遺民群體,很難在現實環境中找到釋放積鬱之處,而文學為他們提供了一個可以稍稍避開實際利害,舒展身心的私密空間。

歸莊云:

> 余有無窮之恨,鬱積於中,多發之於詩,然唱和無人,閉戶獨吟而已。①

陳確云:

> 年來自覺乾坤小,醉去翻憎日月長。滿壁顛狂舊題句,無端又續兩三行。②

魏禧云:

> 禧少負志,壯而無所發,不得不寄之文章。③

徐枋《居易堂集自序》自謂:

> 四十年中,前二十年不入城市,後二十年不出戶庭,故凡交遊之往復,故舊之懷思,風景之流連,今昔之感傷,陵谷之憑弔,以至一

---

① 《吳門唱和詩序》,《歸莊集》,第192頁。
② 《同山衲自明許生欲爾過韻絃樓題壁》,《陳確集》,第746頁。
③ 《復都昌曹九萃書》,《魏叔子文集》卷6,《寧都三魏全集》,《四庫禁毀書叢刊》集部第5冊,第483頁。

話一言之所及，一思一慮之所之，非筆之於書，則無以達之。

小說戲曲的創作也有這種傾向。陳忱作《水滸後傳》，敘述宋江死後，李俊等人遠渡暹羅，再創海外乾坤。關於此書的創作意圖，陳忱說：

> 《後傳》為洩憤之書。憤宋江之忠義，而見鳩於奸黨，故復聚餘人，而救駕立功，開基創業；憤六賊之誤國，而加之以流貶誅戮；憤諸貴幸之全身遠害，而特表草野孤臣，重圍冒險……①

吳偉業為明亡以後絕意仕進的戲劇作家李玉的《北詞廣正譜》作序，稱其：

> 遁於山巔水湄，亦恒借他人之酒杯，澆自己之塊壘。其馳騁千古，才情跌宕，幾不減屈子離憂、子長感憤，真可與漢文、唐詩、宋詞連鑣並轡。②

宣洩還涉及情感的強度。全祖望這樣描繪浙東遺老詩酒唱和時的狀態："以扁舟共遊湖上，或孺子泣，或放歌相和，或瞠目視，岸上人多怪之。"③ 李鄴嗣說他給鄧漢儀的詩集作序之後，"一讀之痛哭，再讀之狂叫，忽哀忽樂"④。中國的文化傳統向來講求適度、圓融、收斂蘊藉，大音希聲，大象無形……作為遺民思想底蘊的儒家文化更是追求回歸喜怒哀樂未發之時的中和狀態，情感的恣意釋放很難得到認可。那麼，明遺民是如何看待和解決自己的心理需要與思想背景之間的矛盾呢？

---

① 《〈水滸後傳〉論略》，《水滸資料彙編》卷 3，中華書局 1977 年版，第 261 頁。
② 《吳梅村全集》卷 60，上海古籍出版社 1990 年版，第 1214 頁。
③ 《宗征君墓幢銘》，《全祖望集彙校集注》，第 856 頁。
④ 《答鄧孝威先生書》，《杲堂文續鈔》卷 3，《叢書集成續編》第 154 冊，印《四明叢書》本，臺灣新文豐圖書公司 1989 年版，第 80 頁。

三　對儒家 "溫柔敦厚" 文學標準的突破

儒家的文學思想中有一條基本的審美標準，那就是 "溫柔敦厚"。"溫柔敦厚" 本是詩教。《禮記·經解》云："孔子曰：入其國，其教可知也。其為人也，溫柔敦厚，《詩》教也；……其為人也，溫柔敦厚而不愚，則深於詩者也。"① 它與儒家學說的兩個思想基礎相關。一是對政治的維護。文學既承擔了教化國民的責任，那麼在其陶冶下，人的性格應向著平穩、和順、樸質、節制的方向發展，從根本上保障政權的穩固。二是對士人道德修養的要求。自孔子言 "中庸之為德，其至矣乎！"（《論語·雍也》），無過不及、從容中道就成為德行的極則，也一直是追求道德完善的儒士努力的目標。這種人格體現在文藝中，則表現為悠遊不迫、含蓄蘊藉、委婉和諧的特徵，亦即 "溫柔敦厚"。它首先要求作品情緒的緩和，排斥大喜大悲。它與 "發乎情，止乎禮義"，② "哀而不傷"，③ "怨而不怒"④ 等說法結合起來，就形成了中國文學批評的一種正統標準，除詩歌之外，這一準則也延展到其他文學體裁。

但是，明遺民並未因這個標準的存在而放棄了文學的宣洩功能，也沒有削弱情感的強度。"殺戮作詩料，憂愁為詩腸。哭泣當詩韻，和墨寫詩章"⑤ 是這個群體文學創作的真實寫照，然而，他們將如何處理這個標準與自己情感之間的矛盾？

首先，從德行方面，明遺民憑藉對自身人格的高度自信改造了 "溫柔敦厚" 的內涵。遺民既以 "天地之元氣" 自任，即以自身主體精神為宇宙的本原，他們對自己存在於亂世的意義有清醒的認識，也反思自身情感在其中的地位。屈大均說："吾之佯狂自廢，與世相違，則終於鳥獸同群而

---

① 《禮記譯註》，楊天宇撰，上海古籍出版社 2004 年版，第 650 頁。
② 《詩大序》：故變風發乎情，止乎禮義。
③ 《論語·八佾》：子曰：《關雎》樂而不淫，哀而不傷。
④ 朱熹：《論語集注》，"詩可以怨" 下注：怨而不怒。
⑤ 《姜綺季赴天章、子山二陶子廢社，詩寄陶水師暨二陶子》，《陳洪綬集》卷 4，浙江古籍出版社 1994 年版，第 73 頁。

已矣，其為憂也，將與天地無窮焉。"① 他們很清楚，自己的情感雖然激烈，但其根源卻不是"小我"的得失損益，而是天下國家的興衰存亡，因而同樣具有"元氣"的永恆價值。於是，情感如何表現，激昂或含蓄還在其次，要緊的是情感的實質。作為明遺民文學偶像的杜甫，正是因此受到了不少人的批評。除了對道德完美要求得近乎苛刻的王夫之，嚴正得近乎固執的顧炎武之外，錢澄之也說："凡公之崎嶇秦隴，往來梓、蜀、夔峽之間，險阻饑困，皆為保全妻子計也。……且夫銀章赤管之華，青瑣紫宸之夢，意速行遲，形諸憤歎，公豈忘功名者哉？"② 他們力圖超越個人的得失，一己的悲喜，其所認可的"情"，是與道德體驗不可分割的。黃宗羲云："情蓋難言之矣。情者，可以貫金石，動鬼神。古之人情，與物相遊而不能相舍，不但忠臣之事其君，孝子之事其親，思婦勞人結不可解，即風雲月露，草木蟲魚，無一非真意之流通……今人亦何情之有？情隨事轉，事因世變，乾啼濕哭，總為膚受。即其父母兄弟，亦若敗梗飛絮，適相遭於江湖之上，勞苦倦極，未嘗不呼天也，疾痛慘怛，未嘗不呼父母也。然而習心幻結，俄頃銷亡，其發於心，著於聲音者，未可便謂之情也。"③ 溫婉和順也好，悲痛憤怒也罷，只要情感產生的基礎不是私欲而是公義，都能夠得到認可。

由此，他們把"溫柔敦厚"這個命題原本由道德修養出發要求情感含蓄蘊藉改換為由道德修養出發要求情感真切醇正。故錢澄之云：

　　夫聲音之道本諸性情。古人審音正樂，必求端於性情，而後聲音應之，是故性情正者，風氣之所不得而偏也。……古人之所為溫厚和平，正不妨雜出於激昂，而非以柔曼為工也。④

正是在這個意義上，屈大均把"風雅"的範圍大大擴充了。他說：

---

① 《寒香齋詩集序》，《翁山文外》卷2，《屈大均全集》第3冊，第72頁。
② 《陳二如杜意序》，《田間文集》卷13，黃山書社1998年版，第245頁。
③ 《黃孚先詩序》，《黃宗羲全集》第10冊，第30頁。
④ 《溫虞南詩序》，《田間文集》卷14，第266—267頁。

"吾嘗謂秦人為詩，當以周之典則，漢之經術為本根，其音乃純乎諸夏，既不流於浮靡，亦不過於廉勁，一唱三歎，有風人溫厚之旨，無西鄙殺伐之聲，斯為篤于仁義，洽于和平"①，看起來完全合乎詩教的標準，但他又說，《雅》、《頌》皆聖賢"發憤"所作："今欲繼為《雅》、《頌》，當先學為聖賢，好古者聖賢發憤之所為作，斯可以為名。"② 他所說的風雅，居然包括接輿狂歌。其《接輿傳》云："接輿以楚之聲感孔子，孔子亦樂其善，以為合於《風》、《雅》，而從而和之。"③ 他又推崇屈原與莊子的"放言"，說："怨憤、無聊、不平，呵而問之，佯狂而道之，不可以情理求之，《南華》、《離騷》二書，可合為一，《南華》天放，《離騷》人放，皆言之不得已也。"④ 可以說，他是把充滿怨憤之氣的狂言、放言，都當作風雅的一部分來看待了。漢代劉安說"《國風》好色而不淫，《小雅》怨誹而不亂，若《離騷》者，可謂兼之矣"⑤，他把《騷》與《詩經》放在一起，把離騷抬高到經典的地位，其實是把對它的理解限制在儒家詩教的範圍內。屈大均這裡的行為看似與之相似，實質卻完全不同了。他不能完全擺脫詩教的影響，可傾心的卻是"怨憤、無聊、不平"，為其爭一個正統的地位，實際上就是要擴大正統的範圍，使狂言與放言都得到世人的認可。

不僅如此，明遺民還意識到了情感激越在特殊歷史時期的必要性。一是出於對自我的真誠。

方以智云：

> 或曰：詩以溫柔敦厚為主，近日變風，頹放已甚，毋乃嘔殺。余曰是余之過也。然非無病而呻吟，各有其不得已而不自知者。……今之歌，實不敢自欺，歌而悲，實不敢自欺，既已無病而呻吟矣，又謝而不受，是自欺也。必曰吾求所為溫柔敦厚者以自諱，必曰吾以無所

---

① 《關中王子詩集序》，《屈大均全集》第 3 冊，第 62 頁。
② 《荊山詩集序》，《屈大均全集》第 3 冊，第 66 頁。
③ 《屈大均全集》第 3 冊，第 102 頁。
④ 《讀莊子》，《屈大均全集》第 3 冊，第 178 頁。
⑤ 朱熹：《楚辭集注》引，上海古籍出版社 1979 年版，第 2 頁。

諱而溫柔敦厚，是愈文過而自欺矣。①

錢澄之亦云：

> 近之說詩者，謂詩以溫厚和平為教，……且夫無病而呻，不哀而悼，謂之不情。有如病而不呻，哀而不悼，至痛迫於中，而猶緣飾以為文，舒徐以為度，曰：毋激，恐傷吾和平也。有是情乎？情之發也無端，其曰止諸禮義者，懼其蕩而入於邪也。若夫本諸忠愛孝友以為情，此禮義之情也，性情也；性情惟恐其不至，可謂宜得半而止乎？②

經歷了國破家亡，社會的激烈震蕩，人生的重大變故，並且將在壓抑的環境中度過餘生的遺民，積聚了過多的悲憤，此時如果勉強保持平和，不但不合情理，也將會導致自我人格的分裂。情感的激越是有至性至情之人在這種生存狀態之下的必然結果。歸莊云："余謂此一身之遭遇，愁憤之小者也；豈知天下之事，愁憤有十此者乎？"③ 使情緒沉積，等到其終於不可遏制，自然強烈得異乎尋常。同時，"大不幸"的自我意識，更助長了他們的狂放慷慨之氣。

其次，情感的激越可以表明遺民對現實的對抗態度。從文學與政教的關係來說，明遺民由於拒絕與新朝合作，其人生本已和現實政治疏離，他們的文學，當然也不可能直接服務於政教。這樣，儒家功利文學觀的不少要求，諸如美刺、諷諫、教化，遺民們既然不在其位，就無從實現。"溫柔敦厚"體現了對政權的順服，通過自我克制和教化民眾克制來實現政治的穩定，它在君臣尊卑的上下秩序中起著調和的作用。但明遺民站在清初政權的對立面，不需要維護其尊嚴，因而能夠無所顧忌地袒露自己的真實感受；而這些感受，恰恰形成了與現實政治對抗的強大的離心力。陳確說："痛哭談先朝，肆意忘朝昏。舌如縣黃河，筆若揮千軍。亦復奚所忌，

---

① 《陳臥子詩序》，《浮山文集前編》卷 2，《續修四庫全書》集部第 1389 冊，第 195 頁。
② 《葉井叔詩序》，《田間文集》卷 14，第 259—260 頁。
③ 《歷代遺民錄序》，《歸莊集》卷 3，第 170 頁。

亦復誰能嗔!"① 痛快地表達這些情感，無異於對當世"乾坤反覆、天下亂亡"實質的揭露。杜濬更以"嗔"為文心：

> 夫一部《離騷》經，緣嗔而作也；故屈子不嗔，則無《離騷》。由是，武侯不嗔，則無《出師表》；張睢陽不嗔，則無《軍城聞笛》之詩；文文山以嗔，故有《衣帶銘》、《正氣歌》；謝疊山以嗔，故有《卻聘書》。九煙猶是也。蓋嗔者生氣。②

"嗔"表明了遺民的立場，也表明了遺民不屈的態度和力量。

另外，強烈的情感通過文學為中介，還可以激發當世甚至後世的讀者。遺民們已經認識到，在這個各種價值觀混亂紛繁的時代，只有從日常規範中突圍而出的激越之聲，才能收到振聾發聵的效果。方以智說："尼山以與天下屬《詩》，而極於怨，怨極而興，猶春生之，必冬殺之，以鬱發其氣也。行吟怨歔，椎心刻骨，至于萬不獲已。有道之士，相視而歌，聲出金石，亦有大不獲已者存。存此者天地之心也，天地無風霆則天地瘠矣。嘻噫！詩不從死心得者，其詩必不能傷人之心、下人之泣者也。"③ 文學要激發人的道德意志，首先要有感動人、震撼人的力量，沒有椎心刻骨的情感體驗，很難產生奮發勵志的心理需求。如果不痛不癢，邪廓不關於身，道理再光明正大，也難於深入人心。

有了對主體精神的這種自信，對情感能量的這些認識，明遺民輕輕邁過"溫柔敦厚"的標準，在自我的釋放與表達上脫去了束縛。

最後，我們再回過頭來看一下黃宗羲的文學元氣論。黃宗羲云：

> 夫文章，天地之元氣也。元氣之在平時，昆侖旁薄，和聲順氣，發自廊廟而鬯浹於幽遐，無所見奇。逮夫厄運危時，天地閉塞，元氣

---

① 《和二陸子軾張元岵先生》，《陳確集》，第669頁。
② 《跋黃九煙戶部絕命詩》，《變雅堂文集》，《四庫禁毀書叢刊》集部第72冊，第419頁。
③ 《范汝受集引》，《藥地愚者智隨筆》，《浮山文集後編》卷1，第372頁。

鼓蕩而出，擁勇鬱，遏壑激，訐而後至文生焉。①

以"天地之元氣"同構遺民與文學，意味著將文學當作遺民生命意義的承載體，將文學當作宇宙人生本質的承載體，相信文學中蘊藏著可以把宇宙人生推上正常秩序的動力。文學雖然仍肩負著載道的責任，卻不再是實際政治的裨補，而是對抗強權的嗔怒之音，獨立人格的高亢之聲，進而成為了延續民族文化精神的火種，這就是亂亡時代遺民文學的價值所在。

黃宗羲還有一段話，可以看作"元氣論"的補充：

其文（黃宗會文）蓋天地之陽氣也。陽氣在下，重陰錮之，則擊而為雷。陰氣在下，重陽包之，則搏而為風。商之亡也，采薇之歌，非陽氣乎？然武王之世，陽明之世也，以陽遇陽，則不能為雷。宋之亡也，謝皋羽、方韶卿、龔聖予之文，陽氣也。其時遁于黃鐘之管，微不能吹纊轉難羽，未百年而發為迅雷。②

實現文學與人生意義的同構，是明遺民文學實踐最重要的問題。對創作者主體精神的高度重視，最真切地表達創作主體的感受，成為文學的首要任務。無論是現實政治的要求，還是傳統觀念的規範，都不能阻礙它的實現。與遺民的人生經歷相應，情感的激昂強烈成為其文學創作的重要特徵，在文學思想中也得到了普遍肯定。正是在這個意義上，黃宗羲才會用"迅雷"來描述明遺民文學的形態、功能與價值。

---

① 《謝皋羽年譜遊錄注序》，《黃宗羲全集》第 10 冊，第 32 頁。
② 《縮齋文集序》，《黃宗羲全集》第 10 冊，第 12 頁。

明清之際的詩壇衍變與明遺民"性情"新義

明清之際是中國古代社會一個重要的社會轉型時期。晚明到清初社會結構的巨變，帶來了整體社會思潮和士人集體性格的轉型。詩歌，作為士人心態最直接呈現的載體，在這一時期也發生了從核心理論問題到形式風貌的轉變。但由於中國古典詩歌的形式系統到此時已經非常穩固，新的變化雖然來自對明代詩歌得失的總結與反思，力圖表現不同的人生體驗，卻不得不謀取與古典詩歌審美傳統的協調，其伸展空間非常有限，因而反不如思想學術領域來得鮮明。不過，清代詩歌畢竟走出了晚明詩壇徘徊于復古還是創新的迷霧，努力尋找各種既能夠自我表達，又能為詩歌傳統所接納的表現形式，最終呈現獨特的風貌。若論明清詩歌轉換實現的關鍵，就要追溯到社會巨變衝擊下詩歌寫作動力的調整，正是明遺民這一站在社會轉型交接點的群體，帶動了清代詩學理論重心與詩歌寫作思路的轉向。

一 "師法"與"性情"

由全面宗唐轉到逐漸認同宋詩，是清初詩壇的一個突出現象，因而宋詩風的興起之由成為清初詩學研究的一個重點。《四庫全書總目》將其解釋為明人詩學實踐失敗以後另闢蹊徑，曰："蓋當明末國初時，太倉、歷下之摹古，與公安、竟陵之趨新，久而俱弊，遂相率而為宋詩。宋詩又弊，而馮舒、馮班之流乃尊昆體以攻江西，而晚唐之體遂盛。"① 此說以鐘擺原理解釋詩壇在師法唐宋之間的搖擺，符合物極必反的普遍規律，很容

---

① 《四庫全書總目》卷193，中華書局1965年版，第1757頁。

易為人們接受，在明清之際的詩學研究中有深遠的影響。但考察清初詩壇
的實際狀況，可以發現原因非此一端。

首先，對復古摹擬的不滿是整個清初詩壇總的潮流，不限於學宋一
派。一些從師法傾向上追隨復古派的揚唐抑宋者，也都對復古派缺乏真實
情感的空洞摹擬有很多批評。如朱彝尊向來被看作堅定的尊唐者，① 但論
到當代詩壇的弊病，他說："三十年來，海內談詩者每過於規仿古人，又
或隨聲逐影，趨當世之好，於是己之性情汨焉不出。"② 顧炎武被清詩論者
推為學唐一派的大家，論詩推崇李攀龍，③ 但《日知錄》云："近代文章之
病全在摹仿。"④ 申涵光可代表北方大多數詩人對明代七子傳統的繼承，⑤
然亦對明詩摹古之弊有所反思："詩以道性情。性情之事，無所附會。……
寸寸而效直，矜莊過甚，古無餘聞。"⑥ 對復古派不滿，反對摹擬，反對從
創作上對唐詩聲律字句等形式特徵亦步亦趨地摹仿，並不影響這些詩人在
詩歌的理想風格上推崇唐詩。可見，反對明人的摹古並不一定引起師法取
向上的學宋。

實際上，尊唐仍是清初詩歌的主要取向之一，由此而產生了一大批有
成就有影響的詩人。除了上面提到的朱彝尊、顧炎武、申涵光，陳子龍亦
在清初詩壇引領一時風會，錢謙益以老杜為宗，吳梅村學初唐歌行，以李
因篤為代表的關中詩人，以屈大均為代表的嶺南詩人，都主要是宗唐。他
們的創作成就可以證明，學宋者或有別開生面的想法，但從藝術手段上師
法唐人，創造新的詩境，尚有很大空間。復古派的學唐之弊並不必然導致
學宋風氣的出現。

那麼，這些從師法取向上無悖于明詩傳統的詩人，是從什麼立場上批

---

① 可參看束忱《朱彝尊"揚唐抑宋"說》，《文學遺產》1995 年第 2 期。
② 《葉指揮詩序》，《竹垞文類》卷 16，《四庫全書存目叢書》集部第 248 冊，齊魯書社 1997
年版，第 339 頁。
③ 關於顧炎武的詩學取向，可參看蔣寅《顧炎武的詩學史意義》一文，《南開學報》（哲學
社會科學版）2003 年第 1 期。
④ 《文人摹仿之病》，《日知錄集釋》卷 19，嶽麓書社 1994 年版，第 685 頁。
⑤ 《青箱堂近詩序》曰："詩之必唐，唐之必盛，盛必以杜為宗，定論久矣。"（《聰山集》
卷 1，《四庫全書存目叢書》集部第 207 冊，第 484 頁）
⑥ 《嶼舫詩序》，《聰山集》卷 1，第 475 頁。

評復古派的呢？上面的引文其實已經有所說明："性情"二字乃關鍵所在——他們主要不是從創新與摹擬的衝突上來反對復古的，他們針對的是七子派單純從風貌上進行聲律、字句等形式的摹擬，為了追求風貌上的合古，不惜扭曲作者本人的情志。

其次，學宋者批評的也不是學唐這一師法途徑，而是七子派只著眼於形式風貌上的復古，迷失了詩心，沒有真正學到唐詩之精髓。黃宗羲云："夫詩以道性情，自高廷禮以來主張聲調，而人之性情亡矣。"① 李鄴嗣云："至近日詩人，始各誦一先生之言，奉為模楷，剽聲竊貌，轉相擬仿，以致自溺其性情而不出。"② 他們對明代復古詩歌的批評，實質上和尊崇唐詩者一樣，主要針對的都是其追蹤聲貌，汩沒作者的真實情志，作品沒有"性情"這個問題。

關於清初宋詩風興起的原因，討論已經不少，目前學界主要總結了兩個方面：一是領袖、風會、時尚、地域等外在因素形成的文學潮流的左右；二是詩人在藝術上求新求變的意圖。此二者蔣寅教授《王漁洋與清初宋詩風之消長》一文論之甚詳。③ 但還有一個不可忽視的原因沒有得到應有的重視：即它與詩人自由選擇適當的形式，以抒發個體情志這一內在需求密切相關。

以黃宗羲為例，錢鍾書先生謂其作詩"手法純出宋詩"，確乎的論。他的詩風是如何形成的呢？其中可能有錢謙益的影響，錢謙益開啟了唐宋兼宗之門，打破了七子狹隘的取法範圍，在江浙間帶動了一批詩人。但在詩學上，黃宗羲對錢謙益卻並不怎麼認同，論之為："有虞山之唐，以排比為波瀾。"④ 且錢謙益于宋代詩人推崇的主要是陸游，⑤ 黃宗羲卻以"吾

① 《景州詩集序》，《黃宗羲全集》第 10 冊，浙江古籍出版社 2005 年版，第 15 頁。
② 《錢退山詩集序》，《杲堂文鈔》卷 2，《叢書集成續編》第 153 冊，（臺北）新文豐出版公司 1989 年版，第 692 頁。
③ 蔣寅：《王漁洋與清初宋詩風之消長》一文，總結為三個方面，一是"詩史發展的內在要求"，即對專主盛唐的趣味反撥；二是錢謙益、王士禛等人的提倡；三是書籍的流通。見於《王漁洋與康熙詩壇》，中國社會科學出版社 2001 年版，第 26—54 頁。
④ 《靳熊封詩序》，《黃宗羲全集》第 10 冊，第 62 頁。
⑤ 可參見丁功誼《錢謙益與晚明宋詩風》一文，《江漢論壇》2006 年第 4 期。

家詩祖黃魯直"① 自命，詩風上也更接近山谷一派。

錢鍾書先生雖稱黃宗羲"欲另闢蹊徑，殊為豪傑之士"。② 但實際上，黃宗羲還不能完全獨立於清初詩壇的尊唐風尚而提倡宋詩。其言曰："夫宋詩之佳，亦謂其能唐耳，非謂舍唐之外能自為宋也。"③ 又說："天下皆知宗唐詩，余以為善學唐者唯宋。"④ 到唐詩那兒去繞個圈子，固然是一種言說的策略，更重要恐怕還是對宋詩的藝術品質缺乏準確的把握，⑤ 黃宗羲始終沒有對宋詩的藝術特徵做出過正面論說。

其詩風的形成和性格與經歷有很大的關係。黃宗羲少年成名，向來以豪傑自命。平生不可一世，自視極高。⑥ 有意識地背離詩壇主流，拋棄學唐格套以換取表達的自由，樹立自家面貌，合乎他矯然不群的個性。試舉《七夕夢梅花詩》為例：

> 梅花獨立正愁絕，冰纏霧死臥天闕。孤香牢落護殘枝，不隨飄墮四更月。新詩句句逼空濛，嫣然一笑隔林樾。有如高士白雲表，牛矢煙消山雪合。一生寒瘦長鑱命，伸頭窺天亦半缺。誰寄山瓢落葉中，瀉向梅花同傲兀。已上六韻夢中作，瓜舍驅豬方矻矻。床頭摸衣境過清，不謂三伏猶未卒。始知此夜梅花詩，未與炎景相唐突。⑦

該詩不重形色、好用散句，有類宋詩。更突出的是有意識地追求生新勁健的表達效果。比如在詠梅中，突然插入"新詩句句逼空濛"，詩人從幕後的創作者一躍成為前臺的表演者。再如後半寫夢醒，從獨立冰天一下

---

① 《史濱若惠洮石硯》，《黃宗羲全集》第 11 冊，第 268 頁。

② 《談藝錄》，中華書局 1986 年版，第 144 頁。

③ 《張心友詩序》，《黃宗羲全集》第 10 冊，第 51 頁。

④ 《姜山啟彭山詩稿序》，《黃宗羲全集》第 10 冊，第 60 頁。

⑤ 參見張健《清代詩學研究》第八章，《主真重變與清初的宋詩熱》。文中指出："以宋詩的審美特徵為基礎的審美價值系統還沒有建立起來。""所以當清初人肯定宋詩的審美價值時，還是要肯定宋詩對於唐詩的繼承關係。"（北京大學出版社 1999 年版，第 362 頁）

⑥ 黃宗羲嘗云："余束髮交遊，所見天下士，才分與余不甚縣絕。而為余之所畏者……四人。"（《翰林院庶起士子一魏先生墓誌銘》，《黃宗羲全集》第 10 冊，第 416 頁）意即全天下之士，能得其敬重者僅有四人，可見自視之高。

⑦ 《黃宗羲全集》第 11 冊，第 237 頁。

落入"瓜舍驅豬"，雅俗之間的落差，顯現了人格理想與現實環境的距離和衝突。故意在"高士白雲"之後闌入"牛矢"，似乎不以俗語惡物刺激不足以顯現精神之超脫。用"纏"狀冰封之厚，"死"狀霧裏之嚴，下字異常狠重。這樣著意追求結構的張力，語詞的生新，下字的勁健，都接近于宋代江西詩派。

黃宗羲對宋詩藝術特徵的吸取，還是比較表面化的。以宋代詩學的審美標準來看，此詩藝術上不算十分成功。"已上"等散句太過隨意，顯得粗率。"孤香牢落"等清詞，"瓜舍驅豬"等俗語，和"寒瘦長鑱"等硬語，未能相互對應協調、融合一體。詩意呈現得直接明白，語終意結，給讀者留下吟詠回味的空間不多，和宋詩意義曲折、層次豐富、韻味悠遠的美學追求尚有較大距離。

在理論上，黃宗羲對宋詩的藝術品質並沒有深刻的認識，而他似乎也無意於此。他的詩風，主要還是時代氛圍、個人生活境遇與性格個性合力作用下的自然選擇。他本是意氣發揚的人物，偏偏生於國家崩頹，社會動蕩的時代，一生又歷盡艱險。被時代和人生苦難壓抑的豪傑之氣，轉化為塊壘不平，表現於詩歌，就形成了兩個特徵：表意務求暢快和用語務求拗峭。實質上，他選擇江西詩風，是找到了最契合其心理情感結構的藝術表現形式。

清初人學宋，陸游最為風行。① 造成這一現象的一個重要原因是情感的共鳴。張岱云："宣和老臣萬首詩，字字不忘靖康恥。但見鬱鬱與芊芊，忠憤之氣浮於紙。"② 孫奇逢也說："其生平大節總在不忘中原一念，故感憤悲鬱，無地無時無非此意所蒸動……是豈可以詩人目之哉？"③ 宋遺民詩也是因此受到青睞，賀貽孫云："宋末詩人，當革命之際，一腔悲憤，盡

---

① 蔣寅教授《陸游詩歌在明末清初的流行》一文，對此現象進行了深入探析，從程嘉燧、錢謙益的影響，陸游詩易解易學，接近唐詩，容易被尊唐風氣容納等方面，總結了陸游詩風行的原因。(《中國韻文學刊》2006 年第 1 期。)

② 《讀陸放翁劍南詩集》，《張岱詩文集》，上海古籍出版社 1991 年版，第 47 頁。

③ 《劍南詩鈔題詞》，《夏峰先生集》卷 5，《四庫禁毀書叢刊》集部第 118 冊，北京出版社 2000 年版，第 133 頁。

洩於詩。……情眞語切，意在言外，何遽減唐人耶?"① 錢謙益、黃宗羲等人對宋遺民詩的推崇，大都出於類似原因。

簡而言之，清初宋詩風的興起，和宋詩有更强烈的倫理意識、言志要求，人們在家國情緒上與宋人的共鳴，以及特殊詩人的個性傾向，都有密切的關係。其最根本的動力，是詩人抒寫性情的需要。

此外，反對固守門庭家數是清初詩論的一個重要傾向。王夫之云："立門庭者必餖飣……蓋心靈人所自有，而不相貸，無從開方便法門，任陋人支借也。"② 人們普遍認爲，一旦設置好某種門庭，性情的抒發就必然受到約束。作詩以性情的表達爲目的，從邏輯上導致了師法的多元化。詩人的個性不同，人生經歷不同，發之於詩歌，也自然會形成不同的審美趣味。故黃宗羲曰：

> 夫詩之道甚大，一人之性情，天下之治亂，皆所藏納。古今志士學人之心思願力，千變萬化，各有至處，不必出於一途。③

不同的審美趣味帶來不同的師法取向。事實上，以性情抒發爲根本的詩歌觀念確立以後，清初詩壇的師法取向便呈現多元化的面貌。除屈原、陶淵明、杜甫三位詩壇偶像之外，唐代的韋應物、白居易、韓愈、李賀、李商隱，宋代的蘇軾、黃庭堅、楊萬里、陸游等人，宋人都有取法。

不少明遺民認爲，後人詩歌風格與前人的接近，不一定都出於形貌上的摹仿，情志的合拍應當是更重要的原因。傅山云："句有專學老杜者，卻未必合。有不學老杜，愜合。此是何故？只是才情氣味在字句橅擬之外，而內之所懷，外之所遇，直下拈出者，便是此義。"④ 當作者的內在心境與作詩時的外部環境大致相似時，容易造成作者心理結構的相似，它又引導出類似的意象選擇、結構安排和語詞偏好，最終形成相似的藝術風

---

① 《詩筏》，《清詩話續編》，上海古籍出版社 1983 年版，第 195 頁。
② 《薑齋詩話》，《船山全書》第 15 冊，嶽麓書社 1996 年版，第 834 頁。
③ 《南雷詩曆題辭》，《黃宗羲全集》第 11 冊，第 204—205 頁。
④ 《杜遇餘論》，《霜紅龕集》卷 30，山西人民出版社 1985 年版，第 821 頁。

貌。這種"不學而似",樂於為詩人們強調。陳恭尹曰:"吾有意而不自達
焉,則以韻語達之……人之見之,以為似某代某某也,吾故不自知也。"①
錢澄之亦強調于古人"非有意似之"②,言其不從詩歌形式上進行摹仿。古
代詩歌不是作為標準範本,而是後人藝術素養的一部分發生作用。在情境
遇合之時,會自然地成為在其進行表達時借鑒的首選對象。這種師法關係
是相對寬鬆和自由的,對於詩人表達情志和體現個性也不會造成約束。歸
根究底,在師法問題上,以明遺民為主的清初詩壇實現了一個根本性的轉
變:從以理想風貌的追摹為目的,轉變為利用詩學傳統提供的各種模式選
擇最能夠傳達詩人主體情志的藝術表現方式。這一轉變,就是清初詩壇師
法對象打破一尊,多元並起的主要原因。

二　詩壇傳承與"性情"

任何時代的文學發展都離不開現有傳統,清初詩壇對晚明學唐風氣與
竟陵詩風皆有延續,但這一傳承卻有了質的突破,以性情為詩心,明遺民
的詩歌寫作擺脫了晚明詩壇膚廓枵響與細弱僻澀的弊病。

最能說明問題的是陳子龍詩歌在國變前後的變化。從詩學理論上看,
陳子龍主要繼承了前後七子追求詩歌形式風貌上的古格雅調。雖然在公
安、竟陵主真重變的思潮衝擊下,他也意識到前後七子的弊病,③但堅持
認為考察詩歌優劣,應當"先辨形體之雅俗,然後考性情之貞邪"。④在實
際創作中,仍以詩歌的體貌為關注重心,集中多刻意摹古之作,缺少真切
充實的情感內容,故鄧漢儀謂之"衣冠盛而性情衰",⑤"格調非不高敞,

---

① 趙執信:《獨漉堂詩序》所記,《獨漉堂文集》卷首,《四庫禁毀書叢刊》集部第 183 冊,
第 376 頁。

② 《潘蜀藻詩序》,《田間文集》卷 14,黃山書社 1998 年版,第 268 頁。

③ 如提出"情以独至为真",作為"文以範古為美"的補充。(《佩月樓詩稿序》,《陳子龍
文集》上冊,華東師範大學出版社 1988 年版,第 381 頁)

④ 《宣城蔡大美古詩序》,《陳子龍文集》下冊,《安雅堂稿》卷 2,第 35 頁。關於陳子龍對
詩歌情志與格調關係的看法,參見張健《清代詩學研究》第二章《情志為本與格調優先:雲間、
西泠派對七子派詩學價值系統的重建與調整》。

⑤ 《詩觀初集凡例》,《詩觀》,《四庫禁毀書叢刊》集部第 1 冊,第 193 頁。

然只是應付"。①

國變之後，陳子龍論詩多言時事感發，不再斤斤於風貌是否合乎漢魏盛唐，詩學重心轉為強調詩的情感宣洩與道德規範功能。其言曰："不有吟詠，何所寄憤懣哉？""長歌慘於痛哭，豈徒辭翰之事乎？"② 國變的衝擊，使他的作詩動機發生了根本變化。就創作來看，陳田《明詩紀事》謂之："早歲少過浮豔，中年骨幹老成。"③ 從才子到志士的身份變化，使他的詩歌中激蕩著慷慨悲壯之氣。充實的情感內容注入高華的形式，使之真正獲得了打動人心的力量，陳子龍在明末詩壇的崇高地位由此奠定。

不惟陳子龍，大多數清初詩人學唐所取得的成就，不是來自創作手法的改變，而是來自情志的真切充實。比較顧炎武與李夢陽的詩歌，可見其區別。《晚晴簃詩匯》稱顧詩："初自七子入，進而益上。"④ 顧詩重詞采聲調，章法句法純出唐詩，謂其"自七子入"，是不錯的。但前後七子作詩，多以格調為極詣。顧炎武國變以後的詩歌，情志寄寓卻十分明確。《秋望》是李夢陽名篇：

> 黃河水遠漢宮牆，河上秋風雁幾行。客子過壕追野馬，將軍韜箭射天狼。黃塵古渡迷飛輓，白月橫空冷戰場。聞道朔方多勇略，只今誰是郭汾陽？⑤

詩歌成功地營造了秋日邊關雄壯悲涼的氛圍，寄寓著作者撫今追昔、感慨邊事的憂國情懷。但細看此詩，仍不能脫膚廓之病。時間和空間的跳蕩缺乏內在的依據，透露出拼湊的痕跡。儘管詩人堆疊了"黃河"、"宮牆"、"秋雁"、"野馬"等邊塞常見意象，極力追摹漢唐邊關的雄壯，但其想象不是以實際的邊塞生活經驗或建立邊功的真實願望為支撐，而多來自盛唐邊塞詩的寫作傳統。他像是一個雄關的追思者，努力維持聲調的高

---

① 鄧漢儀：《詩觀》初集卷 4，《四庫禁毀書叢刊》集部第 1 冊，第 351 頁。
② 《申長公詩稿序》，《陳子龍文集》上冊，第 415、416 頁。
③ 《明詩紀事》辛籤卷 1，上海古籍出版社 1993 年版，第 2810 頁。
④ 《晚晴簃詩匯》卷 11，中華書局 1990 年版，第 219 頁。
⑤ 《秋望》，《明詩綜》卷 29，中華書局 2007 年版，第 1504 頁。

亢、場面的壯闊，其情緒的低沉卻隱藏在體貌的高華背後，無法使詩歌達到協調之美。讀者只能泛泛感受到他的憂國情緒，其深層的，關乎明代邊事的豐富內容，都沒有得到表現。

顧炎武《海上》詩，也以意象的組合作為主要創作手法：

> 日入空山海氣傾，秋光千里自登臨。十年天地干戈老，四海蒼生痛哭深。水湧神山來白鶴，雲浮真闕見黃金。此中何處無人世，祇恐難愁烈士心。①

此詩在空間的處理上亦偏於闊大，但並非誇大口氣的感慨，詩人的極目遠望有重要的原因，那就是尋找救國的途徑——該詩作於順治三年（1646），魯王飄零海上，並遣使者乞師日本。"水湧神山"二句，論詩者多解為暗喻南明政事。而"十年內天地干戈老"，把時間從眼前拉開，容納了易代之際的滄桑巨變。詩中壯闊的空間，來自于詩人挽救國家命運的強烈願望和深遠思慮。時間雖然具體，卻點到歷史巨變的關鍵時段，蘊含著厚重的內容。詩歌的恢弘氣勢與廣闊的社會背景有機結合在一起，使人能夠真切感受到詩人憂思的深廣和追尋救國之道的信念。

二詩的區別，主要在於意象與情志的離合。李詩的壯闊境界，由於缺少情緒的配合，多少顯得勉強；而顧詩則情境互發，能夠真切地體現作者的心境和人格。《養一齋詩話》稱顧詩："字字皆實，所謂'修辭立誠'之旨也。"② 追根究底，和前後七子面對政局的無可奈何不同，明遺民對自身的意義所在十分明確。儘管他們在歷史滄桑面前也有悲歡，但對於自身歸屬卻是清楚的。情感的濃烈、寄託的深沉和堅定的自信，使他們在學習唐詩時，能夠將自身情志與雄壯的風格融為一體。這就是清初詩人繼續學唐，卻能夠超越明代復古詩派的原因所在。

繼承竟陵派詩歌寫作傳統的詩人，也是從性情獲得了突破。

竟陵派寫"幽情單緒，孤行靜寄"，是明末政治崩潰局面下，士人經

---

① 《海上》，《顧亭林詩集彙注》卷1，上海古籍出版社1983年版，第111頁。
② 《養一齋詩話》卷3，《清詩話續編》，第2045頁。

望情緒的反映。面對王朝無可挽救的潰敗，一批苦悶的士人選擇了自我放逐。他們無力改變社會的污濁，只能竭力維護自身的清白，以孤傲的姿態區別于世人的昏庸。其心靈的自我封閉，體現在詩歌上，就是偏好幽獨之境，擅長捕捉細微的物象來顯現心靈敏感的顫動。如鍾惺："清切山中月，依稀水際看。入霜惟覺澹，過雨自然寒。"① 將本來淒清的月色，經過水變得更加恍惚，經過霜變得更加慘澹，經過雨變得更加寒冷，以此來配合心境的苦澀。詩人刻意地冷落，造成了詩風的"孤峭"。他們對世界失去了熱情和希望，只有在封閉的心靈裏自我煎熬。

儘管這種詩風與明朝的亡國被聯繫在一起，受到錢謙益、朱彝尊等人的嚴厲責難，但清初仍有不少竟陵詩法的後繼者，如錢鍾書先生在《談藝錄》中拈出的明遺民林古度、徐波、張岱和傅山等。沈德潛稱徐波"生平詩近鍾譚"，② 其《落花》詩如："花意寒欲去，登樓送所思。將分春雨恨，似與古人期。野水斷村路，孤煙生竹籬。吾徒從此逝，忍見豔陽時。"③ 境界的淒清與落筆的生新，有似鍾譚；傅山詩被稱為"意險語幽，不經人道"，④ 如《青羊庵》："芰蒼鑒翠一庵經，不為瞿曇作客星。既是為山平不得，我來添爾一峰青。"⑤ 峭拔新警，出人意表。或在境界的幽深淒冷，或在筆法的孤峭，或在性格的狷傲，他們與竟陵派詩歌頗多相似之處。

不過，明遺民詩中體現的精神取向，和鍾、譚等人還是不一樣的。詩境仍是淒冷的，卻不再刻意表達異乎尋常的感傷。寫落花"將分春雨恨，似與古人期"，胸襟是開闊的，沒有用細微刻畫去突出它墜落的無奈與哀怨。其所承載的情志，不是自憐自傷，而是精神有所寄託者的堅強有力。詩中體現的人格，仍是孤傲的，但不再厭棄世事。對世界的看法雖然悲愴，卻在冷峻之下隱藏著強烈的熱情。傅山的《青羊庵》從"不"字入

---

① 鍾惺：《寒月同友夏、叔靜作》，《隱秀軒集》黃集，《鍾伯敬合集》，貝葉山房1936年版，第74頁。
② 《清詩別裁集》卷6，嶽麓書社1998年版，第183頁。
③ 同上。
④ 鄧漢儀：《詩觀》三集，《四庫禁毀書叢刊》集部第3冊，第198頁。
⑤ 《清詩紀事·明遺民卷》，江蘇古籍出版社1987年版，第224頁。

手，反面著筆，和鍾惺詩遮月看月手法相類。但"我來添爾一峰青"的詩人是意志昂揚、充滿自信的，鍾詩水、霜、雨對月造成的阻隔卻令人越發感到主體的壓抑。這些竟陵派的後繼者，已經從一己的哀怨中解脫出來了，對現實社會的關懷，與對自我人生的明確認識，使他們的心胸變得更加深廣，感受變得更加厚重，他們生命的力度是加強了，詩歌也因此超越鍾、譚的細弱寒澀，獲得了剛健的骨力。

三 明遺民"性情"詩論的內涵

事實上，反對復古摹擬，要求詩歌抒寫詩人的個體性情，自晚明以來一直是反對復古摹擬的詩人們強調的立場。公安、竟陵，以"性靈"為號召，即強調情志的真切。不過，中國古典詩歌本屬雅文化體系，它承載著中國士人的理想人格追求，因而無論是公安之世俗欲望與名士情調，還是竟陵之"幽情單緒"，都不能在仍以儒家倫理為價值支柱的士人那裡得到廣泛認同。在傳統文人的眼中，他們的意義主要在於糾偏，若以之建設一種新的詩學理想，則缺乏堅實的價值論基礎。因而，到了明遺民這裡，詩壇的狀況被看作是："（七子以後）詩成浮響，不復入情。公安變而刻削，竟陵變而淡薄。"[1] 人們已經越來越意識到詩歌應當以表達詩人的情志為根本，但關鍵的問題仍然沒有解決：什麼樣的情志才是既不脫離詩人的真切生命感受，又能夠為他們提供價值支持的？

自《詩大序》提出"吟詠情性"以來，詩歌以性情為本，就成為人們認識詩歌本體的普遍看法。人們總是從不同的需求出發去使用"性情"這個範疇。並且，在很多時候，"詩主性情"已經成為一種習慣用語，無論人們在論詩時關心的是其聲律、詞采、章句或者格調，都常常會抬出"主性情"作為議論的開頭。到了明遺民這裡，"性情"卻成為論詩真正的核心命題。他們整合了在傳統性情詩論中常常互相背離的兩種傾向：重道德規範與重個體感受，並由此決定了作詩的宗旨，詩歌的命題立意和評價標準。而其所謂"性情"，主要有如下三方面特性。

---

① 方以智：《曹根遂先生博望稿序》，《曼寓草》中，《浮山文集前編》，《續修四庫全書》集部第 1398 冊，上海古籍出版社 2002 年版，第 251 頁。

首先，其所謂"性情"，具備較強的倫理道德內涵。魏禮云："夫詩本性情，而忠孝者又性情之本然。"① 馮班批評竟陵派提倡的性情，"乃鄙夫鄙婦市井猥媟之談"，不是"君子之性情"。② 王夫之以理學中的公私理欲之辨言性情，云："詩達情，非達欲也。……發乎期不自已者，情也；動焉而不自恃者，欲也。"③ 一己的憂喜，小我的得失，在遺民看來，是不能稱之為"性情"的，言性情則必須先有對宇宙世事的關懷，從個人的小天地中超脫出來，明確人生真正的價值所在。在《黃孚先詩序》中，黃宗羲分辨了三個層次的性情：最低的一個層次是為了裝扮辭色的"溢言曼辭"和交際應酬的"諂笑柔色"，未嘗出自真心。第二層次是"勞苦倦極、疾痛慘怛"的呼天搶地，確實是本人的真實情感。當其發動之時，亦不可謂不強烈，但事過情遷，瞬間即可拋於腦後。這是自然人性的本能之情，它在表面上與經過道德提升的倫理之情相似，實際上卻很容易隨著利害關係而轉移，在黃宗羲看來也是膚淺淡漠的。最高一個層次的性情，負載著詩人理性深度與感性熱情，顯現生命的力度，是"可以貫金石，動鬼神"的。④ 故黃宗羲又云："今之論詩者，誰不言本于性情，顧非烹鍊使銀銅鉛鐵之盡去，則性情不出。"⑤ 只有從自身的道德修養著手，鍛煉出堅毅的人格，刪汰乾淨軟弱平庸的情感，性情之光才能夠顯現。

明遺民對性情的這種要求，有其偏激的一面。把詩歌中可以表現的情感規定為道德情感，實際上局限了詩人感受世界的方式。與儒家道德無關的其他情感被取消了價值，人的精神發展的可能性受到了局限，詩歌對人生的展現相對單一。但就明遺民的現實處境來看，在異族入侵、社會動蕩、生靈塗炭的特殊時刻，強調詩歌應該表現深刻的、崇高的情感，避免萎弱的感傷、淺薄的自我迷醉和乖滑輕脫的不負責任，是有現實意義的。它期望帶給讀者的不是普通的審美愉悅，而是對生命可以到達的高度和可以承載的力度的提示。它指向的是富於震撼力的莊嚴作品。

---

① 《翠山詩序》，《魏季子文集》卷 7，《四庫禁毀書叢刊》集部第 5 冊，第 670 頁。
② 馮班：《鈍吟雜錄》卷 3，《叢書集成初編》本，商務印書館 1937 年版，第 47 頁。
③ 《詩廣傳》卷 1，《船山全書》第 3 冊，第 325 頁。
④ 引文見《黃孚先詩序》，《黃宗羲全集》第 10 冊，第 32 頁。
⑤ 《萬貞一詩序》，《黃宗羲全集》第 10 冊，第 94—95 頁。

　　其次，明遺民強調性情的真切。"性情"在不少時候是作為"偽格調"詩的反命題被提出的，它強調人與詩的同一關係。吳喬提出"詩中有人"說，① 強調寫詩要能夠顯現作者的性情，讀詩則能夠把握詩人的人品、個性、心態。一些明遺民更以"真"為詩歌評價最重要的標準，申涵光云："詩之精者必真，夫真而後可以言美惡。"② 杜濬云："世所謂真詩，不過篇無格套，語切人情耳。弟以為此佳詩，尚非真詩也。何也？人與詩猶為二物故也。"③ 他們實際上更改了傳統的評詩標準，將詩之優劣與文字對詩人精神的展現程度聯繫起來，把能夠完全展示詩人精神風貌的作品列為最上。

　　為何明遺民對"真"如此重視？首先出於對文字緣飾的警惕。歸莊云："古人之詩，未有不本於其志與其性情者也。故讀其詩，可以知其人。後世人多作偽，於是有離情與志而為詩者。"④ 在中國古典文學觀念中，詩是最能夠顯現作者人格的文學樣式。詩人創作了詩歌，反過來人們對他的認識又被詩歌所左右。詩人在世人眼中的面目，常常是被他的詩歌塑造出來的。他在歷史上留下的形象，也和當初作詩時的自我表達有很大關係。在這樣的壓力和誘惑之下，文人在詩歌中自覺不自覺地進行自我緣飾是相當普遍的現象。明清易代的劇烈社會變動，是對人道德意志的嚴峻考驗。在壓力和誘惑之下，徘徊于現實利害和道德理想之間的士人不少。顧炎武《日知錄》專列"文辭欺人"之目批評"投身異姓，至擯斥不容，而後發為忠憤之論"⑤ 者。不過，從這個角度要求"性情"之真，尚不脫離道德政治批評的範圍。

　　在文學上意義更大的，是強調作者的真實感受。如果說"雅正"偏重於群體倫理的規範，那麼"真切"則偏重於個體感性生命的舒展。錢澄之云：

　　　　夫性情之事，蓋難言之，難於真耳。譬如優孟登場，摹寫忠孝節

----

① 《圍爐詩話》，《清詩話續編》，第 490 頁。
② 《喬文衣詩引》，《聰山集》卷 2，第 495 頁。
③ 杜濬：《與范仲闇書》，《清詩紀事·明遺民卷》，第 321 頁。
④ 《天啟崇禎兩朝遺詩序》，《歸莊集》卷 3，上海古籍出版社 1984 年版，第 181 頁。
⑤ 《日知錄集釋》卷 19，第 683 頁。

義之事，一笑一啼，無不酷肖，而人知其言之皆妄，以其皆沿襲之言，而非自己出之言也。自己出者，有諸己而後出，所謂真性情也。①

"有諸己"指其必須來自個體的生活經驗，來自真切的人生感受。"沿襲之言"拾他人牙慧，縱然響亮、動聽，也難於切合本人的心境，發之為言，情不真而意不切。"真"不是易事，必須有詩人真實生命的投入，因此它不是膚廓的感歎、隨聲的附和，而是作者個體生命與命運較量的印跡。

這一點對於補充明遺民對性情"雅正"的要求，尤為重要。在此補充之下，其所要求的道德情感，就不是來自道理的灌輸，而是得到作者個人生活經驗的驗證，產生于其人生實踐的、發自內心的主動要求，承載著詩人真實人生的厚重分量。其書寫，不是為了向人傳達什麼理念，而是不可遏制的自我表達與具體人生感受的真實記錄。因而，在明遺民詩中，說理比較少，他們道德情感的表現，主要是自然流露於具體事件、當下情思的寫實裏。

強調性情之"真"，還有一重意義，就是對詩人感性的釋放。詩所主之"性情"不同於散文所明之"道"，就是在於詩是訴諸感性的，是通過情緒釋放感染人的。詩人的道德體驗是從情感激蕩的過程中獲得的，對於明遺民來說，詩歌最重要的功能，就是情感宣洩。"真"就意味著對情感不加約束，任由其在詩歌中完全真實地顯現。這和前人以性情言詩，強調其對情感的調節作用是完全不同的取向。方以智認為，好詩應該能夠激蕩人的情緒，像"風霆"照亮天地一樣，以強烈的情感衝擊將人從日常生活中分離出來，進入一種異常敏銳的狀態。在此狀態之中獲得的意義感受，是"椎心刻骨"、"萬不獲已"的，所以它才能具有"存天地之心"的力量。② 杜濬甚至說，為了表達情感的真實，即使詩人有"噍殺"之聲，也

---

① 《汪異三詩引》，《田間文集》卷16，第309頁。

② 參見方以智《范汝受集引》，《浮山文集後編》卷1，《續修四庫全書》集部第1398冊，第372頁。

不必加以掩飾。① 在"貴真"觀念的影響下，明遺民最終突破了"溫柔敦厚"的儒家詩教傳統。②

最後，明遺民的詩主性情論的內涵之三，是引導詩人追求獨特的個性。黃宗羲在《南雷詩曆題辭》中說：

> 一友以所作示余，余曰杜詩也。友遜謝不敢當。余曰：有杜詩，不知子之為詩者安在？友茫然自失，此正偽之謂也。③

為自己的詩集題詞，特意講到這麼一件事，黃宗羲顯然是以詩有自家面目為傲的。顧炎武也曾批評過"有杜"之病："有此蹊徑於胸中，便終身不脫依傍二字，斷不能登峯造極。"④ 斷言將自己的情志附著於他人的面貌之上，算不上第一流的詩歌。錢澄之更明確表示：

> 是故有不事修飾，一意孤行，直自攄其所獨見，不必盡合於古人也，亦不顧人之以古人律我也，雖瑕瑜不掩，吾必謂之雅。⑤

"自攄其所獨見"作為更高的標準，居於"修辭"與"合古"之上。"合古"代表了文體的基本規範，也是價值判斷的基本要求。"古"和"雅"往往聯繫在一起，"古"代表文學傳統，"雅"代表審美價值。錢澄之改造了"雅"，實際上就是修改了審美標準，將作者主體情志的獨特表現置於文學傳統之上。

之所以做出這樣的選擇，是因為明遺民們認為自己的性情是獨特的，是不同於任何歷史時期的、任何他人的。而且它有不可掩蓋的價值，無人能夠替代。⑥ 詩歌的意義，就在於對此的表現。吳肅公云：

---

① 《奚蘇嶺詩序》，《變雅堂文集》，《四庫禁毀書叢刊》集部第 72 冊，第 374 頁。
② 參見李瑄《天地之元氣：明遺民的文學本質觀》，《浙江學刊》2006 年第 1 期。
③ 《南雷詩曆題辭》，《黃宗羲全集》第 11 冊，第 204—205 頁。
④ 《與人書十七》，《顧亭林詩文集》，第 95 頁。
⑤ 《追雅堂記》，《田間文集》卷 10，第 177 頁。
⑥ 參見李瑄《存道：明遺民群體的價值體認》，《學術研究》2008 年第 5 期。

　　假而曰："易心志，屈性情，吾與之的。"靡不憤以怒矣。蓋性情
吾自有之，亦吾所自貴。我無以自異，奚尚夫苟同？①

　　性情是自有的，沒有任何現成的模式，也無法由旁人提供。既然暢達
性情是寫詩的目的，那麼詩歌的表現對象就是特殊的。為了更好地體現精
神的特殊，在形式上也應當表現出異於他人的面貌。在此觀念之下，重視
"自家面貌"成為明遺民論詩的普遍傾向。

　　綜上所述，明遺民的詩主性情論，給"性情"這個古老的詩學範疇注
入了充實的時代內容，使之既能夠傳達一代人豐富深刻的真切體驗，又能
在倫理意識、價值取向上為古典詩歌傳統所接納。這一觀念在清初詩壇的
建立，一方面使以摹擬為復古的明詩積習被徹底拋棄，在清代詩壇再也沒
有得以恢復；另一方面，詩人的個體表達也找到了出路。以此為基礎，清
代詩歌主流始終以承載著厚重社會內容的個體體驗為表達中心，在古典詩
歌的文體規範與詩人的個性舒展之間取得了平衡。如康熙中期以王士禛為
代表的神韻派詩人，就是敏銳地抓住了易代之際彌漫於整個社會的傷痛、
失落、懷舊等情緒，以高超的藝術技巧，將其表現得朦朧搖曳。儘管神韻
派追求渾厚氤氳的風貌，意圖拉開詩歌與生活的距離，把詩歌作為太平盛
世的點綴，但畢竟沒有像以往的政教文學觀一樣，完全脫離詩人的真實感
受，把詩歌當作工具利用。這應該來自清初遺民對王士禛等詩人長期的薰
陶，是其留給清代詩壇的一份重要遺產。

---

　　① 《蕭崔閏詩序》，《街南文集》卷3，《四庫禁毀書叢刊》集部第148冊，第132頁。

引用書目

一 傳統文獻

《四書五經》，中國書店 1985 年版。

永瑢等撰：《四庫全書總目》，中華書局 1965 年版。

楊伯峻：《春秋左傳注》，中華書局 1981 年版。

司馬遷：《史記》，中華書局 1975 年版。

班固：《漢書》，中華書局 1975 年版。

董仲舒：《春秋繁露》，中華書局 1992 年版。

歐陽修等：《新唐書》，中華書局 1975 年版。

脫脫等：《宋史》，中華書局 1978 年版。

司馬光：《資治通鑒》，中華書局 1956 年版。

張廷玉等：《明史》，中華書局 1974 年版。

趙爾巽等：《清史稿》，中華書局 1977 年版。

清國史館：《貳臣傳》，清琉璃廠印本。

《世祖章皇帝實錄》，《清實錄》本，中華書局影印 1985—1986 年版。

《聖祖仁皇帝實錄》，《清實錄》本。

錢儀吉編：《碑傳集》，文海出版社 1980 年版。

李元度：《國朝先正事略》，《清代傳記叢刊》第 193 冊，明文書局 1985 年版。

李富孫：《鶴徵錄》，《清代傳記叢刊》第 13 冊。

秦瀛：《己未詞科錄》，《清代傳記叢刊》第 14 冊。

樂天居士輯：《痛史》，商務印書館 1911 年版。

徐珂：《清稗類鈔》，中華書局 1981 年版。

西亭凌雪：《南天痕》，《臺灣文獻叢刊》第 76 種，大通書局 1987 年版。

文秉：《烈皇小識》，《臺灣文獻叢刊》第 263 種。

佚名：《吳耿尚孔四王全傳》，《臺灣文獻叢刊》第 241 種。

查繼佐：《東山國語》，《臺灣文獻叢刊》第 163 種。

徐鼒：《小腆紀傳》，《臺灣文獻叢刊》第 138 種。

溫睿臨、李瑤：《南疆繹史摭遺》，《臺灣文獻叢刊》第 132 種。

張岱：《石匱書》，鳳嬉堂鈔本。

張岱：《石匱書後集》，《臺灣文獻叢刊》第 282 種。

郭慶藩：《莊子集釋》，中華書局 1982 年版。

歸有光、文震孟：《南華經評注》，嚴靈峰《無求備齋莊子集成續編》第
19 冊，藝文印書館 1965 年版。

李贄：《莊子解》，《無求備齋莊子集成續編》第 18 冊。

陸長庚：《南華真經副墨》，《無求備齋莊子集成續編》第 8 冊。

林希逸：《莊子鬳齋口義》，中華書局 1997 年版。

王夫之：《莊子解》，《船山全書》第 13 冊，嶽麓書社 1996 年版。

韓非著，陳奇猷校注：《韓非子集釋》，上海人民出版社 1974 年版。

王利器：《呂氏春秋注疏》，巴蜀書社 2002 年版。

劉向著，向宗魯校證：《說苑校證》，中華書局 1987 年版。

王充著，黃暉校釋：《論衡校釋》，中華書局 1979 年版。

余嘉錫：《世說新語箋疏》，上海古籍出版社 1993 年版。

黎靖德編：《朱子語類》，中華書局 1986 年版。

程顥、程頤：《河南程氏遺書》，《四部備要》，中華書局 1920—1934 年版。

程顥、程頤：《二程集》，中華書局 2004 年版。

胡應麟：《少室山房筆叢》，《景印文淵閣四庫全書》子部第 886 冊，臺灣
商務印書館 1983 年版。

朱國禎：《湧幢小品》，中華書局 1959 年版。

沈德符：《萬曆野獲編》，中華書局 1959 年版。

杜登春：《社事始末》，《中國野史集成》本，巴蜀書社 1993 年版。

王弘撰：《山志》，中華書局 1999 年版。

李清：《三垣筆記》，中華書局 1982 年版。

王士禛：《池北偶談》，中華書局 1982 年版。

王應奎：《柳南隨筆》，中華書局 1983 年版。

福格：《聽雨叢談》，中華書局 1984 年版。

褚人獲：《堅瓠五集》，《筆記小說大觀》本，江蘇廣陵古籍刻印社 1984 年版。

雍正帝：《大義覺迷錄》，《清史資料》第 4 輯，中華書局 1983 年版。

吉迦夜、曇曜譯：《雜寶藏經》，《大正新修大藏經》第 4 冊，佛陀教育基
　　金會 1990 年版。

曇無讖譯：《大般涅盤經》，《大正新修大藏經》第 12 冊。

慧能：《壇經》，《大正新修大藏經》第 48 冊。

龍樹：《中論》，鳩摩羅什譯，《大正新修大藏經》第 30 冊。

元康：《肇論疏》，《大正新修大藏經》第 45 冊。

慧海：《頓悟入道要門論》，《卍新纂續藏經》第 63 冊，河北省佛教協會虛
　　雲印經功德藏 2006 年印行。

道宣：《廣弘明集》，《大正新修大藏經》第 52 冊。

志磐：《佛祖統紀》，《大正新修大藏經》第 49 冊。

陳舜俞：《廬山記》，《大正新修大藏經》第 51 冊。

贊寧：《宋高僧傳》，《大正新修大藏經》第 50 冊。

道原：《景德傳燈錄》，《大正新修大藏經》第 51 冊。

普濟：《五燈會元》，《卍新纂續藏經》第 80 冊。

超永：《五燈全書》，《卍新纂續藏經》第 81 冊。

智昭：《人天眼目》，《大正新修大藏經》第 48 冊。

賾藏：《古尊宿語錄》，《卍新纂續藏經》第 68 冊。

法眼：《法演禪師語錄》，《大正新修大藏經》第 47 冊。

慧照：《鎮州臨濟慧照禪師語錄》，《大正新修大藏經》第 47 冊。

宗密：《禪源諸詮集都序》，《大正新修大藏經》第 48 冊。

克勤：《佛果圜悟禪師碧巖錄》，《大正新修大藏經》第 48 冊。

宏智：《宏智禪師廣錄》，《大正新修大藏經》第 48 冊。

袁宏道：《金屑編》，《續修四庫全書》，上海古籍出版社 1994—2002 年版，
　　子部第 1131 冊，據國家圖書館藏明清響齋刻本影印。

道忞：《天童弘覺忞禪師北遊集》，《嘉興藏》第 26 冊，新文豐出版公司
　　1988 年版。

王明：《太平經合校》，中華書局 1960 年版。

蕭統編：《文選》，中華書局 1977 年版。

嚴可均輯：《全上古三代秦漢三國六朝文》，中華書局 1958 年版。

歐陽詢等編撰：《藝文類聚》，上海古籍出版社 1982 年版。

彭定求編：《全唐詩》，中華書局 1960 年版。

錢謙益編選：《列朝詩集》，中華書局 2007 年版。

朱彝尊編選：《明詩綜》，中華書局 2007 年版。

鄧漢儀輯：《詩觀》，《四庫禁毀書叢刊》，北京出版社 1996—1999 年版，
　　集部第 1—3 冊影印清康熙間慎墨堂刻本。

陳田編：《明詩紀事》，上海古籍出版社 1993 年版。

沈德潛編：《明詩別裁集》，上海古籍出版社 2008 年版。

沈德潛編：《清詩別裁集》，嶽麓書社 1998 年版。

錢仲聯編：《清詩紀事》，江蘇古籍出版社 1987 年版。

徐世昌編纂：《晚晴簃詩匯》，中華書局 1990 年版。

嵇康著，魯迅輯：《嵇康集》，《魯迅輯錄古籍叢刊》卷 4，人民文學出版
　　社 1999 年版。

陶淵明著，逯欽立校注：《陶淵明集》，中華書局 1979 年版。

梅堯臣：《宛陵先生集》，《四部叢刊》本，商務印書館 1919—1936 年版。

王安石：《王安石全集》，上海古籍出版社 1999 年版。

王十朋：《梅溪王先生文集后集》，《四部叢刊》本。

劉克莊：《后村先生大全集》，《四部叢刊》本。

張元幹：《蘆川歸來集》，《四庫全書存目叢書》，齊魯書社 1997 年版，集
　　部第 15 冊，據清鈔本影印。

王惲：《秋澗先生大全文集》，《四部叢刊》本。

宋濂：《宋學士文集》，《四部叢刊》本。

何景明：《何大復集》，中州古籍出版社 1989 年版。

歸有光：《震川先生集》，《四部叢刊》本。

李贄：《焚書》，中華書局 1975 年版。

袁宗道：《白蘇齋類集》，上海古籍出版社 1989 年版。

袁宏道著，錢伯城箋校：《袁宏道集箋校》，上海古籍出版社 1981 年版。

袁中道：《珂雪齋集》，上海古籍出版社 1989 年版。

湯顯祖撰，徐朔方箋校：《湯顯祖全集》，北京古籍出版社 1999 年版。

鍾惺：《鍾伯敬合集》，貝葉山房 1936 年版。

陳子龍：《陈子龙文集》，华东师范大学出版社 1988 年版。

吳嘉紀：《吳嘉紀詩箋校》，上海古籍出版社 1980 年版。

錢謙益：《牧齋初學集》，上海古籍出版社 1985 年版。

吳偉業：《吳梅村全集》，上海古籍出版社 1990 年版。

陳洪綬：《陳洪綬集》，浙江古籍出版社 1994 年版。

張岱：《張岱詩文集》，上海古籍出版社 1991 年版。

顧炎武：《顧亭林詩文集》，中華書局 1983 年版。

顧炎武著，王蘧常注：《顧亭林詩集彙注》，上海古籍出版社 1983 年版。

顧炎武著，華忱之編選：《顧亭林文選》，四川人民出版社 1998 年版。

顧炎武：《日知錄集釋》，嶽麓書社 1994 年版。

陳確：《陳確集》，中華書局 1979 年版。

屈大均：《屈大均全集》，人民文學出版社 1996 年版。

歸莊：《歸莊集》，上海古籍出版社 1984 年版。

錢澄之：《田間文集》，黃山書社 1998 年版。

張履祥：《楊園先生全集》，中華書局 2002 年版。

黃宗羲：《黃宗羲全集》，浙江古籍出版社 1994 年版。

傅山：《霜紅龕集》，山西人民出版社 1985 年版。

李顒：《二曲集》，中華書局 1996 年版。

徐枋：《居易堂集》，《四部叢刊》本。

方文：《嵞山集》，上海古籍出版社 1979 年版，據北京圖書館藏清康熙刻
　　本影印。

邵廷采：《思復堂文集》，浙江古籍出版社 1987 年版。

全祖望：《全祖望集彙校集注》，上海古籍出版社 2000 年版。

杜濬：《變雅堂文集》，《四庫禁毀書叢刊》，集部第 72 冊據中國科學院圖書館藏清康熙刻本影印。

魏禧等：《寧都三魏全集》，《四庫禁毀書叢刊》集部第 5 冊據清道光二十五年寧都謝庭綏綏園書塾重刻本影印。

邢昉：《石臼前集》，《四庫禁毀書叢刊》集部第 51 冊據清康熙間刻本影印。

吳蕭公：《街南文集》，《四庫禁毀書叢刊》集部第 148 冊據清康熙二十八年吳承勵刻本影印。

沈壽民：《姑山遺集》，《四庫禁毀書叢刊》集部第 119 冊據北京圖書館藏清康熙有本堂刻本影印。

陳恭尹：《獨漉堂文集》，《四庫禁毀書叢刊》集部第 183 冊據清康熙間晚成堂刻本影印。

孫奇逢：《夏峰先生集》，《四庫禁毀書叢刊》集部第 118 冊據清道光二十五年大梁書院刻本影印。

閻爾梅：《白耷山人文集》，《四庫禁毀書叢刊》集部第 119 冊據中國科學院圖書館藏清康熙刻本影印。

呂留良：《呂晚村先生四書講義》，《四庫禁毀書叢刊》經部第 1 冊據中國科學院圖書館藏清刻本影印。

呂留良：《呂晚村先生文集》，《四庫禁毀書叢刊》集部第 148 冊據南開大學圖書館藏清雍正三年天蓋樓刻本影印。

方以智：《浮山文集》，《續修四庫全書》集部第 1389 冊據湖北省圖書館藏清康熙此藏軒刻本影印。

陸世儀：《桴亭先生文集》，《續修四庫全書》集部第 1398 冊據上海辭書出版社圖書館藏清光緒二十五年唐受祺刻陸桴亭先生遺書本影印。

冒襄：《巢民文集》，《續修四庫全書》集部第 1399 冊據北京圖書館藏清康熙刻本影印。

宋琬：《安雅堂文集》，《續修四庫全書》集部第 1405 冊據復旦大學圖書館藏清康熙三十八年宋思勃刻本影印。

計東：《改亭集》，《四庫全書存目叢書》，集部第 228 冊據中國人民大學圖
　　書館藏清潛龍十三年計濱刻本影印。

李因篤：《受祺堂詩》，《四庫全書存目叢書》集部第 248 冊據北京大學圖
　　書館藏康熙三十八年田少華刻本影印。

申涵光：《聰山集》，《四庫全書存目叢書》集部第 207 冊據清康熙間刻本
　　影印。

潘耒：《遂初堂詩集》，《四庫全書存目叢書》集部第 249 冊、250 冊影印
　　吉林省圖書館藏清康熙刻增修本。

朱彝尊：《騰笑集》，上海古籍出版社 1979 年版，據北京圖書館藏清康熙
　　刻本影印。

朱彝尊：《竹垞文類》，《四庫全書存目叢書》集部第 248 冊據北京圖書館
　　藏清康熙 21 年刻增修本影印。

李鄴嗣：《杲堂文續鈔》，《叢書集成續編》，臺灣新文豐圖書公司 1989 年
　　版，第 154 冊據《四明叢書》本影印。

王世貞：《藝苑卮言》，《歷代詩話續編》，中華書局 1983 年版。

朱彝尊：《靜志居詩話》，人民文學出版社 1990 年版。

馮班：《鈍吟雜錄》，《叢書集成初編》，商務印書館 1937 年版。

郭紹虞編選：《清詩話續編》，上海古籍出版社 1983 年版。

二　近人論著

侯忠義編：《中國文言小說參考資料》，北京大學出版社 1985 年版。

魯迅：《中國小說史略》，《魯迅全集》卷 9，人民文學出版社 1981 年版。

石昌渝：《中國小說源流論》，生活・讀書・新知三聯書店 1994 年版。

羅鋼：《敘事學導論》，雲南人民出版社 1994 年版。

陳平原：《小說史：理論與實踐》，北京大學出版社 1993 年版。

淺見洋二：《距離與想像——中國詩學的唐宋轉型》，上海古籍出版社 2005
　　年版。

祝尚書：《宋人別集敘錄》，中華書局 1999 年版。

黃卓越：《佛教與晚明文學思潮》，東方出版社 1997 年版。

易聞曉：《公安派的文化闡釋》，齊魯書社 2003 年版。

何宗美：《袁宏道詩文繫年考訂》，上海古籍出版社 2007 年版。

趙伯陶編選：《袁宏道集》，鳳凰出版社 2009 年版。

周裕鍇：《禪宗語言》，浙江人民出版社 1999 年版。

羅宗強：《明代後期士人心態研究》，南開大學出版社 2006 年版。

左東嶺：《王學與中晚明士人心態研究》，人民文學出版社 2000 年版。

馮友蘭：《中國哲學簡史》，河南人民出版社 2001 年版。

孫昌武：《佛教與中國文學》，上海人民出版社 1988 年版。

吳承學主編：《晚明文學思潮研究》，湖北教育出版社 2001 年版。

郭紹虞：《中國詩的神韻、格調及性靈說》，崇文書店 1971 年版。

章太炎：《章太炎全集》，上海人民出版社 1985 年版。

［日］溝口雄三：《中國前近代思想的曲折與展開》，龔穎譯，中華書局
　　2005 年版。

余英時：《朱熹的歷史世界》，生活·讀書·新知三聯書店 2004 年版。

謝正光、范金民編：《明遺民錄彙輯》，南京大學出版社 1995 年版。

賀麟：《文化與人生》，商務印書館 1988 年版。

陳寅恪：《陳寅恪詩集》，生活·讀書·新知三聯書店 2001 年版。

王汎森：《晚明清初思想十論》，復旦大學出版社 2004 年版。

葉君遠：《清代詩壇第一家——吳梅村研究》，中華書局 2002 年版。

任道斌：《方以智年譜》，安徽教育出版社 1983 年版。

孟森：《清代史》，正中書局 1983 年版。

趙儷生：《趙儷生史學論著自選集》，山東大學出版社 1996 年版。

蔣寅：《王漁洋與康熙詩壇》，中國社會科學出版社 2001 年版。

錢鍾書：《談藝錄》，中華書局 1986 年版。

張健：《清代詩學研究》，北京大學出版社 1999 年版。

三　論文

《袁宏道〈廣莊〉與郭象〈莊子注〉之關係》，日本大阪市立大學《中國
　　學志》2002 年"謙"之號。

淺見洋二：《“焚棄”與“改定”——論宋代別集的編纂或定本的制定》，
　　《中國韻文學刊》2007 年第 3 期。.

虞萬里：《別集流變論》，《中國文化》2011 年第 33 期。

蔣寅：《略談清代別集的文獻價值》，《清史研究》2010 年第 3 期。

蔣寅：《顧炎武的詩學史意義》，《南開學報》（哲學社會科學版）2003 年
　　第 1 期。

蔣寅：《陸游詩歌在明末清初的流行》，《中國韻文學刊》2006 年第 1 期。

袁世碩：《王漁洋早年詩集刻本》，《中國典籍與文化》2002 年第 2 期。

周裕鍇：《王楊盧駱當時體——試論初唐七言歌行的群體風格及其嬗遞軌
　　跡》，《天府新論》1988 年第 4 期。

何天傑：《李贄與三袁關係考》，《中國文化研究》2002 年春之卷。

左東嶺：《從憤世到自適——李贄與公安派人生觀、文學觀的比較研究》，
　　《首都師範大學學報》1998 年第 2 期。

張建業：《李贄與公安三袁》，《中國科技大學學報》（社會科學版）
　　2000 年第 3 期。

周群：《論袁宏道的佛學思想》，《中華佛學研究》第 6 期。

賈宗普：《論公安派前期文人心理與人生態度》，《西北大學學報》2008 年
　　第 3 期。

史小軍：《論復古者的文體意識及其影響》，《學術研究》2001 年第 4 期。

孫昌武：《從“童心”到“性靈”——兼論晚明文壇“狂禪”之風的蛻
　　變》，《中國文學研究》1993 年第 1 期。

《重印袁中郎全集》序，《大公報》1934 年 11 月 17 日。

《有不為齋叢書序》，《人間世》1934 年第 11 期。

謝正光：《從明遺民史家對崇禎帝的評價看清初對君權的態度》，《新亞學
　　術集刊》第 2 期，中國近三百年學術與思想史專輯。

謝正光：《清初忠君典範之塑造與合流——山東萊陽姜氏行誼考論》，《明
　　清文學與思想中之主體意識與社會——學術思想篇》，“中研院”中國
　　文哲研究所 2004 年版。

閻鴻中：《唐代以前“三綱”意義的演變——以君臣關係為主的考察》，

《錢穆先生紀念館館刊》第 7 期，臺北市立圖書館 1999 年版。

袁家麟、陳伯華：《黃宗羲與〈周易〉》，《蘇州大學學報》（哲學社會科學版）1994 年第 3 期。

李瑄：《"遺民"詞義的演變與"遺民"觀念的形成與發展》，《新國學》卷 6，2006 年 11 月。

李瑄：《存道：明遺民群體的價值體認》，《學術研究》2008 年第 5 期。

李劍鋒：《明遺民對陶淵明的接受》，《2005 明代文學國際學術研討會論文集》，學苑出版社 2005 年版。

束忱：《朱彝尊"揚唐抑宋"說》，《文學遺產》1995 年第 2 期。

丁功誼：《錢謙益與晚明宋詩風》，《江漢論壇》2006 年第 4 期。

梁靜：《袁宏道詩歌語言結構研究》，復旦大學博士學位論文，2009 年。

王于飛：《吳梅村生平創作考論》，浙江大學博士學位論文，2001 年。